한 중

재자가인

소설류 비교연구

한중 재자가인 소설류 비교연구

임 향 란 지음

KSI 한국학술정보(주)

하고 싶은 말

6년이란 시간이 훌쩍 지났다. 짧다면 짧고 길다면 긴 이 유학생활, 그동안 너무도 많은 걸 배웠고 너무도 많은 걸 경험했다. 절주가 빠른 한국 현대인들의 생활은 중국에서 태어나서 교육을 받아온 나한텐 모두가 낯설었다. 늦둥이 공부를 시작해 어려움이 많았던 나에겐 결코 쉽지만은 않은 유학생활이었다. 결심 내리고 한 이상 누구보다 더 잘할 자신은 없었지만 다만 내 인생에 미안하지 않기 위해서라도 나름대로 열심히 충실하게 해왔다고 자부할 수 있게끔 노력했다. 한국에서 생활하는 동안 물심양면으로 도와준 고마운 분들은 내 생애에서 정말로 잊을 수 없는 사람들이다. 그들은 내가 공부를 시작해서 마무리 짓는 이날까지 사랑과 관심으로 지켜준 사람들이었다. 이 책을 통해 이제까지 힘들었지만 여기까지 오게끔 도와준 여러분께 감사의 마음을 전하고자 한다.

우선 언제나 스승의 마음으로 제자에 대한 사랑과 관심을 주시고 버팀목이 되어주셔 어려움 없이 졸업하게끔 인도하고 지도해주신 우쾌제 교수님한테 감사의 말을 전한다. 그리고 바쁜 와중에도 논문심사에 통과되게끔 지도해주신 장효현 교수님, 유광수 교수님, 설성경 교수님과 특히 논문을 꼼꼼히 봐주시고 챙겨주신 송원용 교수님에게 진심으로 존경의 마음을 전한다. 대학원 과정을 처음부터 마지막까지 지도해주시고 가르쳐주신 국문학과 교수님들과, 친구와 벗으로 되어준 대학원선배님들과 후배들에게도 고마운 마음을 전한다.

특히 한국 유학생활에서 어려운 일이 있을 때마다 물심양면으로

도와주시고 신경써주신 장신대학교 학장님과 사모님, 이외에도 이모저모로 많은 도움을 주신 오영진 교수님과 사모님께도 진심으로 감사를 전한다.

이러한 사랑과 관심은 내가 학문의 길을 걸을 수 있게 하는 힘과 동력이 되어 학기마다 우수한 성적을 따내게 하였으며, 이로 하여 평통 장학재단과 한국 로타리장학재단의 적지 않은 경제적 후원도 받았다. 이에 대해서 진심으로 두 재단에 감사와 고마운 마음을 전한다.

이렇게 일어서게끔 제일 힘이 되어 주었고 인생의 길을 선택하게 만들어 준 사람은 믿음직한 남편과 가족형제들이다. 이들의 후원과 관심이 없었더라면 나의 인생을 한 단계 업그레이드 할 기회조차 없었을 것이다.

감사드려야 할 사람은 많고 많지만 그 기회는 앞으로 미뤄두고 마지막으로 이 책이 빛을 보게 도와준 한국학술정보(주) 대표 채종준 사장님께 진심으로 존경과 감사의 마음을 전한다.

목 차

제 1 부

第4章 基本 모티프 樣相比較　177

第5章 結　論　189

제 2 부
〈嬌紅傳〉과 〈韋敬天傳〉의 敍事構造 比較研究

제 1 부

第1章 緒 論

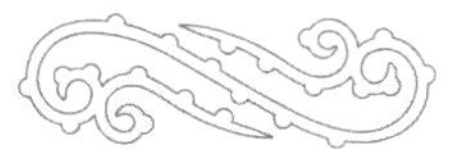

第1節 研究目的

1950년대부터 본격적으로 시작된 韓·中 小說 比較硏究는 중국 소설과 한국소설의 영향관계를 밝히는데 논의가 집중되었다. 그리하여 《金鰲新話》와 《剪燈新話》, <洪吉童傳>과 <水滸志>, <春香傳>과 <西廂記>, <九雲夢>과 <西遊記>, <三國志演義>, 《太平廣記》소재의 전기소설 등이 밀접한 영향 관계에 있음을 밝혔다. 이들 연구의 초점은 내용의 유사성을 따짐으로써 영향 관계를 해명[1] 하는 것이었다. 1970년대에 들어와서 연구동향은 점차 변하기 시작한다. 기왕의 비교문학적 방법에 대한 자성적 반발이 일게 된 것이다. 중국소설에 기대어 한국 소설의 발전을 설명하려는 방법을 지양하고, 중국소설의 영향보다는 한국 소설의 내재적 발전 과정과 독자

---

1) 김태준, 『증보 조선소설사』, 한길사, 1930.
　　임형택, 「<洪吉童傳>의 신고찰」, 『한국문학사의 시각』, 창작과 비평사, 1984.
　　서대석, 「군담소설 출현 동인의 반성」, 『고전문학연구』1, 한국고전문학연구회, 1971.
　　이혜순, 『<水滸傳> 연구』, 정음사, 1985.

적·자율적 가치를 밝히는 데 주력한 것으로 평가될 수 있다.2)

한편 비교 문학 연구자들은 비교 문학적 연구를 토대로 한국소설이 독자적 영역을 확보하도록 하기 위해서 중국소설의 영향을 最小化하려는 입장3)을 취했다. 즉 직접적인 전파와 영향에 따른 비교 연구를 중시하는 실증주의적 입장을 취했다고 할 수 있다. 그러다 보니 비교 문학적 연구의 대부분은 중국소설 가운데 어느 작품이 국내에 유입되었으며, 유입된 시기가 언제이고, 영향의 흔적을 찾을 수 있는 국내소설은 무엇이 있는가를 구명하는 것에 몰두하게 되었다. 하지만 이런 연구 경향 역시 明示的으로든 默示的으로든 傳播論的 전제와 밀접하게 관련되어 있다.

이러한 연구 작업 속에서 아직까지 양국의 才子佳人小說이 직접적으로 비교된 것은 매우 적다고 볼 수 있다. 논문이나 저서들에서는 韓·中 애정소설에 대해 인물, 내용 및 형식에 이르기까지 여러 방면에 걸쳐 다양한 비교연구를 진행했음에도 불구하고 정작 韓·中 才子佳人小說과 관련해서는 막연하게 일반 애정소설이나 艶情小說 등으로 다루어졌을 뿐 명확하게 才子佳人小說이라는 개념으로 다루어지지는 않았다. 물론 몇몇 논자들이 몇 편의 작품을 才子佳人小說이라고 지적하고는 있지만 그것에 대한 명확한 개념 정의를 시도하거나 그 개념의 내연과 외연은 확정하지 않은 만큼 학문적 엄밀성은 기하지 못하고 있다. 그리고 일부 내용적인 비교를 시도한 경우에도 명확한 목적의식을 가지고 본격적인 비교에로까지는 나아가지 못하고 단지 몇 편의 작품들 사이에서 발견되는 영향관계의 확

---

2) 전성운, 『韓·中 소설 대비의 지평』, 보고사, 2005, p.10.
3) 민관동, 『中國古典小說在韓國之傳播』, 중국 상해, 학림출판사, 1998.
   김홍규, 「전파론적 전제와 비교문학의 문제」, 『문학과 역사적 인간』, 창작과 비평사, 1980.

인 및 일부 작품에 대한 분석에 머물고 만 아쉬움이 남는다. 그 주요한 원인이 중국의 才子佳人小說은 개념이 확실하게 糾明되어 있는데 반해 한국은 아직까지 그 명확한 개념이 糾明되어 있지 못하다는 사실이라고 판단된다.

본고는 이러한 문제의식을 가지고 17-18세기 韓·中 才子佳人小說類에 대해 집중적으로 비교문학적 연구를 진행할 것이다. 다시 말하면 才子佳人小說이 중국에서 먼저 기원하고 그것이 한국에 들어와 상응한 애정문학 갈래를 형성한 만큼 중국의 才子佳人小說 개념에 입각하여 한국에서의 才子佳人小說의 개념을 상정하고, 비교문학적 차원에서 韓·中 才子佳人小說의 특징 및 제 양상을 고찰하는 것을 목적으로 한다. 이런 고찰을 통해 양국 간의 사회, 역사, 문화 더 나아가 두 나라간의 우호관계를 살필 수 있게 才子佳人小說의 입지와 체계적인 발전사에 대한 연구의 밑거름이 될 수 있을 것으로 기대한다.

第2節 研究史 檢討

기존연구에 대한 검토는 일단 中國 才子佳人小說과 韓國 才子佳人類小說에 대한 연구를 각기 살펴본 후에 이 양자에 대한 비교문학 연구에 대해 살펴보도록 한다.

전반적으로 才子佳人小說이 중국의 人情 혹은 世情小說의 한 갈래로서, 淫詞小說과 분별성을 띠면서 <金瓶梅>와 <紅樓夢>을 잇는 중요한 문학사적 한 갈래임에도 불구하고 이것에 대한 관심과 연구는 매우 소략한 편이다. 근대 이전에 있어서 才子佳人小說에 대한 평가나 연구는 매우 단편적이고 한정적이었으며 그나마 부정적인 시각이 주류를 이루었다. 才子佳人小說을 처음으로 언급한 사람은 康熙 연간의 劉廷璣을 꼽을 수 있다. 그는 "요즘의 소설은 <平山冷燕>, <情夢柝>, <風流配>, <春柳鶯>, <玉嬌梨> 등과 같은 유로 佳人과 才子가 才와 色을 애모하는 이야기니 이미 올바르지 못한 데서 나왔지만 그래도 風雅를 크게 상하게 하는 데까지는 이르지 않는다."[4]라고 하였는데, 여기서 劉廷璣는 才와 色이라는 才子佳人小說의 키워드를 제시하고 <肉蒲團>類의 음란소설과 구별되는 才子佳人小說의 특징을 잘 짚어내고 있지만 才子佳人小說에 대한 부정적인 시각은 떨쳐버리지 못하고 있다. 그 후의 비평을 보면 劉廷璣와 같이 才子佳人小說과 淫詞小說을 구분하는 사람은 그다지 많지 않고 대체로 才子佳人小說과 비슷한 인물구성을 지니고 있는 당시의 淫詞小說에 대해 논의하고 있다. 李仲麟이『增訂愿体集』卷2에서 "淫詞小說은 대부분 남녀의 음란한 종적을 늘어놓고 才子佳人들을 진술한 것인데 淫奔함과 無耻함을 뛰어난 운치로 여기고 비밀스런 정분으로 구합하는 것을 풍류로 여긴다."[5]라고 한 것은 그 전형적인 보기가 되겠다. 才子佳人小說은 예술적인 면에서 고식적인 하나의 틀로 굳어져 유형성을 띠게 되면서 비판의 화살을 면할 수 없게 되었다.

조설근은 <紅樓夢>에서 인물들의 입을 빌어 비록 구체적인 작품이름은 거명하지 않았으나 당시 유행된 전반 才子佳人小說의 내용, 인물형상, 영향 등에 걸쳐 일괄적으로 통털어 신랄하게 비판하고 있다.

---

4) 劉廷璣,『在園雜志』, 卷一.
5) 李仲麟,『增訂愿體集』, 卷二. "淫詞小說, 多演男女之穢迹, 敷爲才子佳人, 以淫奔無耻爲逸韻, 以私情苟合爲風流".

才子佳人 등의 책에 이르면 또 천 권일지라도 똑같다 말이지요. 더구나 그 사이에 결국 음란함에 접근하지 않을 수 없고 온통 潘岳이요 曹植이요, 西施 아니면 卓文君이나 기껏해야 작자가 자신의 연애 시 몇 수를 쓰고 억지로 남녀 두 사람의 이름을 지어낸 것이지요. 또 반드시 옆에서 소인 하나가 둘 사이에서 방해를 놓지만 역시 연극에서 부리는 작은 추태와 같은 것이지요. 더구나 시비들도 입만 열면 者, 也, 之, 乎 운운하면 문장이 아니면 이치를 논합니다. 그래서 읽어 내려가 보면 모두가 서로 모순되고 매우 이치에 맞지 않는 말 뿐입니다.[6]

조설근의 비판적 시각은 비단 도덕적 측면뿐 아니라 才子佳人 敍事의 千篇一律적인 模式化라는 결점과 藝術的 完整性의 문제에까지 미치고 있다. 특히 그는 逼眞的인 서사방법을 고수하지 않는 才子佳人小說의 예술적 효과에 대해 매우 회의적인 시선을 보이고 있다.

중국에서의 才子佳人小說에 대한 연구는 근, 현대에 들어와서도 매우 제한적으로 이루어져 왔다. 1980년대 이전에는 몇몇 대표작을 제외하고는 원전에 대한 접근조차 쉽지 않아 孫楷第나 阿英, 柳存仁 등의 간략한 해제에 의지하여 서지사항과 그 대체적인 내용을 파악하는 정도가 고작이었다. 魯迅은 비록 才子佳人小說이라는 소설유형을 다른 人情小說 갈래와 차별적으로 인식하고는 있었으나 그 시각은 대단히 비판적이었다. 魯迅은『中國小說史略』제20편「明

---

6) "至若才子佳人等書, 則又千部其出一套, 且其中終不能不涉於淫濫, 以致滿紙潘安, 子建, 西子, 文君, 不過作者要寫出自己的那兩首情詩艷賦來, 故假擬出男女二人名姓, 又必旁出一小人其間撥亂, 亦如劇中之小醜然, 且鬟婢開口即者也之乎, 非文即理. 故逐一看去, 悉皆自相矛盾, 大不近情理之話"(〈紅樓夢〉第1回).

의 人情小說」(下)에서 <金甁梅> 등의 영향으로 나온 인정소설의 한 지류로 才子佳人小說을 소개하고 있는데, 그는 단지 <玉嬌梨>, <平山冷燕>, <好逑傳>, <鐵花仙史> 등의 작품에 국한하여 논의를 전개하고 있다. 魯迅은 才子佳人小說에 나오는 시가 "마치 시골구석의 글방 선생이 지은 것처럼" 비속한 것이 많으며 배필을 구할 때는 시험을 거치고 결혼할 때 천자의 명을 기다리는 것은 "당시의 과거 사상에 얽매인 것인데 만일 작자에게 비범한 재주가 없다면 실로 이러한 사상을 뚫고 나가 높이 날아갈 수 없다."고 비판했다.7) 사실 魯迅은 才子佳人小說에 있어서 개별 작품의 예술적인 완성도 문제나 문체의 비속함을 비판하기보다는 才子佳人으로 상징되는 봉건중국의 정신을 부정하였던 것이다. 이를테면 才子와 佳人의 戀愛談 및 대단원에서 드러나는 欺騙性, 自我陶醉 등과 같은 사회적 문제에 관심을 가졌던 것이다.8) 魯迅 이후 才子佳人小說에 대해 천편일률적이며 독창성이 보이지 않고 인물성격에도 별 개성이 없으며 사상내용에 있어서도 봉건성을 벗어나지 못했다는 비판이 계속 이어졌는데 이것은 『中國小說史略』의 관점에서 크게 벗어나지 못하고 있다.

이상의 연구가 단일한 시각으로 중국이나 한국의 才子佳人小說에 접근한 데 비해 아래의 연구들은 중국과 한국의 동일 계열의 才子佳人小說들을 비교문학적 차원에서 접근하고 있어 적어도 연구시야가 훨씬 넓어진 양상을 보이고 있다. 그간 才子佳人小說 자체에 대한 연구가 미진했던 탓으로 국내소설과의 비교연구는 더더욱 성과가 적었다. 박재연이 『조선시대 중국 통속소설의 번역본의 연구

---

7) 魯迅 著/조관희 譯,『中國小說史略』, 서울: 도서출판살림, 1998, p.450.
8) 魯迅이 1925년 8월 3일 『語絲周刊』제38기에 발표된 「論睜了眼看」이라는 글을 참조하라.

- 樂善齋本을 중심으로』9)의 제6장「조선시대 明淸 才子佳人小說의 번역문학적 수용」에서 才子佳人小說의 전래와 번역 상황을 자세히 소개하였다. 그 외에「조선시대 中國才子佳人小說의 전래와 번역 문학적 수용」10), 「樂善齋本 平山冷燕 연구」(『忠淸語文學』제1집, 1992) 등 주로 번역 상황에 관련된 연구를 하였다. 그 외에 국문학계에서는 이혜순이「好逑傳 연구」11)에서 한글 필사본 <好逑傳>을 연구하였다. 그리고 趙惠蘭이「금향뎡긔 연구」12)에서 이 작품이 중국 소설 <錦香亭>의 번안작임을 밝히고 京版本, 서울대본, 고대본 3가지 판본을 대상으로 비교 연구를 진행하여 각 판본의 相異点에서 드러나는 가치관과 사고방식의 차이를 열거하였다. 구체적으로 보면, 최수경의「淸代 才子佳人小說의 硏究」13)의 제6장 '韓中 才子佳人小說의 男女關係 比較'에서 韓·中 才子佳人小說에 대해 주로 남녀관계의 양상에 초점을 맞춰 비교연구를 진행하여 韓·中 才子佳人小說 서사에서의 일반성과 보편성 그리고 한국에서만 존재하는 차별성이 무엇인가를 탐구하였다. 그래서 애정을 둘러싼 인물 간의 갈등의 순화여부, 극렬한 정서문제, 수용문제 등의 면에서 나름대로의 합리적인 결론을 도출하고 있다. 그러나 이런 것들은 다만 조선조의 한문소설 <紅白花傳>과 中國 才子佳人小說인 <駐春園>을 번역한 활자본 고소설 <雙美奇逢>에 한정하여 비교분석을 진행한 만큼 필자가 스스로 밝히고 있듯이 '본고에서는 才子佳人敍

---

9) 박재연,『조선시대 중국 통속소설의 번역본의 연구 - 樂善齋本을 중심으로』, 한국외국어대 박사논문, 1993.
10) 박재연,「조선시대 中國才子佳人小說의 전래와 번역문학적 수용」,『通大論文集』제2호, 외국어대 통역대학원, 1993.
11) 이혜순,「好逑傳 연구」,『梨花論叢』제30집, 이대 한국문화연구원, 1977.
12) 趙惠蘭,『금향뎡긔 연구』, 이화여대 석사학위 논문, 1986.
13) 최수경,「淸代 才子佳人小說의 硏究」, 고려대학교 박사학위논문, 2001.

事의 전파에 대한 폭넓은 고찰은 미처 하지 못한' 제한점을 가지고 있다. 아울러 그 결론의 보편타당성에 의문을 제기하지 않을 수 없다. 김정숙의 「朝鮮後期 才子佳人小說 研究」[14)는 동아시아 한문소설의 관점에서 조선조의 통속적 애정 한문소설을 조선후기 才子佳人小說로 설정하고 그 특징 및 제 양상을 고찰하면서 가끔 中國 才子佳人小說도 곁들여 논의를 폈다. 여기서 中國 才子佳人小說은 어디까지나 논의의 한 방편으로 언급된 만큼 본격적인 비교문학적 연구로 보기에는 미진한 부분들이 있다. 장숙현의 「才子佳人小說新論」[15)은 '第六章: 才子佳人在世界各地的傳播及影響'의 '二, 才子佳人小說與<九雲夢>'에서 주로 '(一)한결같은 才子佳人夢', '(二)團圓和合의 美學理想'에 걸쳐 中國 才子佳人小說과 조선조 <九雲夢>에 대해 수평연구를 진행하며 그 영향관계를 파악하려고 했다. 그런데 그 논의는 유사현상의 나열에 그쳐서 지극히 피상적인 차원의 논의에 머문감을 준다.

　이상 연구는 본고의 연구주제와 직접적으로 관계가 있는 것은 아니지만 才子佳人小說 연구 일반에 훌륭한 밑거름이 될 것임은 분명하다. 본고의 연구와 직접적으로 관계가 있는 논문으로는 초위산의 「中國才子佳人小說과 韓國愛情小說의 비교 연구」[16)와 李花의 「明淸時期中朝小說中的婚戀比較研究」[17)를 꼽을 수 있다. 「中國 才子佳人小說과 韓國 愛情小說의 비교 연구」는 본고와 많이 근접해 있는 듯 하면서도 상당한 차이점을 보이고 있다. 초위산의

---

14) 김정숙, 「朝鮮後期 才子佳人小說 研究」, 고려대학교 박사학위논문, 2004.
15) 장숙현, 「才子佳人小說新論」, 부산대학교 박사학위논문, 2005.
16) 초위산, 「中國才子佳人小說과 韓國愛情小說의 비교 연구」, 서울대학교 석사학위 논문, 2003.
17) 이　화, 「明淸時期中朝小說中的婚戀比較研究」, 중국연변대학교 박사학위논문, 2005.

논문은 '시대배경 면에서의 才子佳人小說과 韓國愛情小說', '작자층 및 독자층 면에서의 才子佳人小說과 韓國愛情小說', '작품 구조와 등장인물 면에서의 才子佳人小說과 韓國愛情小說', '才子佳人小說과 韓國愛情小說의 발생과 발전에 대한 총괄적 검토'에 걸쳐 中國才子佳人小說과 韓國愛情小說에 대해 비교적 체계적이고 전면적으로 비교연구를 진행하였음에도 불구하고 다음과 같은 문제점을 노정하고 있다. 첫째, 논문의 가장 중요한 개념범주의 하나인 '韓國愛情小說'에 관한 개념정립이 애초에 되어 있지 않다.

　　"한편 '애정소설'은 상당히 폭넓은 개념이라고 할 수 있다. 한국의 애정소설은 羅末麗初의 傳奇小說에서부터 始原하여, 〈春香傳〉의 형성 전후가 그 전성기가 아닌가 여겨진다. 특히 주목되는 작품은 조선 초기에 나온 〈金鰲新話〉에 실려 있는…", "韓國愛情小說의 작가들은 당대 최고의 지식인 金時習으로부터 일반 서민 계층까지 폭이 아주 넓다고 할 수 있다. 서로 다른 신분의 작가들의 시각과 문제의식은 다를 수밖에 없다. 이와 관련하여 그들의 소설작품도 다양한 모습을 보여준다."

　　위에서 볼 수 있는 바와 같이 韓國愛情小說의 흐름과 작가적 특색에 대해서만 논하고 있다. 이런 개념정립의 부재 및 이에 따른 논의 대상의 모호성은 논문에서 비교의 가능성을 언급하고 있음에도 불구하고 비교의 초점이 상당히 흐려져 있다. 그래서 정작 비교를 진행할 때는 我田引水 격으로 작품을 끌어들이고 논의를 전개한 흔적이 많다. 둘째, 비교대상의 작품들이 너무 협소하여 비교의 폭을 확보하지 못함에 따라 결국 논의의 보편성을 기하지 못한 취약점을 안고 있다. 논문에서는 才子佳人小說의 가장 대표적인 작품으로

꼽히는 <平山冷燕>과 <玉嬌梨>를 주요한 검토 대상으로 삼고자
하며, 다양한 요소를 지닌 한국 애정소설인 <淑香傳>과의 대조를
위해 才子佳人小說의 후기적 변모 양상을 보여주는 <鐵花仙史>
에 대해서도 고찰하려 한다. 이밖에 조선에서도 많이 읽힌 것으로
보이는 <好逑傳>도 연구대상에 포함시키고자 하였다.[18] 물론 구체
적인 비교 논의에 있어서 적지 않은 작품들이 취급되지만 논문테마
의 심층적인 비교연구 범주를 염두에 둘 때 거기에 훨씬 못 미치고
있어 결국 논문이 내실을 기하지 못한 감을 준다. 이화의 「明淸時
期中朝小說中的婚戀比較硏究」는 시기적으로 비슷한 中國 明淸
時期와 조선조의 애정소설에 대해 해당시기 두 나라의 혼인문화배
경으로부터 두 나라 애정소설에 나타난 혼인목적, 혼외정사, 이류교
혼에 대해 집중적으로 비교연구를 진행했다. 「明淸時期中朝小說中
的婚戀比較硏究」는 시야가 넓고 자료가 풍부함에도 불구하고 비교
연구의 가능성을 너무 시기적으로 재단한 점, 그리고 이 시기 양국
의 애정소설에 대해 너무 주제 類型學的으로만 접근하고 社會文化
的인 시각으로만 분석을 진행한 데 문제점이 있는 것으로 사료된다.
그리고 굳이 才子佳人小說이라는 것을 염두에 두지 않은 점은 본
고의 연구초점과 거리가 멀다.

　요컨대 상대적으로 놓고 볼 때 중국의 才子佳人小說 혹은 한국
의 애정소설 내지는 才子佳人類 小說 어느 한 쪽에 국한된 연구
는 얼마간 진척된 반면 양국의 동일 계열의 애정소설 내지는 才子
佳人小說에 대한 비교연구는 상당히 미약한 것으로 파악된다.

---

18) 초위산, 전게서.

第3節 研究 對象 및 方法

才子佳人小說은 順治부터 康熙 연간까지 대량으로 창작되며 전성기를 이루면서 국내외적으로 많은 영향을 미쳤다. 才子佳人小說은 중국소설 중 가장 먼저 유럽에 소개되기도 했다. 사실 才子佳人小說은 유럽은 차치하고라도 아세아에서 지대한 영향을 미쳤다. 한국의 경우를 보면 17세기 이후 才子佳人小說이 대량으로 유입되면서 상당한 파급효과를 가져왔다. 才子佳人小說의 직접적인 한글 번역, 번안은 더 말할 것도 없고 일련의 유사 작품들이 창작되었다. 그리고 기존의 전기소설을 비롯한 한문소설들도 통속화의 일로를 걸으면서 才子佳人小說에 많이 근접해가는 경향도 나타냈다. 그래서 결과적으로 17세기 이후 한국문학에는 才子佳人小說을 닮은 일군의 소설들이 나타났다. 바로 이런 의미에서 한국문학사에서 才子佳人類 小說이라는 개념설정은 타당한 것으로 본다. 여기에 또한 中國 才子佳人小說과 이에 영향을 받은 문학작품에 대한 비교연구의 근거가 있다. 中國 才子佳人小說과 이에 영향을 받은 한국 同類 小說의 비교연구는 그러한 연구의 한 유형이라 할 수 있다. 기존연구에 대한 검토를 통해 볼 때 본고의 中國 才子佳人小說과 韓國 才子佳人類 소설의 비교연구는 타당성을 확보하고 있다. 본고는 비교연구의 가장 확실한 가능성을 확보했으며 기존연구를 보다 구체적이고 정치하게 밀고 나가게 될 것이다. 본고를 통해 중국과 한국 고전애정소설의 한 유형이 확립될 것이며 중국과 한국 고전문학사의 한 양상을 보다 명확히 인식하게 될 것이다.

본고는 전반적으로 비교문학연구의 시각 및 방법을 동원하게 될 것이다. 구체적인 비교연구를 진행함에 있어서 중국의 才子佳人小

說과 한국의 상응한 번역, 번안류 才子佳人小說에 대한 비교연구
는 영향관계에 대한 비교연구방법이 동원되겠지만 그 영향관계가 잘
파악되지 않는 보다 많은 비교연구에 있어서는 수평적 비교연구방법
이 동원될 것이다. 그리고 비교연구의 틀 속에서 우선 서론부분에서
는 연구목적 및 연구대상과 방법을 고찰할 것이고, 제2장에서는 才
子佳人小說이라는 개념의 정립과 그것의 형성 배경에 대해 비교할
것이고, 그 형성 원인에 있어서는 擔當層, 思想的 背景, 生活的
바탕, 文學內的인 淵源의 側面에서 서로 비교하면서 살펴볼 것이
다. 제3장에서는 才子佳人小說을 통해 각 시기 소설의 제 양상들
에 대해 구체적인 작품분석을 통해 비교를 진행할 것이다. 제1절에
서는 한국의 17세기 愛情傳奇小說로 분류되는 <周生傳>, <韋敬
天傳>과 중국의 초기 才子佳人小說로 分類되는 <霍小玉傳>,
<嬌紅傳> 등을 비교하면서 이 작품들에서 나타나는 才子佳人小說
적 특징을 살펴보고, 그 대립양상으로 인해 나타나는 결과를 살필
것이다. 동시에 사회제도, 신분제도, 가정윤리제도 구도 속에서 젊은
남녀들이 겪는 애정과 사회윤리 속의 모순을 살펴볼 것이고, 그 모
순 속에서 일어나게 될 작품의 결말에 대한 양상을 비교문학적 관점
에서 집중적으로 분석하게 될 것이다. 제2절에서는 한국 조선조의
작품 <紅白花傳>과 중국의 中期 才子佳人小說에 해당되는 <平
山冷燕> 두 작품을 비교하면서 동시에 관련되는 작품들도 곁들여
다루되 젊은 남녀들의 애정구현 양상을 살펴볼 것이다. 그 중에서도
주요하게 작품에 나타나는 士人들의 慾望과 敍事에 대해 비교하고,
중기 소설에서 특징적으로 나타나는 調和와 和諧의 追求를 탐구하
여, 작품 속에서 才子的인 성격의 소유자, 佳人들의 인물형상을 비
교하면서 살펴볼 것이다. 제3절에서는 한국의 才子佳人小說的인

다양한 작품의 유형과 중국의 後期 才子佳人小說에서 나타나는 다양한 변모양상을 비교고찰 할 것이다. 먼저 한국의 가문소설이라고 일컫는 <彰善感義錄>과 중국의 <賈雲華還魂記> 등을 중심으로 주변 작품들의 문학특징들을 아우르면서 짚어볼 것이다. 다음 佳人이 烈女化 傾向을 보이고 있는 한국의 <王慶龍傳>과 중국의 <雪月梅傳> 등 관련 작품들을 구체적으로 비교분석하면서 그 특징들을 파악할 것이다. 마지막으로 艷情小說이라고 볼 수 있는 작품들인 <烏有蘭傳>과 <肉蒲團> 등 관련 작품도 함께 비교분석하는 과정에서 다양한 문학적 특징들을 살펴보면서 동질성과 차이성을 찾을 것이다. 제4장에서는 기본 모티프 異人異界 모티프, 勒婚 모티프, 一夫多妻 등을 장르별로 나누어 개괄적으로 분석할 것이다.

이러한 비교연구과정에서 통합적인 거시론으로 나아갈 것이지만 물론 구체적인 작품분석을 통한 개별적인 미시론을 부가하여 통합적인 거시론의 내실을 기하도록 할 것이다. 그리고 여기에 사회학과 문화학을 아우르는 등 다양한 시각 및 방법론을 유기적으로 결합시켜 나가도록 하겠다.

第2章 才子佳人小說의 槪念 및 形成背景

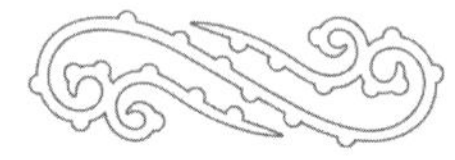

第1節 中國의 경우

1. 中國 才子佳人小說 槪念

才子佳人小說은 중국과 한국을 막론하고 현재 사람들에게 많이 알려져 있음에도 불구하고 그것의 개념 및 범주에 대해서는 학계에서 아직 통일된 결론을 도출하지 못하고 있다. 才子佳人小說은 중국고대문학사에서 유통되는 개념이다. 일반적으로 明末淸初[19]에 등장하여 康熙, 雍正, 乾隆 연간까지 많은 작품을 배출하며 성행한 일군의 소설들을 가리킨다. 이른바 재색을 겸비한 귀족집안의 남녀주인공이 우연히 만나 사랑에 빠지고 우여곡절을 겪은 후 결국에는 결혼에 성공한다는 전형적인 연애소설이다. 재주와 미모를 겸비한 소설의 남녀주인공을 才子와 佳人으로 호칭하는 데서 이 부류의 작품을 才子佳人小說이라고 명명하고 있다. 才子佳人小說들은 작

---

19) 물론 최초의 작품을 1658년 順治 15년에 나온 것으로 꼽으며 淸초로 그 기원을 잡는 견해도 없지 않아 있다. 한국 고려대학교 최수경의 박사논문은 이 관점에 기초하여 논의를 전개하고 있다.

품 수도 많을 뿐만 아니라, 明末 淸初 이래 중편소설의 번성에도 크게 영향을 끼쳐 俠義公案小說[20)과 더불어 明淸代를 대표하는 소설이라고 해도 과언은 아니다. 그 중에서도 <玉嬌梨> <平山冷燕>은 프랑스어 번역본,[21) <好逑傳>은 프랑스어와 독일어 번역본[22)이 존재하고 있어, 이들 소설들은 일찍이 외국어로 번역되어 널리 읽힐 정도로 매우 높은 인기를 누리고 있었던 작품인 것으로 확인되고 있다.

才子佳人小說은 형성되어서부터 하나의 소설유형으로 사람들에게 인식되기 시작했다. 天花藏主人은 才子佳人小說의 주요 작가

---

20) 협객을 주인공으로 하거나 안건처리를 주 내용으로 한 작품들을 가리킨다.

21) 〈玉嬌梨〉의 불역본은 프랑스인 M.Atet Rèmusat(銳摩沙)가 최초로 번역한 것인데 다시 〈두명의 자매(兩個表姐妹)〉(〈Les deuz cousines〉)라는 제목으로 1826년 파리에서 출판되었다. 그 후 다시 Stam Julien(裘利恩)의 번역본이 역시 〈두명의 사촌자매(兩個表姐妹)〉라는 제목으로 1864년 파리에서 출판되었다. 〈平山冷燕〉의 불역본 〈Ping Chan Ling Yen〉은 Stam JUlien이 번역한 것인데, 다시 〈재학을 갖춘 두 젊은 처자(兩個有才學的年靑姑娘)〉(〈Les deuz jeunes filles lettrèes〉)라는 제목으로 1860년 파리에서 출판되었다. (노신,『중국소설사략』, 華正書局, 1990, p.455에서 재인용)

22) 〈好逑傳〉의 불역본에는 G.d'Arcy(阿賽)가 번역한 〈Hao-Kbieou-tschoyan〉이 있는데, 다시 〈아름다운 아가씨(完美的姑娘)〉(〈La femme acconplie〉)라는 제목으로 1842년 파리에서 출판되었다. 독역본 가운데 가장 먼저 나온 것은 〈Haob Kjo'b Tschwen〉으로 C.G.Von Murr(摩爾)가 영문판에서 중역한 것이며, 제목을 〈호구의 즐거운 이야어 '호기(好逑快樂的故事)〉(〈Die angenebme Geschichite des Haob Kyo'b〉)라고 붙였으니, 잘못되구(好逑)'가 이름으로 되어버렸다. 1766년 라이프치히에서 출판되었다. 직접 중문판에서 번역된 것으로는 〈빙심과 철중옥(氷心與鐵中玉)〉(〈Eisherz und Edeljaspis〉)라는 제목으로 F.Kuhn(法郞玆·孔)이 번역한 것이 있고, 또 〈행복한 결혼이야기(一個幸福的結合的故事)〉(〈Die Geschichte einer Glücklichen Gattenwabl〉)라는 제목을 1926년 라이프치히에서 출판되었다. (위의 책, pp.455-456에서 재인용)

이고 출판자일 뿐만 아니라 입안자이기도 하다. 그는 1658년에 <平山冷燕>과 <玉嬌梨>를 합각하여 '七才子書'를 펴냈을 뿐만 아니라 8편의 才子佳人小說에 序文을 달고 주인공인 '才子'와 '佳人'에 대해 언급하고 구성에 대해 소개하면서 '才子佳人'小說의 중요성에 대해 강조했다. 曹雪芹은 <紅樓夢> 제1회에서 등장인물의 입을 빌려 '才子佳人等書'에 대해 부정적으로 보면서 그것의 유형적, 도식적 특징에 대해 판단하였다.[23] 그러나 이들의 才子佳人小說에 대한 인식은 어디까지나 인상적이고 피상적인 수준에 머물러 있는 것으로 아직 이론적인 차원으로 올라가지 못했다. 才子佳人小說에 대한 이론적 정립은 중국현대에 들어서 진행되었다. 중국 현대에 들어서 才子佳人小說은 서지학적 측면에서 하나의 소설유형으로 분류되고 귀납되기 시작하였다. 중국 현대문학의 거장 노신이 才子佳人小說을 人情小說이나 世情小說의 한 갈래로 나누면서 '人情小說' 혹은 '世情小說'을 <金甁梅>에서 <紅樓夢>으로의 변화발전에서 확인되는 일종 연결고리인 것으로 보았다. 이후 많은 文學史家들이 노신의 견해를 따랐다. 이것은 才子佳人小說이 <醒世烟緣傳>류의 가정소설과 확실히 변별될 뿐 아니라 <肉蒲團>類의 이른바 艷情小說와도 변별된다고 보는 관점이다. 孫楷第는 1933년『中國通俗小說書目』의 「明淸小說部乙」에서 명청소설을 다섯 개의 유형으로 분류하고 '烟粉' 밑에 '才子佳人'이라는 항목을 설정하고 있어 좀 특이한 모습을 보인다. 그런데 명백하게 才子佳人小說로 볼 수 없는 <炎凉岸>, <金蘭筏> 등 소설[24]도 77편의 才子佳人

---

23) 제54회에서는 賈母 역시 "이 책들은 모두가 같은 식이지, 그저 佳人才子들뿐이니 제일 재미가 없어"하고 비판하고 있다.

24) 이런 소설은 구성에 있어 才子佳人小說과 유사한 점이 없지 않지만 인물 성격, 스토리 전개 등 여러 가지 점을 고려해 볼 때 도저히 才子佳人小說

小說 속에 나열하고 있어 논란의 여지가 없는 것은 아니다. 최근에 들어서 才子佳人小說은 구체적 특성 및 변별성 차원에서 그 개념 범주가 개괄되고 정립되기 시작했다. 周建渝는 젊은 문인과 미녀의 사랑이야기를 담고 20-30회의 중편분량을 지녔고 '合·離·合'이라는 삼단계의 구성을 지닌 소설들을 才子佳人小說유파라 하였다. QingPing Wang은[25] 才子佳人小說을 전통 중국 문학차원에서 이전 소설들과는 구별되는 유형이라고 단정하며 하나의 새로운 카테고리로 정립하고 그 특성을 주로 才子와 미인의 사랑과 결혼 내용을 백화체와 章回體로 표현한 데서 파악하고 있다. 그러면서 도덕적인 지향이나 문학적인 가치는 고려대상이 아니라고 하였다. 司馬師는[26] 무엇이 才子佳人小說인가하는 질문에 才子佳人小說의 표준을 다음의 3가지로 제시하였다. 1) 一見鍾情 2) 파란이 일어나 헤어짐 3) 장원급제로 團圓함. 보다시피 주로 내용에서 파악하고 있다. 이후에도 많은 연구자들이 이 시각을 따랐다. 林辰은 변별성 차원에서 '才子佳人小說'을 '淫穢' 소설과 구분 짓고 있다.[27] 1990년대 이후에는 내용의 특징뿐만 아니라 다른 형식적 특징도 함께 고

로 보기는 힘들다. 대부분의 연구자들도 이 작품을 才子佳人小說로 포함시키지 않았다.

25) Qingping Wang(王靑平), *The Commercial Producition of the early Qing Scholar-Beauty Romance*, PH. D. Stanford University, 1998.

26) 「新領域在開拓中才子佳人小說硏究情況槪述」, 『才子佳人小說述林』, 沈陽春風文藝出版社, 1987, p.2.

27) 林辰, 「烟粉新詁」, 『明淸小說論叢』第一輯, 沈陽: 春風文藝出版社, 1984. 그러나 林辰은 이 글에서 才子佳人小說을 하나의 유파로 볼 수 있느냐에 대해서는 다소 회의적인 태도를 보인다. 그는 '才子佳人'이라는 용어가 이 종류의 소설들의 실제 내용과 작자의 취지를 담아내지 못하고 있으며 才子佳人의 사랑과 離合은 단지 작품의 표면에 불과하며 그 안에 종종 寓意가 따로 존재한다고 하였다.

려하여 才子佳人小說을 정립하기 시작하였다. 『中國古代小說演變
史』28)에서는 才子佳人의 여건으로 제재와 내용 이외에 16-20회 사
이의 중편이라는 형식도 함께 제시하였다. 장준은 5-20회 사이의 편
폭, 비교적 淸麗, 典雅한 언어구사를 才子佳人小說의 특징으로 꼽
는다. 이외에 작품의 묘사를 하나의 중요한 기준으로 제시한 학자도
있다.

　이상 연구자들의 여러 논의를 종합해볼 때 '才子佳人小說'의 기
본 범주 및 특성을 다음과 같이 요약할 수 있다.

1) 주인공: 귀족집안의 용모와 재주를 갖춘 미혼 남녀인 才子와
　　佳人.
2) 내용전개: 才子佳人이 一見鍾情(한눈에 만나 정이 듦)하나 소
　　인배의 장애가 뒤따라 파란곡적을 겪되 대개 才子의 입신양명
　　으로 才子와 佳人의 혼인이 이루어지고 大團圓으로 끝난다.
3) 형식: 20회 정도의 章回體 중편소설
4) 언어: 기본적으로 白話文이나 종종 文言이 곁들어진다.
5) 장치: 詩詞 및 佳人의 시비가 才子와 佳人의 인연에 매우
　　중요한 중개 역할을 한다.

　여기서 주인공의 기본 조건에서 용모와 재주가 특히 돋보인다. 용
모와 재주 가운데 특히 재주를 강조하는 경향이 있다. 그 재주란 주
로 才子와 佳人의 시적인 재능을 가리킨다. 이것은 단순한 郎才女
貌의 남녀주인공하고는 좀 다르다. 물론 才子들에게 있어서는 시적
인 재능을 한 차원 더 높여 과거에 합격할 수 있는 재능까지 포함

---

28) 齊裕焜 主編, 『中國古代小說演變史』, 蘭州敦煌文藝出版社, 1994, pp.390-391.

된다. 이런 才子와 佳人의 형상은 才子佳人小說의 핵심을 이룬다. 내용전개란 才子와 佳人이 인연을 맺고 혼사장애를 극복하며 혼인이란 클라이막스를 향해 줄기차게 내달리는 才子佳人小說의 기본 서사 틀을 말한다. 형식면에 있어서 章回體 중편소설이란 人情 혹은 世情 소설의 대표작으로 꼽히는 <金甁梅>나 <紅樓夢> 같은 많은 갈래를 뻗은 장편 장회소설에 비해 才子佳人小說이 장회소설의 서사적 특색을 띠었으되 才子와 佳人의 결혼이란 목표를 향해 집중적으로 전개된 상황을 염두에 둔 것이다. 언어의 白話文이란 종전의 文言文에 상응한 才子佳人小說의 통속화경향을 말한다고 하겠다. 장치란 才子佳人小說에서 詩詞가 才子와 佳人의 인연을 맺어주고 그들의 재능을 보여주는 등 중요한 역할을 하고 才子와 佳人 사이를 들락날락하며 실제로 그 인연이 맺어지게 하고 발전되게 하는 佳人의 시비[29]의 중요한 역할로 보아 詩詞나 시비가 없으면 이야기전개가 이루어지지 않는다는 서사학적 고려를 염두에 둔 것이다.

이런 5가지 요소가 다 갖추어진 才子佳人小說을 표준형으로 설정할 때 여기에서 일부 요소가 탈락하거나 다른 요소가 더 보충되는 경우는 변이형으로 볼 수 있다. 그러나 변이형 여부를 판단함에 있어서는 표준형의 첫 번째와 두 번째 여건을 충족시키는 것을 전제조건으로 해야 한다. 왜냐 하면 이 두 전제조건을 떠나서는 才子佳人小說이라고 할 수 없기 때문이다. 본고에서는 이런 표준형 및 변이형을 아우른 개념으로 중국의 才子佳人小說이라는 용어를 사용하기로 한다. 이런 차원에서 중국의 才子佳人小說을 개관해보건대

---

29) 중국에서는 처녀총각의 혼인중매를 하는 사람을 紅娘이라고 하는데 이것은 才子佳人小說과 많이 닮아있는 元대 王實甫의 잡극 <西廂記>의 佳人 앵앵의 시비 紅娘으로부터 기인한다.

明末부터 신해혁명 이전까지 현재 약 85편이 본고의 연구범위에 포함됨을 알 수 있다.

2. 形成背景

우선 擔當層 研究 측면에서 明末淸初가 되면 시민계급이 무시할 수 없는 세력으로 사회에 등장하고 비교적 큰 도시들이 형성되고 상업이 번창했는데 시민들의 유흥적인 분위기에 따른 유흥문화도 퍼져나갔다. 이로부터 소설이 그들의 소일거리로 충당되기도 했다. 이로부터 書商들의 상업적 전략 하에 소설의 생산과 소비가 이루어졌던 것이다. 작자, 독자층의 양산은 書坊으로 대변되는 명 중엽 이후, 소설의 공급과 유통 체계의 발전을 가져왔다. 통속문학, 특히 소설은 대개 坊刻本이라고 하는데 그것은 書坊에서 발행한 책을 말한다. 書坊이란 책의 판매와 刻書를 겸하는 일종의 상업적인 私營 출판 기관이다. 소설의 발전에는 이들 상업적인 성격의 書坊이 결정적인 역할을 했다고 해도 과언이 아니다. 소설은 書坊이 유일한 발행기관이었다고 할 수 있다. 이 書坊業은 明初에 書籍稅가 없어졌고 수공업자에 대해 관대한 정책을 쓴 탓에 明 중엽부터 비약적인 발달을 보였다. 明 중엽 이후 소설출판의 증가는 이러한 書坊業의 흥성과 불가분의 관계를 가지고 있다. 그 이전까지의 소설은 순수한 讀物이라기보다 설화구연의 유행에 힘입어 명맥을 유지한 것에 불과했다. 그러나 嘉靖 年間(1522-1566)이후 書坊이 영리 기관의 성격을 띠면서 소설의 출판은 상업적인 색채가 강해지기 시작했다. 이 시기부터 소설 전문 書坊도 생기기 시작했다. 그 대표적인 예가 明

末 淸初에 艶情小說을 전문으로 다뤘던 書坊 '嘯花軒'이다. 이
'嘯花軒'이라는 書坊은 소설, 그 중에서도 이른바 淫詞小說을 전
문적으로 취급하여 꽤 성공을 거둔 것이 분명하다. 여기에는 書坊
들의 각종 상업적 전략이 뒤따랐다. 광고를 싣는 일이 가장 흔한 영
업 전략이었다. 萬曆 연간의 建陽의 雙峰堂 余文台가 간행한『水
湖』에 실린 광고는 그 한 보기가 되겠다. 書坊은 판매를 위해 광고
를 사용했을 뿐만 아니라 돈이 될 만한 원고를 구하는 데도 적극적
이었다. 이와 더불어 영리를 목적으로 書商들간에 서로 소설을 표
절하는 현상도 매우 빈번했다. 그리고 才子佳人小說 중에서는 비
슷한 시기에 같은 작품이 다른 書坊에서 동시에 찍혀 나온 경우도
적지 않았다. 소설의 인쇄양식도 상당히 다양화된 것 같다. 才子佳
人小說의 경우 현재 남아있는 소설의 판본을 봐도 정교한 것과 조
악한 것의 차이가 크고 글씨 크기도 차이가 난다. 이에 따라 같은
작품일지라도 책의 가격이 많은 차이가 날 것임이 분명하다.

　明末淸初에는 이런 書坊 및 書商의 상업적 전략에 편승하여 서
적 대여업을 통해 소설이 활발히 창작되고 보급되기도 했다. 경제적
여유가 없는 사람들을 위해서 서적 대여업이 대단히 흥성했다는 것
은 여러 문헌자료를 통해 확인된다. 특히 소설의 경우 매매만큼이나
대여도 활발했던 것을 짐작할 수 있다. 이러한 서적 대여는 明淸代
에 더욱 성행했던 것으로 보이는데 그 대상은 통속문학, 특히 소설
이 주종을 이루었다. 康熙 26년(1687) 刑科給事中인 劉楷가 황제
에게 상주하기를 "신이 본 한두 곳의 서방에서 만들어 외부에 빌려
주는 소설만 해도 위에 열거한 백 오십 여종이나 됩니다.(臣見一二
書肆刊單出賃小說, 上列一百五十余種)"이라 하였다. 이러한 책
대여는 청 말엽까지도 계속 이어진 듯하다.

이것은 당시 소설이 상품으로서 매우 인기가 있었고 그 유통주기도 매우 짧았다는 것을 알 수 있다. 상당수의 인구가 소설을 감상했음을 알 수 있는 것이다. 才子佳人小說을 비롯한 중편소설의 갑작스런 증가세는 이러한 書商들의 상업적인 대중화 전략과 불가분의 관계에 있다고 볼 수밖에 없다. 즉 소설의 생산과 소비, 증가가 서로 맞물리면서 淸初 이후 소설 수량의 증가를 가져오게 된 것이다. 이렇게 작가와 독자의 증가는 明末淸初 才子佳人小說 성행의 직접적인 원동력이 되었다.

才子佳人小說은 明末淸初 많은 몰락한 문인들이 창작에 주력하면서 문학사에 부상하기 시작했다. 才子佳人小說 작가들은 스스로 자기 이름을 밝히기를 꺼렸다. 그래서 아예 익명으로 하거나 이름을 다는 경우에는 대개 가명이나 호 같은 代號를 사용했다. 才子佳人小說의 창작은 士人들이 생원 신분에서 더 높은 자격을 소지하거나 과거를 통해 관직으로 진출할 수 있는 길이 거의 막히게 된 사정과 관계된다. 明淸代의 대다수 士人들은 관직에 진출하지 못했다. 이로부터 이들은 어중간하면서도 독특한 '중간 계층'을 형성하게 되었다. 이런 '중간 계층'의 수적 증가는 이들 내부의 계층 분열을 가져왔다. 이에 明末에는 타락한 士風이 나타나기도 하여 조정에서까지 논의되었다. 이 시기는 士人層의 지위가 하락한 반면 商人階層의 지위가 향상되었다. 商人들은 경제력을 배경으로 사대부들과 교분을 쌓고 자손들을 과거에 급제시키는 경우도 드물지 않게 생겼다. 이로부터 士商간의 혼합 현상이 나타나기도 하였다. 士人의 官界진출 좌절과 수적인 증가는 생계 곤란문제를 야기했다. 이러한 士人들의 물질적 곤궁 및 지위하락과 이에 따른 인식의 변화는 소설 작가와 독자층의 증가를 가져오고 소설 창작환경을 변화시키는 중요한 요소가 되었던 것이다. 이 시기 사인들은 경제적인 궁핍 때문에 윤필료를 받아 생계 수단의 하나로 삼기도 했던 것이다.

이러한 문화적 부업에는 단순히 부탁을 받고 글을 써주는 소극적인 방법 외에도 자신이 소설이나 희곡 등의 통속적 읽을거리를 써서 書坊에서 출판하는 적극적인 전략을 취하는 士人들도 있었을 것이다. 특히 入仕하지 못한 士人들이 일종의 생계 수단으로 소설을 썼던 경우도 많았음이 분명하다. 현재 영남대에 소장되어 있는《夢遊野談》에는 이런 대목이 있다.

> 중국인들은 소설을 많이 짓는다. 나는 정양문 밖에 책방에서 책장 가득히 책이 쌓여져 있는데 그중 태반이 패관잡설임을 보았다. 대개 강남이나 서촉 지방에서 상경하여 낙방한 수험생들이 길이 멀어 돌아갈 수가 없어 남아서 다음 시험을 기다리며 소설을 써서 간행하며 팔아서 그것으로 생계를 잇는다. 그래서 이렇게 (소설이) 많은 것이다.[30]

士人들은 전통적으로 소설을 천시하는 경향이 있었지만 과거 시험의 경쟁률 상승으로 인한 未入仕 士人층의 증가와 여기에 따른 궁핍한 생활은 士人들을 이러한 소설 편찬에 끌어들이는 계기가 되었다. 이로부터 才子佳人小說 작가들은 書坊으로 대표되는 상업적 전략 속에서 '소설'이라는 상품 생산담당자로 나섰던 것이다. 이들은 자신들에게 익숙한 문언소설을 통속적인 백화로 문체를 고치기도 하고 흥미 증진을 위해 새로운 장면을 집어넣었으며 상호 모방도 서슴지 않게 된 것이다. 바로 이런 배경 하에서 당시 才子佳人小說의 생산과 소

---

30) 성현경, 「19세기 조선인의 소설관」, 『한국소설의 구조와 실상』, 영남대출판, 1981.

비는 대단히 활발했던 것으로 파악된다. 才子佳人小說의 전형을 수립한 대표적 작가라 할 수 있는 天花藏主人은 그 자신이 書坊의 운영자였거나 아니면 적어도 어느 書坊 주인과 대단히 밀접한 관계를 가지고 있었던 것이 분명하다. 이들의 창작 활동에서 소설은 상업적인 고려를 거쳤고 하나의 문화상품으로 생산되기 시작한 것이 분명한 듯하다. 사실 당시 소설가격으로 놓고 볼 때 소설은 고급품에 속했으므로 생계에 크게 보탬이 되었음이 분명했다. 明 周暉의 《金陵瑣事剩錄》卷一 <金通殘唐>에 보면 明 武宗(재위:1506-1521)이 갑자기 소설 <金通殘唐記>가 보고 싶다고 하여 내시가 五十兩을 주고 책을 사 와서 바쳤다는 기록이 있다. 그리고 蘇州 金閶의 書坊 舒仲甫에서 明 萬曆 연간에 간행한 『封神演義』는 글자 수는 70여만 자, 그림은 50폭에 전부 20권으로 구성되어 있는데 貳兩이라고 가격이 적혀 있다. 이는 강남 지역의 보통 물가로 비교해 봐도 쌀 3,4 石을 살 수 있는 가격이고 7품 관원의 한 달 봉급에 해당하는 돈이었다고 한다. 그러므로 이를 구입할 수 있는 사람은 결코 많지 않았을 것이다. 그럼에도 불구하고 才子佳人小說은 明 중엽부터 淸末에 이르기까지 계속하여 전성기를 누렸다. 특히 양적인 면에서 淸初가 두드러지는데 이 시기는 짧은 시간동안 매우 집중적으로 소설이 쏟아져 나왔던 것이다. 통속소설의 주요 독자는 상인층이었을 것이다. 그리고 식자층 중에서 시간적, 경제적 여유가 있는 士人 계층도 중요한 독자군이었을 것으로 추측된다. 才子佳人小說의 경우 그 특성상 상인계층보다는 士人 계층이 더 큰 독자군을 이루었을 가능성이 있다. 才子佳人小說은 바로 사인들의 취미에 영합하여 생산되었다고 볼 수 있다. 한마디로 士人의 수적 증가와 지위 하락이 가져온 소설 독자와 작가 층의 증가는 소설의 상업화를 주도한 書坊과 연계되어 소설의 시장 규모를 확장시키게 되고 이는 소설의 창작 방식에까지 영향을 미치게 된 것으로 볼 수 있다.

그런데 사실 才子佳人小說이 대중적으로 인기를 모은 작품이 그리 많지 않음을 감안할 때 이 점은 석연치 못한 느낌을 던져주기도 한다.[31] 그럼 경제적 요인 때문만이 아니라면 많은 문인들이 왜 소설 창작에 종사했던 것일까. 이것은 아마도 문예심리학 차원에서 당시 懷才不遇의 文人이 겪는 失落感으로부터 접근해야 될 줄로 안다. 이들은 바로 사회에서 겪는 고통과 불만을 발설하고자 才子佳人小說을 창작한 것으로 볼 수 있다. 작품 속 인물에 대한 극도의 이상화 역시 이들의 불우한 처지와 관계될 것이다. 즉 자신이 바라는 주관적 이상을 작품속의 인물에 기탁하여 정신적인 만족을 얻고 자신의 정체성을 찾아내고자 하는 심리적인 소망이 깃들어 있음이 분명하다. 자신이 추구해 마지않은 才子佳人들에게 자신의 소망을 투영시켜 표현하고자 한 것이다. 또한 이를 읽음으로써 대리 만족하려는 독자들도 매우 많았음이 분명해진다. 즉 이전의 백화소설과는 달리 明末淸初에 등장한 才子佳人小說은 작자와 독자가 모두 비슷한 목적과 希求를 갖고 있었던 것으로 사료된다. 사실 才子佳人小說 작가들이 염두에 둔 독자들은 일반 백성들이 아니라 자신과 비슷한 文人들이었다. 烟水散人이 <合浦珠>에서 자신의 독자를 '君子'로, <賽花鈴>에서 '同志之士'로 표현한 것은 그러한 사정을 잘 말해주고 있다. 작자들은 일반 백성이 아닌 문인, 특히 자신과 비슷한 처지의 하류 문인들을 염두에 두고 작품을 썼음이 분명하다.

---

31) 順治, 康熙 연간에 나온 才子佳人小說 38부를 대상으로 판본을 조산한 결과 판본이 3종 이하인 작품이 19부였고 그 중 10부는 孤本으로 추정되고 있다. 그렇다면 淸初 당시에도 才子佳人小說은 수요보다는 공급이 더욱 우세였다는 것이 아닌가 하는 추측도 해볼 수 있다.

同病相憐의 교감을 했을 것이다. 才子佳人小說 창작의 기본 동력은 영리 추구와 자아표현이라는 두 가지 목적과 관계가 있었다고 볼 수 있는데 후자가 내면적이고 은밀한 욕구에 속한다면 전자는 보다 절박하고 외부적으로 드러나는 욕구인 것이다.

思想的 背景에서 보면, 才子佳人小說은 明末로부터 생성되기 시작한 사상해방사조의 영향에 힘입은 바 크다. 이 사상해방사조의 대표적 유파의 하나가 王學左派이다. 이 유파의 창시자로는 王畿(龍鷄: 1498-1538)를 들 수 있는데 그는 스승의 학설을 뛰어넘어 당시의 사상해방사조를 강력하게 발전시켰다. 이 유파는 明末의 士人들의 사상과 일상생활에까지 큰 영향을 미쳤다. 이들보다 더욱 과격한 사상가가 바로 유명한 李贄(1527-1602)이다. 그의 과격함은 反傳統에서 가장 치열하게 구현된다. 반전통의 시각에서 그는 인간의 慾望이나 이기심 등을 하나의 天性으로 여기고 그것을 인간 활동의 동기이자 인류사회 발전의 동력으로 여기기도 하였다. 그의 이러한 관점은 理學에서 말하는 天理觀과 정면으로 맞섰을 뿐만 아니라 유가의 전통적인 도덕관념에도 전적으로 배치되었다. 이렇게 이기주의와 慾望을 공개적으로 고양하는 그의 주장은 윤리도덕에 얽매이지 않아도 된다는 편리한 잣대로 마음대로 기성의 질서를 무시하였는데 이러한 사상경향은 일반 문인들에게도 널리 퍼져 明末에서 淸初에 이르기까지 많은 名士才人들이 이러한 주장을 따랐다. 이들은 개성을 존중하고 '狂放'하였으며 기질적으로 구속을 싫어하고 자유를 추구했다. 이는 王學左派의 생활과도 깊은 관계가 있으니 이들의 생활준칙은 儒보다 俠에 더 가까워서 집을 떠나 강호를 유랑하는 경우도 적지 않았고 가족제도, 종법제도를 기본으로 하는 중국사회의 명교윤리를 무시하기도 했으며 의리관계를 최고로 여겼다. 비록 淸初에 이르러 일부 정통적인 사상

가들에게 혹독한 비판을 받고 明 滅亡 원인의 하나로 지목되기도 했으나, 이러한 王學左派의 스스럼없는 행위와 사상은 당시의 일반 서사문학뿐 아니라 才子佳人小說에도 많은 영향을 주었다. 인간의 감성과 慾望을 중시하는 사조는 沈璟과 湯顯祖로부터 시작하여 明代 중엽 이후부터 傳奇와 소설 작가들에게 큰 영향을 주었다. 才子佳人小說의 직접적인 원류로 소개한 明代 문언소설의 경우 많은 작품에서 才子들은 그야말로 자신의 '慾望', 특히 성적 慾望을 그대로 실천에 옮겼고 그에 대해 아무런 도덕적인 고려도 하지 않고 양심의 가책도 느끼지 않았다. 사회의 기존 윤리도덕과 완전히 배치되는 인물들이지만 이들은 결코 이로 인한 비판이나 因果報應을 받지 않았다. 才子佳人小說에서 才子들이 표면적으로 禮와 名敎를 최고의 가치로 내세우면서도 생활태도나 자세에서는 '狂放'하고 禮에 구속되지 않는 모습을 보이는 것은 바로 王學左派들의 영향을 받은 것에 다름 아니다. 그 대표적인 예로 烟水散人의 작품에 많이 등장하는 풍류才子를 들 수 있다. 그리고 표면적으로 매우 단정하고 엄숙해 보이는 才子들에게서도 明末에 숭앙되었던 異常인격의 영향을 엿볼 수 있다. 性的으로는 방탕하지 않다고 해도 이성적이지 못하고 기질적이고 감정적인 면을 유난히 강조하는 자유분방한 才子들이 중시했던 것은 '自我'였고 그들의 화두는 여전히 '慾望'이었던 것이다.[32] 明末 새로운 사

---

32) 〈春柳鶯〉의 才子인 石液은 물론 "詩詞歌賦와 才子 백가에 모두 정통"하였고 "친구와 義를 좋아하여 돈을 아낌없이 쓰는데 이를 흙처럼 하찮게 여겼고 마음 맞는 친구와 널리 결의하여 생명처럼 여겼다.(詩詞歌賦, 諸子百家, 無不精通. 爲人喜友好義, 揮散宦資, 以爲糞土; 浪結知心, 就當性命)"(〈春柳鶯〉第1回)이렇게 몇 년을 지내자 집안의 돈이 거덜 나고 찾아오는 사람이 적어지자 혼자 시문을 지으며 지낸다. 그는 "반드시 才女를 얻어 머리가 희어질 때까지 함께 시를 읊고 俠士를 친구로 삼아 평생 동안 유유자적 소요하고 싶은(必須得個才女, 白頭吟哦; 得個俠士, 終身嘯

상해방사조는 才子佳人小說의 인물성격, 특히 才子의 인물성격을 형성하는 결정적인 요소가 되었다.

그리고 청대에 들어서면서 情, 理의 조화로운 합일을 꾀하는 사상경향이 나타났는데, 이는 才子佳人小說의 인물성격, 특히 佳人의 인물성격을 결정하는 단서가 되었다. 明代의 사상계는 理學과 心學의 힘겨루기 상태였다고 할 수 있다. 理學과 心學이 주관적이고 객관적이라는 점, 慾望에 대해 부정과 긍정의 부동한 견해 등 많은 면에서는 차이가 나지만 근본적으로 모두 思辨的인 관념론이라는 점에서는 같다. 그러나 淸代에 들어서 經世致用學 혹은 考證學이 대두하고 객관적인 경험론과 실증주의로 나아가면서 그 사상경향이 완전히 달라지게 되었다. 이들은 經世致用을 목표로 두면서 王學을 수정하려는 움직임도 보였다. 淸代의 가장 대표적 학자는 梁啓超인데 그가 가장 강조했던 인격의 표준은 '方嚴(방정하고 엄숙함)'이었다. 慾望의 해방을 내세웠던 明末과 달리 淸初에는 방정하고 엄숙한 새로운 인격 표준이 제기되기 시작했음을 알 수 있는데 이는 才子佳人小說의 인물, 특히 佳人들의 형상과 관련하여 주목할 만하다. 才子佳人小說과 관련하여 淸初의 사상가들이 議論 중에 보인 중요한 단서의 하나가 바로 그들의 '人欲論'이다. 明代의

傲)"(〈春柳鶯〉第一回) 소원을 가지고 있는 그러한 인물이었다. 〈平山冷燕〉의 평여형은 향시에서 宗師가 뇌물을 받고 그를 11위로 놓자 그에게 강하게 항의하여 벌을 받게 되자 그는 의관을 벗어던지고 그러한 수재는 되고 싶지 않다면서 "살면서 단지 재주 없음을 걱정할 뿐이지 만약 깃털이미 풍성하다면 어떤 하늘인들 높이 날지 못하리요(人生只患無才, 若羽毛已豐, 則何天不可以高飛?"(〈平山冷燕〉第7回) 이렇게 자유스러움, 솔직한 자기표현, 강한 자부심 등의 특징으로 표현되는 청대 才子佳人 소설의 남자 주인공들은 明代 王學 左派家들이 최고로 떠받드는 이상 인물의 전형이라고 볼 수 있다.

理學家들은 천리와 인욕을 대립되는 것으로 파악했다. 인욕이란 氣에서 생겨나는 氣質적인 性으로서 眞有가 아닌 客形일 뿐이므로 제거해야 할 것이라고 생각하여 '存天理, 滅人欲'을 주장하게 된다. 반면 王學左派 사상가들은 사회의 윤리도덕을 아랑곳하지 않는 개인의 慾望이나 이기심마저도 天性으로 추켜세웠다. 그러나 淸初의 사상가들은 천리와 인욕을 二元的이 아닌 一元的인 것으로 파악했다. 이런 새로운 人欲論을 주장한 대표적인 학자가 명의 遺民인 陳確(1604-1677, 字 乾草)이다. 이후 王夫之(1619-1692) 역시 人欲을 긍정했는데 그는 理는 氣에 내재하고 理는 欲에 내재한다고 하여 '欲이 곧 理이다.(欲卽理也)'라는 理欲一元說을 내세웠고 "人欲에서 天理를 본다(於人欲見天理)."라고 하였다. 人欲과 天理를 결합시킨 이러한 淸初의 人欲論은 당시 소설 속에서 慾望과 도덕의 관계를 설정하는데 있어서 큰 영향을 미친 것이 분명하다. 작가들은 이 문제를 어떻게 균형 있게 다룰 것인가에 대해 많은 고민을 한 것 같다. 이러한 점 때문에 당시의 작가들은 바로 '情의 윤리'와 '情과 勢'의 대립구도라는 새로운 출구를 찾아낸다. 이는 상대방에 대해 목숨을 걸고라도 節義를 지켜야 한다고 주장하는 才子와 佳人의 애정관에서 매우 잘 구현되고 있다. 이러한 양상은 才子佳人小說 뿐만 아니라 당시 남녀 문제를 다룬 많은 서사문학에서 공통적으로 등장하는 새로운 애정관이다. 이로부터 才子佳人小說의 주인공들, 특히 佳人들에게서 節義가 유난스럽게 강조되는 것도 매우 자연스러운 현상이다. 이러한 '情'의 윤리화는 곧 '信義'로 포장되어 才子와 佳人 사이에 별다른 감정교류가 없는 경우에도 여전히 목숨을 걸고 지켜야 할 가치로 존재한다. 이런 점에서는 역시 윤리를 가장 중요한 기준으로 제시하는 기존의 소설이나 희곡의 전형적인 도덕적 인물들과 크게 다를 바가 없다. 흔히 才子佳人小說의 사상에 대해서 남녀의 자유연애를 가장 보편적인 주제로 생각하며 남녀의 순수한 애정이 봉건도덕의 질곡을 타파하고 혼인에 이르렀으므로 理나 禮에 대한 情의 승리라는 쪽으로 파악하기 쉽다.[33] 그러나 실제 작품에서는 애정과 사회의 윤리도덕이 심각한 마찰을 빚는 경우는 많지 않으며 才子佳人小說은 情과 理를 정면으로 대립시키는 <牧丹亭> 같은 작품과는 분명히 구별되는 사상적 배경을 지니고 있다. 明淸 兩代의 文人傳奇를 연구한 郭英德은 明末 이후의 才子佳人 희곡과 소설에서는 情과 禮, 情과 理, 情과 性을 통일시켜 하나로 합하기 시작했고, 그 대신 情과 勢의 충돌로 전환했으며 이는 어떤 의미에서는 唐 傳奇의 전통으로 회귀한 것으로도 볼 수 있다고 그 사상적 배경을 설명했으나 역시 陳確, 王夫之, 戴震 등 淸初 사상가들이 제기한 理欲合一說과 직접적인 관련이 있다고 봐야 할 것이다. 실제로 才子佳人小說 속에서는 才子佳人의 情이 결코 기존 윤리와 모순되거나 충돌을 빚어 내면적 理와 마찰을 일으키지 않고 자연스럽게 융합되는 것으로 표현되는데, 이는 理와 欲을 대립적으로 파악하지 않고 欲이 理속에 내재되어 있다고 보는 당시의 사상사조에서 그 발단을 찾을 수 있는 것이다.

生活的 바탕의 측면에서 고찰하면, 才子佳人小說을 이루는 데는 적어도 才子와 佳人이 있어야 하고 이들 사이에 관계를 발생해야

---

33) 〈定情人〉과 〈女開科傳〉을 예로 들며 주인공들이 忠, 孝를 버릴지언정 情을 지켰음을 강조하며 여기서 말하는 情은 '死生無二'의 專一한 情이며 어떠한 사악함도 없는 지고지순한 情으로 파악했다. 후반부에서는 서로에 대한 신의 때문에 節을 지키는 것으로 변질된다. 이는 대부분의 才子佳人小說에서 볼 수 있다. 즉 많은 작품에서 才子佳人의 情 역시 도덕화, 윤리와 시켜서 묘사하고 있지 결코 情, 禮의 대립으로 끌고 가지 않는다.

한다. 중국이나 조선은 역대로 문치사회로서 문인재사들이 많았다. 이런 문인재사들이 才子로 인정되었음은 더 말할 것도 없다. 문인 才子들은 입신양명으로 사대부才子로서 확실한 사회적 긍정을 받게 된다. 이때는 學而優則仕의 과거시험을 통한 문치사회였다. 이른바 과거지망생 및 官界진출의 문인재자들이 才子를 이루었다. 그럼 이런 才子들과 배필이 될 佳人들이 문제다. 그런데 중국이나 조선은 사실 전통적으로 佳人들의 요소를 띤 여성들이 존재하여 왔다.

우선 '才子'는 일찍이 춘추전국시기『左傳』에 나온다. 여기서 '才子'는 주로 사회에서 용인되는 모범적 행위를 하여 사람들의 존경을 받는 도덕군자로 그려지고 있다. 그러다가 漢代 이후로는 '才子'라는 명칭 속에 문학적 재능을 가진 인물이라는 의미로 나타나기 시작했다. 潘岳(247-300)은 <西征賦>에서 "賈生은 洛陽의 才子이니"라고 칭송하고 있다. 이후 '才子'는 좀더 구체적으로 뛰어난 시인을 지칭하는 용어로 쓰여 唐代에는 유명한 시인들이 동시대 사람들에게 '大曆十才子' 등의 명칭으로 칭송되기도 했다. 元明代의 '才子'는 詩才뿐 아니라 과거에 급제하여 立身하는 것이 자격요건으로 추가된다. 잡극 <西廂記>와 전기 <牧丹亭>의 張生과 柳夢梅는 바로 이러한 才子 형상의 대표적 인물이다. 淸代에 이르면 좀더 다양한 용례로 '才子'라는 명사를 사용하였을 뿐만 아니라 문무를 겸비한 영용무쌍한 '才子'로 발전한다. 이런 형상은 작품 속에서도 표현되는데 <兒女英雄傳>, <野叟曝言>, <雪月梅傳> 등을 예로 들 수 있다. '才子'라는 명칭은 金聖嘆(1608-1661)의 '六才子書' 등에서도 볼 수 있는데 叢書를 지칭할 때도 이를 사용하였다.

佳人의 경우를 보면『漢書』에 나온 李延年의 시에서는 '北方有佳

人, 絶世而獨立'이라 하여 이미 아름다운 용모를 지닌 여인이라는 뜻으로 佳人을 사용하고 있다. 기타 典籍에도 용모가 아름답거나 매력이 있는 미인을 가리켜 佳人이라 했던 용례를 찾을 수 있다. 이후 '佳人'이란 주로 아름다운 용모를 가리키는 말이 되었다. 그러다 明末에 이르러서야 용모 외에 情과 才를 두루 갖출 것을 요구하게 되었다. 주로 희곡의 여주인공에게서 이러한 佳人 형상을 많이 볼 수 있다. 청대에 접어들면서 佳人의 요건 중 才가 필수적인 위치를 차지하게 된다. 뿐만 아니라 아름다운 용모에 재를 갖춘 지혜로운 여인으로도 발전한다.

성리학은 중국 송나라 때 생산하여 중국 明代와 조선조의 지배적인 이데올로기로 정착되었다. 성리학의 기본명제인 '存天理, 滅人慾'는 유교의 '男女授受不親'을 극단적으로 발전시켰다. 그러면서 남녀의 大防이 무너지는 원인을 여인의 禍水論에서 찾았다. 그러다가 明代 중엽에 양명학의 대두 및 유명한 사상가 李卓吾의 '童心說'의 제창은 이것에 대한 하나의 커다란 충격이 된다. 李卓吾는 남녀평등을 주장했고 실제로 여자를 받아들여 수학시켰다. 이로부터 명조중엽에 여성에 대한 시각교정이 일어났다. '女子無才便是德'가 잘 먹혀 들어가지 않았다. 그래서 明末淸初쯤 되면 사회적으로 '才女崇拜' 분위기가 팽배한 가운데 재녀들의 활약이 돋보였다. 才華를 논할진대 기녀들뿐만 아니라 사대부집안에서도 시재가 뛰어난 규수들이 나타났다. 그 전형적인 보기가 沈宛君 및 그의 세 딸이다. 沈宛君의 세 딸은 모두 서너 살에 글을 배우기 시작해 10살 전후가 되어 시를 지었는데 어머니와 함께 운을 맞추며 시를 지었다고 한다. 그리고 재녀 柳如是는 당시의 대학자 錢謙益의 재주를 흠모하여 남장하고 그를 찾아갔는데 그녀의 재주를 알아본 錢謙益이 예를 갖춰 첩으로 맞이했다고 한다. 이후 柳如是는 錢謙益의 창작과

집필을 도왔다고 한다. 당시 많은 문인들이 이들 재녀들에 탄복하고 흠모하는 기록을 남기고 있다.

文學內的인 淵源면에서, 才子佳人小說은 남녀의 사랑과 결혼이 기본 모티프이다. 그런데 중국이나 한국을 막론하고 남녀 간의 사랑과 결혼 모티프는 끊이지 않고 이어져 내려온 문학사의 영원한 주제의 하나이다. 먼저 역대 史傳에서 쉽게 볼 수 있다.『史記·司馬相如列傳』을 위시한『西京雜記·鷫鷞裘』등에 보이는 유명한 司馬相如와 卓文君의 私奔이야기는 그 전형적인 한 보기가 되겠다. 이후 이 고사는 전형적인 才子佳人의 佳話로 후세 소설, 희곡에 널리 사용되었다.34) 학계에서는 일반적으로 이 이야기를 才子佳人故事의 시발점으로 보고 있다.

중국에서 '才子佳人'類 애정이야기가 문학사에 하나의 유형으로 형성된 시초로는 중국소설의 초창기를 장식하는 唐 傳奇小說을 꼽을 수 있다. 唐 傳奇 속의 많은 애정모티프는 중국 才子佳人小說의 직접적인 기원으로 거론되고 있다. 이전의 魏晉南北朝 시대의 志怪소설의 애정류가 대부분 사람과 귀신 혹은 사람과 신선 사이의 초현실적인 관계를 그렸다면 唐 傳奇는 그 묘사대상을 우리가 살고 있는 세계의 남녀로 확대해 나갔는데 이는 소설사적으로 중요한 의의를 지니고 있다. 唐 傳奇小說인 <鶯鶯傳>은 才子佳人小說의 원조로 꼽히는 작품으로서 그 후 희곡과 소설로 널리 개편되어 才

---

34) 이 이야기는 唐 陳翰의 『異聞集』중의 〈相如挑琴〉(『類說』卷28에 있음)에도 남아 있고 羅燁의 『醉翁談錄』에 저록된 소설가의 화본 중에서도 〈卓文君〉의 제목이 보이는 것으로 보아 당시 널리 알려진 고사였음이 분명하다. 元 孫仲章의 『卓文君白頭吟』과 明 朱權의 《卓文君私奔相如》 잡극도 모두 이를 극화한 것이다. 《六十家小說》 중 〈風月瑞仙亭〉와 馮夢龍의 《驚世通言》 〈兪仲擧題詩遇上皇〉의 入話도 이 이야기를 다루고 있다.

子佳人이야기의 한 전범을 이루었다. 이외에 <步飛烟>, <李娃傳>, <霍小玉傳>, <柳氏傳> 등을 들 수 있는데 이들 작품의 스토리는 대부분 남자 주인공이 우연히 마음에 맞는 佳人을 만나 중간에 몇 번의 좌절과 시련을 겪고 마지막에 여주인공의 죽음이나 변심 등에 의해 비극으로 치닫다가 결국 시련을 딛고 백년가약을 맺게 된다는 점에서 才子佳人小說과 닮은 점이 있다. 才子佳人小說을 형성하는 데는 적어도 才와 美를 겸비한 남녀 주인공들이 있어야 한다. 唐 傳奇에는 애정유가 많지만 이들 작품의 주인공이 꼭 才子와 佳人인 것은 아니다. 그러나 唐 傳奇에는 才와 美를 겸비한 남녀 주인공들이 등장하고 있는 것은 분명하다.35) 몇몇 애정전기류에 등장하는 남녀주인공은 才子佳人小說의 그것과 매우 유사하다. 예컨대 <柳氏傳>을 보면 "류부인의 용모가 탁월하였고 한수재의 문장이 뛰어났다."는 구절은 보기가 되겠다. 또한 才子佳人小說의 기본 모티프의 하나는 才子가 필히 과거시험을 보는 것이다. 당대 전기소설의 남주인공들은 대부분 사대부출신으로서 과거시험을 준비하는 문인들인데 이는 才子佳人小說의 남주인공과 매우 비슷하다. <鶯鶯傳>의 張生, <霍小玉傳>의 李生은 모두 詩才가 뛰어난 문인으로서 여주인공을 만날 때 과거준비 중이었다. 唐代에는 과거제가 시행되면서 하층문인들이 과거를 통해 관료사회로 진출하고 있다. 전기소설의 남주인공상은 이런 시대상의 한 반영으로 볼 수 있다. 전기소설의 여주인공들을 보면 <任氏傳>, <柳毅傳>, <李娃傳>의

───────────────

35) 그러나 당 애정 전기가 才子佳人고사의 원류로 다뤄지기 시작한 것은 최근에 와서이다. 왜냐하면 대표적인 唐 傳奇〈鶯鶯傳〉,〈霍小玉傳〉,〈柳氏傳〉 등 대표적인 才子佳人類小說도 당 전기중의 '愛情小說', '愛情類', '性愛主題' 등등으로 분류되었을 뿐 그 자체가 才子佳人徐事의 하위 갈래에 포함된다고 인정된 적은 없기 때문이다.

경우 그녀들이 비록 才子佳人小說의 여주인공들처럼 양가집 규수는 아니지만 용모가 아름답고 재주와 담력이 뛰어난 면에서는 佳人과 다를 바 없다. 그리고 才子佳人小說의 특징 중 하나로 남녀가 처음으로 끌리게 되는 계기가 여성의 미모와 남성의 재주라는 것인데 唐 傳奇 애정류에도 이런 특징이 드러나고 있다. 예컨대 <柳氏傳>을 보면 "한익은 류씨의 미색에 끌렸고 류씨는 한익의 재주를 敬慕했다."라는 구절은 바로 이러한 특징을 단적으로 보여준다. 그리고 才子佳人小說의 또 하나의 기본 모티프는 시가 남녀주인공의 만남에 있어서 중요한 역할을 한다는 점이다. 남녀가 자유롭게 만나는 것이 불편했던 시대에 시는 직접 대면하지 않고서도 자신의 의사와 감정을 전달할 수 있는 유효한 수단으로 기능하였다. 남녀 주인공들이 시를 지어 주고받는 <鶯鶯傳>과 <步飛烟>은 그런 의미에서 才子佳人小說의 초기 형태로 주목할 만하다.

　중국의 才子佳人小說을 형성하는 데는 話本小說을 빼놓을 수 없다. 宋代에 발생해 元明代를 거치면서 발달해 온 단편 話本小說에는 남녀의 애정문제를 다루고 있는 작품이 적지 않다. 話本小說은 과거의 역사를 배경으로 하는 講史와는 달리 당시의 현실사회(일반적으로 송대)에 기반을 두고 있다. 話本小說 속에 등장하는 여인들은 더 이상 사랑에 수동적으로 대응하지 않는다. 예를 들어 <杜十娘怒沉百寶箱>에서 기녀출신의 아름답고 총명한 杜十娘은 변심한 사대부 李甲에게 분노를 표현할 줄 알고 또한 사람들 앞에서 이갑을 질책하는 담대함도 지니고 있다. 그녀의 이러한 강인한 성품은 결국 강 속에 뛰어드는 비장한 최후로 이어지는데, 죽음에 대한 그녀의 선택은 바로 '禮'를 뛰어넘지 못하는 당시 사대부들의 허위에 대한 냉소로 볼 수 있다. 비슷한 애정형태를 보여주는 작품

으로는 <王魁負桂英>, <王嬌鸞百年長恨>, <金玉奴棒打薄情郎>
등이 있다. 비극적 결말이 아닌 大團圓結末을 가지는 작품에서도
여성들은 자신의 사랑을 실현하기 위해 대담하게 행동한다. 이를테
면 <宿香亭張浩遇鶯鶯>의 李鶯은 唐 傳奇의 최앵앵처럼 사랑하
는 사람이 변심하고 떠나는 현실을 그대로 받아들이는 것이 아니라,
장생의 변심이 약속을 어기는 것이라며 관청에 고발한다. 이처럼 話
本小說 속의 여주인공들은 역경을 주체적으로 해결하려는 비교적
자주적인 여성의 모습으로 나타나는데, 이는 才子佳人小說 속의
주체성이 강한 才女形象에 영향을 준 것으로 보인다.

　元代의 잡극을 비롯한 극작품도 才子佳人小說 형성에 하나의
감로수가 되었다. 주지하다시피 원대는 잡극을 비롯한 극이 성행했
다. 이런 극들 가운데 일종 才子佳人類型의 劇이 생겨나기도 했던
것이다. 학계에서 이미 지적된 바와 같이 원대의 대표적 극작품인
<西廂記>36)를 비롯한 才子佳人類型의 劇의 공통적인 특징으로
1)情節의 單純化와 模式化 2)극적 충돌의 强化 3)俗化된 희극적
효과를 과장 4)슈제트의 과장과 인물의 증가 5)인물 개성의 模式化
등을 들고 있는데 모든 요소가 해당되는 것은 아니지만 그래도 才
子佳人類 서사물과 많은 공통점을 나타내고 있다.

　才子佳人小說의 직접적인 연원과 계승 관계에 있는 것으로는 역
시 元明代 文言小說을 꼽을 수 있겠다. 石昌渝는 才子佳人小說의
淵源에 대해 "전기소설이 元이후 점점 俗化되어 … 제재는 才子佳
人의 혼인 고사로 귀착되고 격조는 話本小說과 큰 차이가 없게 되었
다. … 明代 嘉靖 이후 才子佳人을 제재로 하고 약간 色情的 필치
를 띤 중편 전기소설 예를 들어 <鐘情麗集>, <花神三妙傳> 등이

---

36) 이 극작품은 唐대의 〈鶯鶯傳〉을 극화한 것이다.

대량으로 쏟아져 나오는데 …… 明末에 와서 방탕한 世風과 사회 사조의 촉진 하에서 傳奇小說은 단지 才子佳人의 제재 전통만을 보존하고 아예 문언의 겉옷을 버리고 서면에 쓰이는 白話文을 사용했는데 이것이 바로 淸初의 才子佳人小說이다.”라고 설명하고 있는데 이것이 바로 才子佳人小說의 연원에 대한 정확한 설명이라고 할 수 있다. 元明代의 대표적인 才子佳人類 소설로는 <嬌紅記>와 鄭禧의 <春夢錄>을 들 수 있다. 이외에 중편 문언소설집 《風流十傳》과 《花陳綺言》, 類書 《國色天香》, 《繡谷春容》, 《萬錦情林》, 《燕居筆記》에 <嬌紅記>, <三妙傳>, <天緣奇遇>, <鐘情麗集>, <劉生覓蓮記>, <尋芳雅集>(혹은 <三奇傳>), <龍會蘭池錄>, <李生六一天緣> 등의 작품이 중복되어 실려 있다. 元代의 대표적인 才子佳人類 소설로 꼽히는 <嬌紅記>와 鄭禧의 <春夢錄>은 모두 마지막에 여주인공이 죽음을 맞아 비극으로 끝난다는 점에서 전형적인 才子佳人小說로 보기 힘들다. 그러나 그 주인공들의 외모 및 성격을 비롯한 주요특징은 才子佳人小說과 같다. <嬌紅記>의 남녀 주인공을 보면 물론 주로 강조한 것은 ‘郎才女貌’이지만 남주인공 신순이 “8세에 六經에 통했고 10세 때에는 능히 문장을 지었”고 여주인공 嬌紅이 “미모가 그림 속의 미인을 무색케 하였으며 분을 바르지 않아도 타고난 용모가 매우 아름다웠다”라고 할 때 확연히 才子佳人임이 드러난다. 이들 작품은 거의 모두가 才子佳人類 소설로 唐 傳奇에 빈번히 등장했던 기생이나 유부녀와의 사랑은 찾아볼 수 없고 모두 명문가의 자제와 규수들 간의 밀고 당기는 사랑 놀음을 주요 줄거리로 하고 있다. 이런 문언소설 가운데 元代의 것이 비극으로 끝났다면 明代의 것은 해피엔딩으로 정형화되면서 전형적인 才子佳人類 소설의 면모를 보이기 시작했다. 이런 元明代 文言小說이 詩詞의 삽입이

지나칠 정도로 많고 性에 관한 음란한 장면이 빈번히 등장하여 지금까지는 좋은 평가를 받지 못했으나 최근에는 才子佳人小說과 艶情小說의 직접적인 원류로 주목받고 있는 것은 두말할 것도 없다.

이상과 같이 중국 才子佳人小說은 기본적으로 소설 전단계인 민간설화를 바탕으로 하고 唐 愛情傳奇 → 元明 中篇文言小說 → 明清 才子佳人小說로 계통을 이루며 형성되어 왔음을 볼 수 있다. 이로부터 初期才子佳人小說 → 中期才子佳人小說 → 後期才子佳人小說을 축으로 맥을 이어와 문학사의 한 흐름을 이루었음을 알 수 있다.

第2節 韓國의 경우

1. 韓國 才子佳人小說 槪念

한국의 경우 才子佳人小說이라는 개념은 중국의 才子佳人小說 개념처럼 그 출현시기부터 체계적인 형성과 발전을 이루어졌다고 보기는 어렵다. 대체적으로 일찍 15세기《金鰲新話》때부터 서서히 才子佳人小說의 구조를 이룬 애정소설이 형성발전된 것은 주지의 사실이다. 그러나 본격적으로 才子佳人小說의 구조를 형성한 것은 중국의 才子佳人小說槪念이 元明時期 15세기부터 이뤄졌다면 한국의 경우는 조금 뒤처진 17세기 초부터 시작하여 이뤄졌다고 봐야 할 것이다. 여기서 주로 연구대상으로 하는 시기는 대체적으로 17세기 초부터 19세기 초까지의 시기로 한정하여 中國 才子佳人小說과 비교하면서 고찰해야 될 것이다. 비록 시기적인 차이를 보이고 있지만 장르상 비슷한 유형을 찾아 그 동질성과 차이성을 비교하여 논의하고자 한다. 17세기 초 이 시기에는 주로 애정전기소설류 한문소설들이 주를 이루었다. 이 시기의 才子佳人小說의 형성경위를 살펴보면 중국이라는 외부의 영향과 자체의 소설사적 발전의 결과로 볼 수 있다. 이 시기에는 중국 문물의 활발한 유입과 더불어 중국의 소설작품들도 많이 전래되었다. 주로 四大奇書가 많은 인기를 끌었지만 才子佳人小說이나 淫詞小說에 관한 많은 기록들을 볼 때, 이들 소설에 대한 한국인들의 관심이 적지 않았음을 알 수 있다. 중국 才子佳人小說 가운데 <嬌紅記>와 <賈雲華還魂記>가 가장 널리 읽혔으며, 이를 포함하고 있는 《國色天香》과 관련된 기록도 많이 보인다. 그리고 <玉嬌梨>와 <平山冷燕>은 국문으로 번역되어 남성들뿐 아니라 상층사대부가의 여성들 사이에서도 많은 인기를 얻었다. 이들 작품에 보이는 禮敎와 여성의 才情 강조는 17세기 조선의 사회적, 사상적 변화와 조응하였는데, 이 점이 이 시기에 才子佳人小說이 널리 읽히게 된 원인이 되었으며, 한문소설에서 통속적 애정소설인 才子佳人小說이 형성될 수 있는 바탕이 되었다. 이것이 17세기 조선 才子佳人小說의 外部的 영향이라면, 조선조로 들어오면서 전대의 전기소설이 통속화되던 소설사 內部的 상황 또한 통속적 애정소설인 才子佳人小說이 창작될 수 있었던 요인이 되었다. 한국 才子佳人小說에 대한 개념정립은 이런 전제하에서 출발한다.

중국 才子佳人小說의 標準型 및 그 變移型에 비추어 한국의 才子佳人小說을 개관해볼 때, 한국의 대표적인 才子佳人小說이라

52 제1부

고 할 수 있는 한문소설 가운데 <紅白花傳>을 비롯한 17세기 애
정전기소설인 <周生傳>, <雲英傳>, <韋敬天傳>, <相思洞記> 등
을 才子佳人小說的 성향을 가지고 있다고 볼 수 있다. 이어 범위
를 더 넓혀 중국의 才子佳人小說의 飜譯飜案型에 속하는 標準型
도 눈에 띄지만 보다 많이는 變移型인 <九雲夢>, <王慶龍傳>,
<白雲仙翫春結緣錄>, <洛東野言> 등도 그 보기가 되겠다. 그 후
기로 내려오면서 18세기말 조선후기 국문 애정소설만을 주목할 경우
愛情小說에서 보면 중국의 後期 才子佳人小說에서 나타나는 염
정소설과 유사한 특징을 나타내는 <烏有蘭傳>, <裵裨將傳>, <鍾
玉傳> 등도 서사전개나 인물형상 면에서 才子佳人小說의 서사구
조를 띠고 있다. 동시에 家門·家庭的 경향을 나타내는 <彰善感義
錄>과 <蘇賢聖錄>, <玄氏兩熊雙麟記> 등도 있는데 역시 중국의
후기 소설에서 나타나는 才子佳人小說의 家門·家庭的 경향을 띠
고 있다. 이외에 더 보충하면 임갑낭37)이 열거한 국문애정소설들인
<淑香傳>, <白鶴扇傳>, <淑英娘子傳>, <權龍仙傳>, <尹知敬
傳>, <梁山伯傳>, <雙美奇逢>, <彩鳳感別曲>, <洞仙記>, <玉
丹春傳>, <李進士傳>, <柳錄의 恨>, <月下仙傳>, <南原古詞>,
<靑年悔心曲> 등도 포함되겠다. 이런 것들은 거의 대부분 청춘남
녀가 만나 애정관계를 맺고 남녀가 상합하여 혼사를 약정하는데 혼
사장애로 결별 위기에 처하게 되는 내용이다. 그러나 결국 결별위기
를 극복하고 성혼하고 애정생활을 영위하며 복록을 누린다는 서사방
식은 才子佳人小說과 크게 구별되지 않는다.

　본고는 이러한 다양한 문제의식을 가지고 비교 논의의 정치성을
기하기 위하여 남녀의 애정을 소재로 하는 애정소설 즉 才子佳人

---

37) 임갑낭, 「조선후기 애정소설 연구」, 계명대 박사학위논문 1992.

小說의 구조에 가까운 형식 또는 표준형 및 變移型을 아우른 개념으로 才子佳人類 小說이라는 용어를 사용하도록 한다.[38) 하여 보다 광의적 의미로 才子佳人小說적 소재를 지닌 개념으로 사용하도록 한다.

2. 形成背景

우선 한국의 경우 擔當層에 대해 여러 면에서 살펴볼 수 있다. 그러나 무엇보다도 조선조 농업의 발달로 인한 경제적 여유와 이를 바탕으로 중국 문물의 활발한 유입, 그리고 성리학의 사상적 이완이라는 사회사상적 배경이 한 몫을 하게 된데1차적 주목을 해야 될 줄로 안다. 이는 才子佳人小說類뿐만 아니라 조선조에 소설 문학이 인기를 끌 수 있었던 기본 바탕이 되겠다.

특히 16세기 말부터 17세기 초는 전란 및 이괄의 난(1624)으로 소실된 서적의 보충이라는 국가적 필요에 의해 적극적으로 중국의 서적이 수입되었다. 이때 주로 유입된 서적은 經・史・制度・文集類였다.[39) 이후 17-18세기로 오면서 유입되는 양이 방대해지고, 그

---

38) 최수경은「才子佳人類小說 類型 硏究」(한국중국소설학회 편, 『중국소설논총』제11집, 2000)에서 역사적으로 才子佳人이 주인공으로 등장한 소설작품들을 모두 지칭하여 '才子佳人類 小說'이라 하고, 청대의 才子佳人類 小說에만 한정하여 '才子佳人小說'이라 칭하여 양자를 분리하면서 才子佳人類 小說은 시대를 초월하여 존재할 수 있지만 才子佳人小說은 才子佳人이라는 제재만으로 정립될 수 없는 범주로 파악하고 있는데 이 관점은 일견 필자의 개념정립과 비슷한듯하면서도 일부 차이점을 나타내고 있음을 알 수 있다. 필자는 적어도 才子佳人류 소설의 성립조건에서 단지 '才子佳人이라는 제재만'이 아니고 '기본 서사 틀'까지 고려하여 개념정립의 엄밀성을 기하고 있다.

종류도 경서류에서 총서류, 소설류 등으로 다양해지게 되었다. 이것이 가능해진 것은 중국 내에서 서적 간행 및 판매가 활발해진 데다가 조선에서는 농업생산성의 증대로 인한 경제적 풍요와 사상적 이완 등으로 중국문화에 대한 관심과 수요가 급증했기 때문이다.

주로 왕실이나 상류층이 주요 독자층을 형성했는데 소설은 그들이 사행단의 일원이 되어 직접 구입하거나 역관들을 통해 입수했다. 특히 사행단 중 상대적으로 행동이 자유로웠던 역관들이 몰래 서적을 구입해 국내의 서적 판매상에게 넘기기도 했는데, 이들에 의해 전래된 중국소설 중 四大奇書는 계층이나 지역에 국한되지 않고 거의 전국에 걸쳐 애독되었다.40) 소설의 엄청난 인기로 인해 과거 시험에 소설의 문장을 쓰기도 하고 문체가 소설 문체와 유사하게 변하기도 하였으며, 젊은이들 사이에서 소설을 읽지 않으면 부끄럽게 여길 정도가 되었다. 또 주로 향유했던 담당 층을 보면 중간 지식인층, 즉 어느 정도의 학문적 소양을 지니고 있으나 경제적으로 그리 여유롭지 못한 계층이 많았는데, 이들은 주요하게 한문 지식을 지닌 문인들로서 주로 才子佳人小說의 독자층을 이루었을 것으로 추정된다.

이렇게 소설 생산과 유통이 書坊으로 대표되는 상업화의 흐름 속으로 편입되어 감에 따라 소설 집필에 종사하는 문인 작가들의 창작 방식과 의식 형태에도 前代의 작가들과는 차별되는 새로운 특징이 생겨나게 된다. 또 남산골샌님으로 대표되는 출세하지 못한 문인들도 생계유지를 위하여 수입창출의 차원에서 才子佳人류 소설을 번안하고 창작했다. 이들도 출세의 길을 찾을 길이 없어 신세를 한탄하다가 그것을 작품 속에 투영시켜 정신적인 대리만족을 하였음은

---

39) 신양선, 『조선후기 서지사 연구』, 혜안, 1996, pp.33-34.
40) 김정숙, 전게서, pp.43-53.

중국의 才子佳人작가들의 경우와 다르지 않다. 뿐만 아니라 일반 독자들도 이를 읽음으로써 대리만족을 얻었음은 물론이다. 앞에서도 언급했지만 才子佳人小說은 그 작가와 독자층의 자아표현이라는 수요에 의해 창작되었다고 할 수 있으므로 이것은 한 개인의 영리 추구와 자아표현에만 국한된 문제가 아니다. 이것은 당시 풍조와도 밀접한 연관성을 가지고 있는 것이다. 당시 농업생산의 증대로 인한 경제적 풍요와 사상적 이완 등으로 중국문화에 대한 관심과 수요가 급증하였으나 공급은 원활할 수 없었을 것이다. 중국문화는 모두가 한문으로 되었기에 그 독자층이 모두 한문을 읽을 수 있는 왕실이나 상류층을 제외한 일반인에게 한문소설은 접근이 용이하지 않았다. 이런 제한성으로 중국소설은 '국역본'의 형태로 유통되었는데 이것은 상류층 여성에게까지 애독되었음을 짐작할 수 있게 한다. 중국소설이 이렇게 국역본으로 주로 전래 온 것은 권섭의 모친이 필사한 <好逑傳>으로 보아 알 수 있다. 일부 才子佳人小說은 유입과 거의 동시에 번역이 이루어져 유통되었는데 <好逑傳>, <平山冷燕>, <錦香亭記>, <醒風流>, <引鳳簫>, <快心篇>, <雪月梅>, <王翠翹傳>, <春柳鶯>, <鳳凰吟>, <십이봉뎐환긔>[41]등 16종 대표적 사례로 꼽을 수 있다. 그러나 이런 국역본들은 독자층의 수요를 만족시키기엔 부족하였을 뿐만 아니라 작가 층 역시 중국소설의 유입과 번역으로 이러한 풍조에 직·간접적으로 영향과 자극을 받아 독자층의 수요를 보충하기 위해 창작한 것만은 사실인 것 같다. 그 사례로 국문애정소설들인 <烏有蘭傳>, <裵裨將傳>, <金進士傳>, <변강쇠전> 등으로 볼 수 있다. 김정숙의 「조선후기 才子佳人小說

---

41) 박재연, 「조선시대 중국통속소설 번역본의 연구」, 한국외국어대 박사학위 논문. 1993.

연구」에서 單型體小說과 章回體小說에 관련된 기록[42]들을 보면 그간의 사정을 여실히 알 수 있다. 이러한 외부적 영향과 급증하는 국내의 수요는 무명인들인 남산골샌님들에게 더 없이 좋은 창작의 기회를 주었을 것이다.

조선조 애정소설로 다루어지는 작품 중 일부 작품, 예를 들어 <洞仙記>, <王慶龍傳>, <紅白花傳>, <周生傳>, <雲英傳>, <韋敬天傳>, <崔陟傳> 등에서도 중국의 전기소설 혹은 才子佳人小說의 인물구성과 서사전개의 특성을 쉽게 찾아 볼 수 있다. 이러한 특징은 중국의 才子佳人小說類의 꼴을 닮았다는 점에서 앞으로 비교연구의 좋은 주제가 될 것이다.

思想的 背景에서 보면, 당시 조선조 사회가 임병양란을 治癒하면서 사상적으로 禮論을 강조하던 시기였던 것과 관련지을 수 있다. 조선조 사회는 명분론에 입각하여 안정된 체제를 유지하다가 17세기에 들어서서 일대 변혁이 일어난다. 임병양란이라는 미증유의 사건이 발생함으로써 조선사회 전체가 충격을 받게 된다. 따라서 17세기의 조선 사회는 40여 년 간격으로 일어난 임병양란으로 인한 전쟁의 후유증으로 몸살을 앓으면서 그 후유증을 극복해 나가는 시기이기도 했다. 이 시기에 순정 성리학자인 士林은 정계에 대거 진출하여 전쟁의 후유증을 도덕철학이라는 성리학적 이데올로기와 현실정치를 긴밀하게 논리적으로 결합시켜 극복하려 하였다. 순수 성리학으로 무장한 위정자들은 예학을 강화하여 예학의 발전을 이루게 된다. 곧 17세기 예학의 발달은 내적으로 성리학 속에서의 禮說의 심화에서 비롯된 것이지만 외적으로는 임진왜란 이후 예법의 해이, 상업발달과 국제무역의 증가 등 사회경제적 변화로 인해 동요하는 사

---

42) 김정숙, 전게서, pp.47-51.

회에 대응해야 하는 필요성에서 기인하였다.

예법의 해이는 의식의 변화를 야기하였고 신분의 동요를 일으켰다. 조선조의 신분제 사회는 피지배계급의 지속적인 신분상승 노력과 신분제 철폐 투쟁에 의해 서서히 붕괴되기 시작하였다. 16세기말 전란의 소용돌이 속에서 노비는 군공 등을 통해 신분을 상승시키기도 하였으나 주로는 도망을 하여 노비 신분에서 벗어났다. 또 17세기 중엽에 들어서면 상층에서는 인조반정을 계기로 하여 예송논쟁이 치열하게 전개됨으로써 상층에서도 예법 논쟁이 가속되면서 예법이 흔들리게 되었다.[43] 유교를 국시로 하는 왕권중심사회에서 두 차례의 전쟁 경험과 예송에 대한 치열한 공방은 엄격한 신분질서에 근거한 수직적 관계에 균열을 일으켰다. 왜란과 호란이라는 전쟁에 휘말린 경제적, 사회적, 정신적 충격과 상층사회에서의 예학에 대한 강한 논쟁과 반발은 하층 사회에도 영향을 미쳤으며 농업 위주의 사회에서 점차 상공업 위주로 나아가는 사회 현상은 봉건사회의 신분질서를 동요시켰다. 예학의 발달과 강화라는 논리는 다시 말해서 예학의 전통에 균열이 생겼음을 알려주는 징표이다. 바야흐로 전통적인 사고에 대하여 백성들이 회의와 반성을 하면서 의식의 자각이 이루어지는 시기가 도래한 것이다.

17세기에 이르면 天機論, 性靈論과 결부되어 인간의 자연스런 감정을 강조하기 시작한다. 정감 논의는 18세기에 이르면 主情論이라 부를 수 있을 만큼 주요 담론으로 부상한다. 18세기에 이런 담론이 형성될 수 있는 기반은 이미 17세기에 마련된 것이다. 성리학의 지배 이념은 慾望이나 정욕의 분출을 금기시하여 인간 정감의

---

43) 고영진, 「17세기 전반 남인학자의 사상」, 『역사와 현실』8호, 한국역사연구
　　회, 1992.

유출은 억제되고 감정의 순수성만을 강조하였다. 이 시기에 와서 비로소 조선 시대의 절대 규범인 存天理 滅人慾의 강조가 서서히 무너지기 시작하게 되었다. 따라서 17세기 이후 18세기로 넘어가면서 더욱 활발하게 남녀의 정욕 등 인간의 본능을 대변하는 작품들이 속출하게 되었다. 성정의 논의에서 정의 강조로 이동하게 된 것은 '性'의 문제에서 새로운 담론을 형성할 수 있는 계기를 마련했다. 규범화되고 강요된 체재 내에서의 순응에 머무르는 것이 아니라 '人慾'의 강조를 통하여 억제된 감정을 분출할 수 있는 계기를 마련하기 때문이다. 이러한 문제는 여성 문제에 있어서 매우 중요한 요소로 작용한다.

이런 정에 대한 긍정과 예학의 흔들림 그리고 전쟁 체험은 일반 민중에게 영향을 미쳐 민중의 각성이 싹트게 되었음은 주지의 사실이다. 민중 가운데에는 여성들도 포함되며 그들도 의식의 각성과 정욕에 대한 긍정의식이 싹텄음을 짐작할 수 있다. 성정의 논의에서 '情'에 대한 논의를 제기함은 남녀의 정에 대한 긍정적인 방향으로의 사고 변화를 의미한다. 곧 이전까지의 남녀에 대한 사고가 흔들리고 있음을 반증하는 것이다. 성리학적 세계관을 견지했던 이념에 대해 이전과 다른 견해를 제기했다는 것은 사상과 의식의 변모를 그대로 반영한다고 볼 수 있다. 이 시기는 또한 국문소설사에서 가문소설이 형성되었던 시기이기도 했는데, 점차 중대되는 가문의식과 공고해지는 유교사상은 소설 작품 중에서 禮敎를 강조하는 才子佳人小說이나 가문의식에 의한 가문창달을 그린 가문소설에 대한 선호로 나아가게 했다.

일부 문인들이 <國色天香>, <花陳琦言> 등의 통속서까지도 섭렵했던 것으로 보아 單型體 才子佳人小說도 널리 읽혔지만, 章回

體 才子佳人小說이 전래됨과 동시에 국문으로 번역되어 여성 독자들 사이에서 널리 읽힌 것을 보면 章回體 才子佳人小說이 그보다 훨씬 더 폭 넓은 독자층을 지니고 있었음을 짐작할 수 있다. 그리고 <國色天香>이 많이 읽히기는 했지만, 그 속에 수록된 개별 單型體 작품들에 대한 기록이 별로 없는 것을 볼 때, 이들 통속적 혹은 외설적 작품들은 조선의 문인들에게 다소 이질적으로 느껴지거나 문학적 가치가 별로 없는 것으로 여겨졌을 가능성이 있다. 물론 가장 근본적인 이유는 이들 單型體 才子佳人小說이 전래된 17세기는 중국에서도 이미 이들에 대해 관심을 두지 않았을 때였다는 사실이다. 이때는 중국에서도 백화단편소설이나 章回體 才子佳人小說 등과 같은 백화 통속소설이 큰 인기를 끌었고, 조선에서도 주로 《三言》, 《二拍》등의 話本小說 혹은 <玉嬌梨>와 같은 章回體 才子佳人小說이나 통속적 백화 장편소설이 읽혔다.44)

조선조는 예교를 표방하는 章回體 작품이 인기를 끄는 동시에 한편에서는 <肉蒲團>을 비롯한 음사소설이 공공연하게 읽히고 있었다. 18세기 후반에 오면 중국의 음사소설로 일컬어지는 <肉蒲團>과 함께 <桃花影>, <豆棚閑話>, <濃情快史>, <杏花天>, <姑妄言> 등의 猥褻的 艶情小說이 稀奇的 취향의 문인들 사이에 상당히 많이 전래되고 읽혔음을 각종 기록을 통해 알 수 있다.45) 그런데 이들 음사소설은 조선의 문인들에게는 호기심의 수준이고, 대중

---

44) 김정숙, 전게서, p.50.
45) 김영진, 「18세기 말 서울 명청서적 유통 실태-〈欽英〉을 중심으로」, 『2004년 한국문화연구원 학술대회 - 17·18세기 동아시아의 독서문화와 문화변동』, 이화여대 한국문화연구원, 2004. 기록에 의하면 『中國小說繪摸本』에 8종, 『小說經覽者』에 11종이 기록되어 있고, 이외 유만주와 이옥의 기록에서도 이와 관련된 작품들이 보인다.

적인 독서로는 확대되지 않은 것으로 보인다.

生活的 바탕에서 보면, 한국의 경우 역시 중국의 '才子'라는 개념과 淵源은 부동하다. '才子'란 말이 중국에서 그 개념이 일조일석에 독자적으로 형성되지 않듯 前代의 문화사상과 예술적 바탕에서 형성된 결과라 할 수 있다. 그것은 소설의 발생기부터 지속적인 발전을 해왔다고 할 수 있다. 다시 말하면 한국의 '才子'는 신라시기의 전기소설에 그 시원을 두고 있다고 해야 할 것이다. 뿐만 아니라 佳人의 개념 역시 중국과 별 다른 차이가 없다. 초기작품에서 보면 단순하고 무개성적인 인물로서 용모가 아름다운 여인으로 묘사되었고, 중기에 들어서면서 용모도 아름답고 詩才가 능한 현숙한 여인을 지칭하였다. 그러다가 후기에 들어서면서 아름다운 용모에 詩才도 능하고 지혜로운, 단순하고 평면적인 여인으로부터 성격이 풍만한 입체적인 재녀로 발전한다.

그리고 중국이나 한국의 전통적인 혼인패턴을 보면 才子들은 '父母之命, 媒約之言'에 의해 혼사가 이루어지는 상황에서 '賢母良妻'를 추구했을 때 '良妻'의 도덕적 인격은 기대했을망정 美와 智的인 뛰어남은 애초에 기대할 수 없는 것 같다. 그들은 애초에 이런 것들을 밖에서 찾는 줄로 안다. 그것은 바로 美와 智的인 욕구를 동시에 만족시킬 수 있는 기녀에 대한 추구로 나타난다. 才子들이 기녀들을 끼고 노는 것은 그리 흠이 될 것도 아니었다. 才子들은 '良妻+妓女'라는 등식 속에서 이상적인 사랑의 파트너에 대한 욕구를 충족했던 것이다. 그러므로 才子들이 기녀들과 놀아나는 것은 일종 로맨스고 풍류이다. 중국이나 한국 중세에 있어서 끊이지 않고 전해져 내려오는 이야기의 하나가 바로 이런 로맨스고 풍류이다. 이른바 '郎才女貌'의 사랑이다. 중국의 많은 才子들은 기녀들을 직접 첩으로 맞아들인 경우도 허다하다. 明末淸初라는 이 시점에서 놓고 보아도 문인才子들과 시화나 음악에 뛰어난 명기의 빈번한 교류는 당시의 일종 風流佳話였다고 한다. 한국의 야사를 놓고 보아도 문인才子들의 일화 가운데 기녀와 얽힌 이야기가 기본적으로 한 내용을 이루고 있다. 17세기 임제와 황진이, 한우와의 로맨스, 허균이 喪중에도 기생을 끼고 술을 마셨다는 '悖倫' 등등은 전형적인 보기가 되겠다. 한마디로 말하여 중국과 한국에 있어서 전통적으로 기녀는 적어도 美와 智 면에서 佳人에 접근하고 있다. 기녀들의 바로 이런 특성 내지는 이들과 才子들의 인연은 才子佳人小說 형성의 현실적인 한 바탕이 되었다.

마지막으로 文學內的인 淵源에서 살펴보면, 조선조는 허균이 李卓吾의 영향을 받아 '男女情慾天定說'을 내걸었다. 이로부터 17세기 조선조에 있어서 여성에 대한 시각교정이 일어났다. 조선조도 살펴보면 재녀들이 적지 않다. 남자들의 어깨너머로 글을 익혔다는 허란설헌, 서화 모두가 뛰어난 신사임당은 그 한 보기가 되겠다. 조선 시기 여류시인이었던 허란설헌(1563-1589)은 홍길동전을 쓴 허균의 누이이다. 란설헌은 어렸을 때부터 총명하고 유달리 아름다운 용모를 타고나서 여신동이라고 불렸다. 그는 다섯 살 때부터 시를 지었다고 한다. 그의 아버지 허엽은 란설헌에게 글을 가르치지 않았다. 당시에는 여성들에게 글을 가르치는 것을 좋은 일로 여기지 않고 있었기 때문이었다. 란설헌은 오빠들이 공부하는 것을 엿듣고 글을 익혀 시를 지었는데 그는 뛰어난 총명성으로 인하여 오빠들보다 많은 글을 읽었고 지은 시도 많았다. 그녀는 처녀시절에만이 아니라 김성립에게 시집을 가서 아이를 낳아 키우면서도 시를 지었다. 그러나 그녀는 아깝게도 27살 젊은 나이에 세상을 떠났다. 그는 짧은 생애에도 많은 시를 썼으나 다 전해오지는 못하고 있다. 여인들에게 글을 장려하지 않던 당시에 여성이 쓴 시를 출판해줄 리가 없었던 것이다. 다행히도 시 몇 편이 전해지게 된 것은 그의 오빠 허균의 덕이었다. 허균이 37살 때 중국에서 오는 주지번이라는 사신을 맞이하는 관리로 임명되었다. 그는 서울입구에 있는 벽제관에서 사신과 자주 만나 이야기를 나누며 글짓기를 즐기기도 하였다. 사신은 허균의 글재주에 감탄을 금치 못해 하면서 그에게 기념으로 될 글 몇 편을 달라고 하였다. 허균은 자기에게는 변변한 글이 없으나 누이의 글이 있으니 한번 보라고 하면서 그 앞에 내놓았다. 주지번은 그 시들을 보고 무릎을 치며 감탄하였다. 더구나 여성이 쓴 것이라니 더 귀한 보물이라면서 그것을 자기에게 달라고 했다. 중국에 돌아간 주지번은 그 시들을 묶어 《蘭雪軒集》으로 출판하였다. 이렇게 세상에 나타나게 된 《蘭雪軒集》은 많은 사람들에게 읽히며 사랑을 받게 되었다. 란설헌의 시를 몹시 애독하던 사람들 가운데 허경란이라는 여인이 있었다. 허경란은 선조 때 번역관으로 중국에 들어가 살게 되었던 許純의 딸이었다. 허경란도 어려서부터 총명하여 7~8세에 시를 지었다. 그녀가 어렸을 때 부모들이 세상을 떠났으므로 조국으로 나오지 못하고 친척집에 얹혀 그대로 이국에서 살게 되었다. 그녀는 나이가 들면서 고국에 대한 그리움이 커갔다. 이러한 그녀에게 《蘭雪軒集》은 마치 조국의 한줌의 흙과 같이 귀중하였다. 그것이 자기와 같은 여성이 쓴 시라는 정 때문에 더욱 그러하였다. 경란은 란설헌의 시의 운을 따라서 시를 지어보기도 하였다. 그 시들은 후에 한 책으로 묶여져 《海東蘭》이라는 제목으로 출판되었다. 그녀는 허란설헌의 시에 어찌나 사로잡혔던지 나중에는 자기를 이미 세상을 떠난 란설헌의 환생으로 여기고 그에 대하여 자부심마저 가졌다. 그리하여 아호도 '경란 少雪'이라고 붙였던 것이다. 그녀는 허란설헌이 27살에 죽었으니 그의 환생인 자기도 27살에 죽을 것이라고 하였다. 그리하여 27살이 되던 해에 친척들 앞에서 "내가 금년에 꼭 죽을 것이다."라고까지 말하였다. 그런데 그해에도 그 다음 해에도 그녀는 죽지 않았다. "그럼 내가 허란설헌의 환생이 아니라 범상한 태생이었단 말인가?" 그녀는 이렇게 되뇌면서 몹시 실망했다고 한다. 중국이나 한국의 才子佳人류 소설 속에 등장하는 佳人은 사실 현실사회에 존재해온 기녀나 才女를 그 원형으로 하고 있었음을 알 수 있다.

　그러나 한국은 한국 자체의 문학사 흐름 속에 한국의 才子佳人小說類와 연결되는 애정이야기도 적지 않다. 신라시기의 전기소설에 그 시원을 두면서 나타난 작품이 수이전체로서 그 대표적 작품은 <雙女墳>, <崔致遠>, <首揷石枏> 등이다. 그 후 고려후기에 나온 일부 패설 작품들에서도 才子佳人小說의 요소들을 발견할 수 있다. 본격적인 발전을 이룩하게 된 것은 조선조에 들어서면서 조선조 초기소설은 자연발생적인 단계에서 의도적인 단계의 초기에 들어서게 된다. 그 표징은 김시습의 소설집《金鰲新話》의 출현이다. 이 소설집에 들어있는 <萬福寺樗蒲記>, <李生窺墻傳> 등은 한국 자체 내에서의 창작으로서 才子佳人小說의 특징을 뚜렷이 드러내고 있다. 조선조 후기에 와서 才子佳人小說類의 창작은 더욱 활발해져 <春香傳>, <淑英娘子傳>, <九雲夢>, <紅白花傳> 등 작품들이 쏟아져 나왔고 그중 <春香傳>은 한국고전 才子佳人小說뿐만 아니라 조선조소설에서의 백미로도 평가되었다. 하지만 한국의 많은 才子佳人小說類는 17세기에 주로 중국 才子佳人小說이 많이 유입되면서 그 영향을 받아 형성된 것으로 볼 수 있다.

第3章 才子佳人小說類의 發展系譜와 諸 樣相 比較

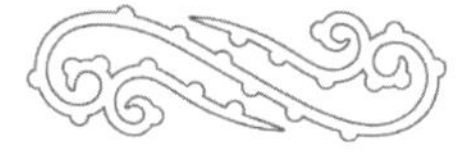

　문학은 종적인 횡적인 그물망 속에서 생성되고 발전한다. 韓·中 才子佳人小說도 여기서 예외가 아닌 줄로 안다. 본고는 위에서 韓·中才子佳人小說의 생성·발전에 대해 주로 시대배경 및 작자, 독자 등 횡적인 차원에서 살펴보았다면 여기서는 韓·中才子佳人小說 자체의 종적인 발전계보상의 특징에 대해 비교고찰을 진행해 보도록 한다. 이로부터 韓·中才子佳人小說의 전반적인 비교연구의 한 틀을 마련하도록 한다.

　韓·中才子佳人小說의 발전계보에 대해 학계에서 대개 2단계설과 3단계설로 나눠지는 듯하다. 김정숙이 박사논문 <조선조후기 才子佳人 小說硏究>에서 중국의 明末淸初를 전후하여 2단계로 나누어 설명한 것은 그 전형적인 보기의 하나가 되겠다. 이 2단계설이 일리가 없는 것은 아니나 그 2단계로 나누는 기준을 주로 왕조교체에 두었다고 할 때 문학사 발전변화의 내부적 여건들을 소홀히 한 감을 주는 듯 하다. 이에 필자는 2단계 설보다 기준설정이 보다 다양하고 맥락설명이 보다 유연성을 확보했으며 상황설명이 보다 구체성을 확보한 3단계설에 기본상 동의하면서 중국 才子佳人小說을 15-16세기의 초기, 16-17세기의 초기, 17-18세기의 후기로 나눠 살펴보도록 한다. 그리고 시기적으로 다소 변화를 보이는 한국의 경우에 있어서는 대체적으로 17세기부터 19세기까지를 나름대로 초기, 중기, 후기로 나눠 중국의 才子佳人小說의 시기적 변화 특성과 비슷한 작품들을 선정해서 비교하면서 논의하고자 한다. 다시 말하면 한국과 중국의 才子佳人小說類를 初期, 中期, 後期 3단계로 나눠 그 계보를 살펴보면서 관점이나 논거를 가미하여 보다 충실한 논술을 기하고 이에 따르는 작품분석도 진행하도록 하겠다.

第1節 初期 小說의 發展系譜와 모티프 對立樣相 比較

1. 發展系譜

才子佳人小說은 어디까지나 애정소설의 한 범주에 속한다. 애정이 문학의 영원한 한 주제라 할 때 그것에 대한 문학적 대응은 애초부터 있어 왔다. 이로부터 韓·中 才子佳人小說의 싹은 각자의 문학사에서 일찍부터 나타났다. 중국의 경우를 보면『史記·司馬相如列傳』에 일찍 한나라시기 司馬相如와 卓文君이 첫 눈에 반해 私奔하는 이야기가 기록되어 있는데 이것은 현재까지 중국의 유명한 애정고사의 하나가 되어 있다. 이 애정고사에는 적어도 사마상여라는 才子와 탁문군이라는 佳人이 등장하고 자주적으로 사랑을 이

루며 처음에 어려움에 봉착하다가 결국 花好月圓의 대단원을 이루
는 이야기는 才子佳人小說의 인물특징 및 이야기패턴과 그대로 맞
아 떨어진다. 한국의 경우 이런 고사가 보이지는 않으나 없는 것은
아니다. 적어도 삼국시기 민간설화 같은 데서는 이런 편린들이 발견
된다. 그런데 이런 고사들은 아직 소설로 승화되지 못하고 근근이
에피소드에 불과하다. 한국이나 중국을 막론하고 才子佳人小說에
보다 접근된 초기형태로 나타난 것이 傳奇體小說이다. 중국의 경우
唐나라 애정전기는 그 전형적인 보기가 되겠다. 唐나라 애정전기는
표현형식이 文語體 漢文으로 되어 있는 ‘文人傳奇體’ 소설이다.
구체적인 작품들로는 <李娃傳>, <霍小玉傳>, <嬌紅傳>, <步飛
烟>, <鶯鶯傳> 등을 그 예로 들 수 있다. 이런 작품들을 보면 才
子와 佳人이 등장하고 이들이 시로써 주고받으며 정을 통하고 인연
을 맺는 사랑의 계기 및 형성과정은 才子佳人小說과 그대로 닮아
있다. <李娃傳>을 구체적으로 보면, 이 소설은 화류계의 拜金主義
로 인해 배신한 여인과 그녀를 신뢰한 남성의 葛藤이 이야기의 주
를 이룬다. 愛情葛藤은 결국 李娃의 회개와 모생의 科擧及第로
완전히 해소된다. 이 작품은 구조상 葛藤의 해소 과정이 지나치게
인위적이지만 남주인공의 과거급제의 喜劇的 성격 및 대단원결말
등 才子佳人小說 模式을 선도했다는 점에서 중요한 의미를 지닌
다. 수이전체로 시작한 한국의 傳奇體小說을 보면 그것은 바로 중
국 당나라 전기의 영향을 받아 신라 말기에 이루어졌다. 그 대표적
작품으로는 <崔致遠>, <虎願>(일명<金現感虎>), <萬福寺樗蒲
記> 등을 예거할 수 있다. 한국과 중국의 傳奇體小說을 才子佳人
小說과 근접 차원에서 비교해보면 한국의 경우는 많이 일실되어서
그런지는 몰라도 현존하는 것만으로 놓고 볼 때 그 양이 훨씬 적으

며 몽유적이거나 이류교계적인 신비한 색채가 훨씬 진하다. 그래서 才子佳人小說이 신비한 색채가 거세된 사실주의경향으로 많이 흐른 특색을 놓고 볼 때 이런 것은 才子佳人小說의 반대급부로 생각할 수 있다. 한국이나 중국의 傳奇體小說이 굳이 才子와 佳人이 애정을 이루는 과정에 치중하지 않았고 또한 그 애정이 비극으로 끝나고 있다는 점에서 볼 때, 그것은 才子佳人小說하고 그 특성을 달리한다. 중국이나 한국의 이런 傳奇體小說은 그 후에 계속 창작되면서 더욱 세련되어 갔다. 예컨대 중국은 明代에 이르러 구유의 《剪燈新話》 창작으로 傳奇體小說의 고봉을 이루며 才子와 佳人의 형상적 특징, 구성패턴 등 면에서 才子佳人小說에 훨씬 더 근접해갔다고 볼 수 있다. 그리고 宋·元·明의 화본 및 의화본 소설에 청년 士子의 사랑 이야기를 묘사한 작품들인 <王魁負桂英>, <杜十娘怒沉百寶箱>, <王嬌鸞百年長恨>, <淑香亭張浩遇鶯鶯> 등 話說人 즉 이야기군들의 구술이야기를 바탕으로 하고 생성된 白話體 短篇小說形式은 적어도 언어구사 면에서 文言文보다는 白話文으로 나아갔다는 점에서 才子佳人小說에 근접하고 있다. 바로 이러한 것들이 <李娃傳>, <霍小玉傳>, <嬌紅傳> 등 單型體의 단편소설로부터 章回體 장편소설의 才子佳人小說 형성에 적어도 章回體라는 소설형식을 계도했을 것이다.

한국의 경우를 보면, 《剪燈新話》의 영향을 받아 창작된 15세기 김시습의 《金鰲新話》에 이르러 才子佳人小說에 훨씬 접근한 <李生窺墻傳> 같은 소설이 창작된다. 또한 17세기 와서 본격적인 애정전기소설이 형성되기 시작한다. 이때의 소설들의 특징들은 거의 初期才子佳人小說의 서사구조와 비슷한 구조의 형식을 지니고 있어서 흥미롭다. <周生傳>, <雲英傳>, <韋敬天傳>, <崔陟傳>,

<相思洞記> 등이 그러하다. 이들은 거의 대부분 시로 주고받기, 첫눈에 서로 반하기, 부모의 혼사장애 및 극복, 그리고 전란으로 인한 비극 등 면에서 본격적인 才子佳人小說과 전혀 다르지 않다. 작품 결말 역시 전통 才子佳人小說 해피엔딩 결말과 달리 初期 才子佳人小說에서 나타나는 비극적인 결말과 대체적으로 비슷하다.

이런 특성을 다음과 같이 정리할 수 있다.

1) 韓·中 초기 소설은 전기소설에서 발전 계승된 것으로 볼 수 있으며 그것의 특징, 즉 비현실적이고 비과학적인 환몽, 신선, 명부, 용궁 등의 세계가 初期 才子佳人小說에 와서 사실성의 강화로 많이 통속화되었지만 여전히 남아있음을 보여주고 있다.

2) 초기 소설의 주인공들은 대개가 나약하고 현실에 대응하지 못하고 순응하는 성격적 특성을 가지고 있어 결과적으로 비극적인 결말을 초래한다.

3) 초기 소설에서는 주인공의 성격이나 행동에 대한 묘사가 치밀하게 되어 있고 사건전개에도 그 변화의 폭이 넓다. 이러한 기법은 독자들에게 작품의 생동감과 흥미를 더 느끼게 해 준다.

4) 초기 소설은 사건이나 소재 자체는 비현실적인 면이 많이 남아있지만 있지만 남녀 간의 애정문제, 당대인들이 처한 상황 등 인생에 관한 다양한 문제를 통속적으로 그리고 있는 것이 특징을 가지고 있다.

5) 초기 才子佳人小說을 중국의 경우 15-16세기로 본다면 한국의 경우는 한 세기 뒤늦게 17세기 초로 볼 수 있다.

2. 모티프 對立樣相 比較

　본격적인 才子佳人小說 전개에서 초기적 특성을 나타내는 작품들이 여러모로 주목된다. 한국의 경우를 보면,《金鰲新話》이후 소설사에서 주목받는 수작들인 <雲英傳>, <周生傳>, <崔陟傳>, <韋敬天傳> 같은 애정소설들이 많이 속출하였다. 이 시기의 소설들은 비록 중국의 初期 才子佳人小說에 비해 시기적으로 뒤처져 있지만, 작품의 모티프 양상에는 뒤지지 않는다. 이 시기의 한국의 작품들은 양적으로나 질적으로 조선전기의 그것에 필적하거나 오히려 앞선다고 평가할 수 있을 만하다. 이는 전란과 중세질서의 모순의 심화라는 역사적 현실 속에서 전기소설 장르가 현실에서 소외되어 있던 문인지식인층의 체험과 사상감정을 표현하고 사회모순을 나타내며, 사회제도, 신분제도, 가정윤리제도 속에서 비극으로 나아갈 수밖에 없는 남녀애정을 나타내는데 여전히 유효한 장르로 인식되었기 때문이다. 이로부터 초반의 才子佳人小說은 이러한 남녀애정의 사회적 비극이 작품 속에 고스란히 드러났다고 볼 수 있으며 작품의 기본 모티프를 형성했음을 알 수 있다. 중국의 경우 <嬌紅傳>, <霍小玉傳>, <鶯鶯傳> 등을 비롯한 작품들이 이 시기에 비교적 다양한 형태로 나타난다. 전통적인 才子佳人小說의 구조가 만남 → 헤어짐 → 대단원의 구도를 이루었다면 초기 작품에는 대단원의 해피엔딩보다는 비극적인 결말이 더 많았다는 것이 특징이다. 아래 작품의 모티프를 이루고 있는 남녀사이 애정에서 흔히 있게 되는 믿음과 배신, 사회제도 속에서 나타나는 애정과 윤리도덕사회의 모순, 이런 모순으로 인해 비극적인 결말을 이루게 되는 다양한 작품양상들을 살펴보도록 하겠다.

1) 믿음과 배신

이 시기소설의 비극은 주로 믿음과 배신이라는 대립 구조로 성립되어 나타난다. 정신적 차원이 아닌 본능적이고 충동적인 욕구로 맺어진 남녀 관계는 믿음과 배신을 운운할 여지가 없다. 그러나 끈끈한 정 즉 정신적인 사랑으로 맺어진 남녀사랑의 비극에는 믿음과 배신의 문제가 나선다. 그런데 그 비극의 대부분은 타인의 방해로 인한 외부적 요인보다 오히려 내재적 요인인 사랑하는 사람 사이에 믿음과 순정 대 이기심과 배신에서 비롯됨을 알 수 있다. 여기선 주로 등장인물들의 믿음과 배신으로 나타나는 남녀애정의 대립구조를 살펴보도록 한다.

우선 사랑의 믿음이 모든 갈등과 장애를 이겨낼 수 있다는 의지 표출을 먼저 살펴보도록 한다. 주인공들의 진실한 사랑 앞에서 갈등과 장애는 남녀 사이를 갈라놓을 수 없을 뿐만 아니라 사랑을 더욱 깊게 만드는 계기로 밖에 안 된다는 것이다. 따라서 이런 장애와 갈등은 남녀주인공으로 하여금 사랑에 대한 더욱 굳은 의지로 나타나는데 결과적으로 비극적인 결말과 해피엔딩의 결말의 두 가지 형태로 나타난다.

한국의 <韋敬天傳>과 중국의 <嬌紅傳>의 경우는 전자의 형태를 이루는 작품으로 볼 수 있다. 이 작품들에서는 유교적인 사회제도, 신분제도, 가정윤리제도에 의한 갈등을 표출하고 있는데, 두 주인공은 이런 모순들을 이겨내지 못하고 결국 비극적인 결말을 보이고 있는 점이 특징적이다.

<韋敬天傳>에서의 위경천은 타고난 자질이 총명하고 재주가 빼어나 15세에 문장을 이루어 당대에는 그를 따를 만한 사람이 없을 정도로 뛰어난 인물이었다. 임진년 봄에 위생은 친구인 장생과 함께

배를 타고 강남 지역을 유람하면서 詩酒를 즐기는데, 하루는 장생이 술에 취해 잠든 사이에 강둑을 배회하다가 은은하게 들려오는 노래 소리를 따라 한 집에 다다르게 된다. 위생이 몰래 그 집에 들어가 이를 구경하고 있는 사이에, 어떤 사내가 방에서 나와 대문을 잠그고 아가씨들에게 그만 들어가 자라고 이른다. 이로 인해 위생은 초롱에 갇힌 새처럼 그 집에서 빠져 나오지 못하고 날이 새어 대문이 열리기만을 기다린다. 잠을 이루지 못하고 이곳저곳을 배회하던 경천은 한 침실에 아름다운 아가씨가 잠들어 있는 것을 발견하고, 한참을 고민하다가 끝내 욕정을 참지 못하고 침실로 뛰어든다. 처음에 심하게 거부하던 처녀(소숙방)는 위생의 온화한 말투를 보고는 마침내 기꺼이 운우지정을 나눈 뒤, 다음 날 저녁에 다시 만나기로 약속한다. 위생은 날이 밝아 대문이 열리자 급히 도망쳐 배로 돌아와 이 사실을 장생에게 이야기한다. 장생은 위생의 행동을 꾸짖고, 위생이 술에 취해 잠들어 있는 사이에 배를 몰아 고향인 전당으로 돌아와 버린다. 이후 위생과 소낭자는 각각 서로를 잊지 못해 병이 들어 눕게 되는데 둘 사이의 관계를 알게 된 양쪽 부모의 주선으로 마침내 결혼하기에 이른다. 그러나 이들의 행복한 결혼 생활은 오래 가지 못한다. 그해 8월 왜적이 조선을 침략하자, 정통제군사로 임명된 위생의 부친은 서기를 맡길 만한 사람이 없어 위생을 부른다. 위생은 부친의 명을 거역할 수 없어 전쟁에 참가했으나 소낭자를 그리다가 마침내 병이 나 죽으며, 소낭자 역시 위생의 상여를 보고 목매어 자결한다. 이를 애통하게 여긴 가족은 구의산 아래 함께 묻어주어 죽어서라도 같이 있게 해주었다.

  <韋敬天傳>과 비슷한 一片丹心型을 나타낸 중국의 <嬌紅傳> 역시 같은 특징을 지녔다고 할 수 있다. 남주인공 신순은 부친을 따

라 成都에 寓居한다. 과거 시험에 낙방하고 울적한 나날을 보내다
가, 四川省 錦城에 사는 외삼촌 王通判댁에 놀러 간다. 거기서,
외삼촌의 딸 嬌娘을 만나 서로 사랑하게 된다. 오랫동안 집을 떠나
있던 신순은 부모님 걱정으로 집으로 돌아간다. 신순은 중매인을 내
세워 청혼하지만, 인척 관계라는 외삼촌의 거절로 속을 썩이면서 앓
다가, 병을 치료한다는 구실로 다시 외삼촌 집에서 교랑과 만나 서
로의 사랑을 확인한다. 두 사람의 사랑에 질투한 왕통판의 侍婢 飛
紅의 간계로 오해가 생겨서 신순은 다시 귀향한다. 형의 권고로 함
께 과거 시험을 치르고 급제하여, 洋州의 司戶職을 맡게 된다. 신
순의 과거 급제와, 교랑의 깍듯한 대접에 마음이 동한 비홍은 왕통
판에게 둘의 혼인을 권고하고, 결국 왕통판도 이를 허락하지만, 帥
司 아들의 선물 공세로 마음이 바뀌어 신순과 교랑의 혼인은 실패
하게 된다. 상처 입은 신순이 귀향하자, 상사병에 걸린 교랑은 정절
을 지키려고 자결하려다 실패하고 절식하여 죽는다. 신순 역시 상사
병에 걸려 자결하려다가 실패하고 절식해 죽는다. 나중에 두 사람의
시신은 왕통판에 의해 신순의 고향 濯錦江 부근에 합장된다. 그야
말로 그들은 "살아서는 거처가 달랐으나 죽어서 같은 곳에 묻힌다
(穀則異室, 死則同穴)." 격으로서 <韋敬天傳> "살아서 함께 생활
하지 못하고 죽어서도 같은 구덩이에 묻히지 못하게 되었군요.(生不
同居, 死不同穴)."과 같은 비극적인 사랑을 썼다.

보다시피 <韋敬天傳>과 <嬌紅傳>은 모티프전개뿐만 아니라 남
녀주인공 역시 비슷한 특징을 가지고 있다. 두 작품의 주인공 모두
어떤 계기로 만나게 되어 애모의 감정이 싹트게 된다. 그러나 두 작
품 모두가 예기할 수 없는 장애원인으로 이별하게 된다. 이별의 정
한에 있어서 일편단심이라는 사랑의 믿음으로 모든 장애를 극복해

보려 하지만 결국 모두 비극적인 결말을 이룬다. 결국 얽히고설킨 갈등을 극복하지 못하고 "살아서는 거처가 달랐으나 죽어서 같은 곳에" 있게 되는 비극적인 결말을 가져온다. 그들의 믿음은 사랑으로 결실을 맺는 해피엔딩으로 끝날 대신 결국 그 모순들을 이겨내지 못한 하나의 비극적 결말을 맺게 된다.

이밖에도 한국의 안평대군의 궁녀였던 운영과 김진사의 사랑을 보여준 <雲英傳>과 불륜이기는 하지만 죽으면서도 "내 살아서 사랑하는 사람을 얻었으니 죽어 무슨 한이 있으리오."하며 사랑을 위해 끝까지 실토하지 않는 비연과 조상의 사랑을 주제로 한 <飛烟傳>, "살아서는 한 집에 살지 못하지만 죽어서는 한 무덤으로 가리라. 나를 두고 믿지 못할진대 제 밝은 태양을 두고 맹세하리라"라 다짐하는 장문성과 십낭의 일편단심형인 <遊仙窟> 등 一片丹心型 중세적 이념과 사회질서의 반인륜적인 측면을 여실히 고발한다.

믿음으로 인한 해피엔딩의 결말을 보이고 있는 일례로 <相思洞記>와 <鶯鶯傳>을 볼 수 있다. 일편단심을 보이면서 우여곡절 끝에 결연을 맺는 한국의 작품 <相思洞記>를 보면, 주인공인 성균관 진사 김생이 어느 날 집으로 돌아오는 도중 우연히 여주인공 영영을 보고 반하여 뒤를 좇는다. 나중에 방법 대여 만나지만 회산대군의 시녀이기 때문에 다시 만날 수 없는 처지지만 보름날 저녁에 김생은 영영이 가르쳐 준대로 무너진 궁벽 틈을 이용해 궁중 안으로 들어가 영영과 운우지정을 나눈다. 그러나 이후 두 사람은 다시 만나지 못한다. 이후 김생은 다시 학업에 전념하여 과거에 급제한다. 3일 동안 遊街를 벌이는 사이에 김생은 회산군댁 앞을 지나다가 옛 일이 생각나서 들어가 만나지만 두 사람은 아무런 말도 못하고 눈길만 주고받는다. 김생은 영영이 몰래 전해준 편지만 들고 집으로 돌아오는

데, 영영의 편지를 읽고는 사모하는 마음이 더욱 깊어져 마침내 병들어 눕는다. 동창생인 이정자의 도움으로 다시 만나게 되며, 김생은 공명을 버리고 끝까지 장가들지 않은 채 영영과 함께 생애를 마친다. 결국 사람의 믿음은 결과적으로 사랑의 결실을 이룬다. 이들은 대부분 어떤 계기로 만나 애정을 느끼고 예측할 수 없는 원인으로 이별한다. 남녀주인공이 사랑의 믿음으로 우여곡절을 이겨내고 다시 만나게 되어 행복한 생활을 하는 것을 주제로 하고 있다. 등장인물들의 믿음의 결과로 해피엔딩의 결말을 가져왔음을 알 수 있다. 볼 수 있는바와 같이 才子佳人小說의 구조와 다름없다.

일편단심의 일례로 중국의 <鶯鶯傳> 역시 주인공 앵앵과 장생은 역시 굳게 맹세했으나 장생의 일방적인 변심으로 그들의 애정은 끝이 난다. 여기서 남녀 애정이란 순간적인 믿음으로 매우 쉽게 이루어지기도 하고 상대방의 배신으로 역시 쉽게 파국을 맞게 되는 미묘한 상호간의 감정임을 여실히 시사한다. 특히 장생은 앵앵을 배신했지만 여기에서의 앵앵은 癡情에 빠지지 않고 다른 남성을 선택한 사실을 통해 볼 수 있는 것은 믿음과 배신의 葛藤이 심각하지 않음을 알 수 있는데, 이는 그녀의 신분상 위치와 현실 감각에서 비롯된 심리적인 여유에 기인한다고 하겠다.

이상 작품들의 인물들을 살펴보면, 남성은 비교적 소심하며 즉흥적이고 好色的으로 나타나며, 여성은 대부분 적극적이고 순정적으로 묘사되어 있다. 작품들의 남주인공들은 대부분 사랑에 충실하지 못하고 무책임하며 여성의 미모에 혹하여 육체적인 향락만을 탐닉하다가 종국에는 배신한다. 그들의 본능적이며 자기본위적인 애정 행각은 믿음과 배신의 대립을 통해 나타나는 애정의 한계점으로 작용한다. 남녀 성격의 불균형은 거의 남성이 여성을 농락하고 희롱하는 요인으로만 성립될 뿐이다. 一例로 <鶯鶯傳>의 결말 부분을 보더라도 앵앵을 배신한 장생이 나중에 그녀를 다시 찾아갔을 때, 앵앵이 그를 만나길 거절하며 보낸 詩를 보면 여성에 대한 남성의 유희적 성향이 확연하게 드러난다.46)

이상의 작품들에서 남녀 사랑의 믿음은 해피엔딩의 결과로 나오지만 반대로 사회제도, 가정윤리제도, 신분제도에 대항하지 못하고 비극적인 결말을 가져온다는 것도 사실이다.

믿음이 있으면 배신이 있기 마련이다. 위에서 서술한 작품속의 주인공들이 일편단심으로 사랑했지만 다양한 원인으로 사랑을 이루지 못하고 비극적인 결말을 보였다면, 배신을 모멘트로 하여 상대방에게 상처 주고 한을 남기는 사랑의 비극을 보여주는 작품도 있는데 여기서 배신에 대해 復仇와 寬容의 두 가지 形態로 나타난다. <周生傳>과 <霍小玉傳>이 바로 이런 점을 잘 보여주고 있는 일례이다.

寬容의 形態를 보이고 있는 <周生傳>에서의 주생은 어려서부터 시를 지었을 뿐만 아니라 태학에 다닐 때도 동료들의 추앙을 받는다. 그러나 태학에 다니는 동안 연이어 과거에 낙방하자, 과거를 포기하고 장사꾼이 되어 이곳저곳을 떠돌아다니다가 배를 물에 띄우고 잠이 들었는데, 잠에서 깨어나 보니 어릴 때 살았던 전당이었다. 주생은 이곳저곳을 배회하다가 어릴 때 함께 놀았던 배도라는 기생을 만나, 서로 연정을 느끼고 동거한다. 그러나 몰락한 양반인 주생과 기생인 배도의 사랑은 오래 가지 않는다. 주생은 이웃에 사는 승상의 딸인 선화를 보고 한 눈에 반해 홀로 그리워하던 중, 선화의 동

---

46) 싫다고 버리더니 이제 와서 무슨 할말이 있으리. 지난 날에는 내 스스로 좋아했지만, 옛날 그때 그런 마음으로 현재 있는 부인이나 사랑해 주세요. (棄置今何道? 當時且子親. 還將舊時意, 憐取眼前人.) (김현룡 역/김종순 편 『중국 전기 소설선』, 박이정, 2005, p.340.)

생인 국영을 가르치게 된다. 국영을 가르친다는 명분으로 승상댁에
기거하게 된 주생은 밤을 타 선화와 관계를 맺으며, 이후 주생과 선
화는 백년해로를 기약하고 매일 밤 밀회를 나눈다. 그러나 주생의
행동을 이상하게 여긴 배도에게 이 사실이 탄로되면서 주생은 어쩔
수 없이 선화와 헤어져 다시 배도의 집으로 돌아온다. 주생이 배도
의 집에 머무는 사이 국영이 뜻하지 않게 죽고, 주생의 사랑을 잃은
배도마저 죽는다. 배도는 죽으면서도 주생의 배신에 대해 복수할 대
신 관용을 베푸는 것을 볼 수 있다.

> 배도는 죽어가면서 주생의 무릎을 베고 눈물을 머금은 채 말했
> 다. "저는 봉비의 뿌리로서 송백의 넉넉한 그늘에 의지하였는데, 어
> 찌 꽃향기가 없어지기도 전에 소쩍새가 먼저 울 줄을 생각이나 했
> 겠습니까? 이제 곧 낭군과 영영 이별하게 되었습니다. 비단옷이나
> 거문고 가락도 이제는 끝났으며, 낭군과 해로하고자 했던 오랜 소
> 원마저 이미 어그러지고 말았습니다. 다만 제가 죽은 뒤 낭군께서
> 는 선화를 배필로 맞이하고, 제 유골을 낭군이 왕래하는 길가에 묻
> 어 주시길 바랄 뿐입니다. 그러면 저는 비록 죽었을지라도 산 것과
> 다름이 없을 겁입니다."
> 배도는 말을 마친 후 기절했다가 한참 후에 다시 깨어나 눈을
> 뜨고 주생을 보면서 말했다.
> "주랑이여, 주랑이여! 부디 귀하신 몸을 소중히 하소서."47)

여기서 주생의 배신에 대한 배도의 애절한 사랑을 엿볼 수 있다.

---

47) 後數月, 俳桃得疾不起, 將死. 枕生膝含淚而言曰: "妾以葑菲之下體, 依松栢
之餘陰, 豈料芳菲未歇, 鶗鴃先鳴? 今與郎君便永訣矣. 綺羅管絃, 從此畢矣.
夙昔之願, 已缺然矣. 但望妾死後, 郎君娶仙花爲配, 埋我骨於郎君往來之側,
則雖死之日, 猶生之年." 言訖氣絶, 良久乃甦, 開眼視生曰: "周郎, 周郎! 珍
重." (이상구, 전게서, p.253.)

하지만 주생은 배도에 대한 미안한 마음은 없고 오직 선화에 대한 간절한 그리움과 사랑만 남아있다. 여기서 볼 수 있는 것은 작가가 배신에 대한 應科報應이 전혀 따르지 않는다는 것이다.

그러나 배신에 대한 관용과는 다르게 復仇의 形態를 보이는 작품도 있는데 <霍小玉傳>이 바로 그런 형태라고 볼 수 있다. 당대 뛰어난 시인인 이생이 자신에 어울리는 좋은 배우자를 구하던 중, 장안에 소문난 중매쟁이 포십일낭을 통해 소옥이라는 여인을 소개받게 된다. 이미 이생의 소문을 듣고 있던 소옥 역시 이생을 흠모하고 있었기에 이들은 한눈에 서로에 반하게 되었다. 이생은 소옥을 평생 버리지 않을 것이라고 다짐하며 약속까지 하였는데 곧이어 관직에 등용되어 소옥과 당분간 떨어져 있게 되었다. 이생의 본가에서는 이생이 사랑하는 사람이 있다는 것을 모르고 이미 다른 처자와 혼인을 준비하고 있었다. 이생은 엄격한 집안의 뜻을 거스르지 못하여 결혼을 준비하기로 하였다. 소옥은 이생에 대한 그리움으로 병들어 눕게 되었고, 소옥의 소식을 들은 이생은 소옥을 볼 면목이 없어 더욱 연락을 하지 못하고 있었다. 소옥의 이생에 대한 정조에 많은 이들이 감동을 받으면서도 이생의 박정함에 분노를 느끼게 된다. 그러다가 한이가 나서 이들을 강제로 재회하도록 하였다. 이생과 소옥은 한자리에서 만나게 되었고, 소옥은 이생의 박정함에 한탄하며 한을 품고 죽음을 맞이한다. 비로소 이생은 소옥의 소중한 사랑을 깨닫고 끝까지 장례를 정성들여 치룬다. 이후에 이는 다른 여인들을 만나 결혼을 하려했지만, 하는 결혼 생활 마다 순탄하지 못하고 만나는 여인들을 진심으로 아끼지 못하고 불행하게 보내게 된다.

<霍小玉傳>의 이생과 곽소옥은 신분 차이 상 현실적으로 결혼이 불가능하였다. 이에 곽소옥은 이생에게 그가 30세가 되는 8년 동안

만이라도 계속 관계를 유지할 것을 당부한다. 이러한 곽소옥의 제안은 感情과 理性의 葛藤에서 비롯된 처절한 여인의 절규로서, 비록 시한부 애정일지언정 충분히 애정의 환락을 만끽하기 위해 제시한 일종의 계약이었다. 이때 이생은 곽소옥의 제안을 강력히 부정한다.

> 태양을 두고 한 맹세는 죽어도 이행하는 법이요. 그대 한 사람과 백년을 해로한다 해도 오히려 본래의 뜻을 충족 못할 터인데 어찌 감히 둘 셋이 있을 수 있겠소?[48]

그러나 이생은 곽소옥과 작별한 뒤 8년을 기다리지 못하고 엄한 모친의 권유에 따라 다른 여인과 혼인한다. 대장부로서 맺은 언약을 너무나도 쉽게 저버린 이생은 그 수치심과 심리적 갈등을 회피하기 위해 소식마저 단절한다. 결국 곽소옥과 이생 이 두 남녀의 믿음과 배신의 갈등으로 인해, 작품은 남성에게 버림받고 죽은 여인이 향후 원귀가 되어 맺힌 恨을 풀고자 복수극을 벌이는 통속적인 스토리로 발전한다.

위의 <周生傳>과 <霍小玉傳>에서 살펴볼 것은 배신에 대한 두 여자의 대응문제이다. 두 여자는 사랑의 소중함을 모르는 남자의 배신에 억울하게 한을 품고 죽지만, 배도가 죽는 끝까지 주생에 대한 사랑의 마음을 저버리지 않는데 반해 곽소옥은 죽어서라도 귀신이 되어 복수하려는 대응반응을 나타낸다.

배신의 행위는 도의적 차원에서 결코 올바른 태도라고 할 수 없으며, 소설에 있어 응당 이에 대한 처벌이 강조될 만도 하다. 그러나 믿음과 배신의 갈등에 있어 <周生傳>과 <霍小玉傳>은 因果應

---

48) 〈霍小玉傳〉, "皎日之誓, 死生以之. 與卿偕老, 獲恐未愜素志, 豈敢輒有二三?"(김현룡 역/김종군 편, 전게서, p.333.)

報적인 사고가 거의 개입되어 있지 않다는 사실은 실로 주목할 만하다. 위의 두 작품을 살펴보면 사랑을 배반한 남주인공에 대한 태도가 다르게 나타난다. <周生傳>의 俳桃는 怨望과 不平이 없지 않으나 용서하고 희유시키려는 가녀린 女性의 태도를 보였다면 <霍小玉傳>의 소옥은 甚히 怨望하면서 臨終時 술잔을 들어 바닥에 부으면서 일종 저주를 쏟아 붇는다.

> "나는 여자로 태어나 박명하여 이 지경에 이르렀고, 그대는 대장부이기에 배반하는 마음이 이와 같으십니다. 아름다운 얼굴에 이런 몸으로 한을 머금고 생명을 마감하니 집에 계시는 자애로운 모친을 봉양하지 못하고 비단 옷과 악기들은 오늘로써 영원히 쉬게 되었습니다. 이 아름이 황천에 까지 사무치는 징험은 모두가 그대가 이루어놓은 결과이니, 그대여, 그대여! 지금 내 영원히 결별을 고합니다. 내 죽은 후에 반드시 모진 원귀가 되어 그대의 처첩들을 하루 종일 편치 못하게 할 것입니다."[49]

그러나 반대로 <周生傳>에서는 각주46) 인용문과 같이 두 내용은 완전히 다른 것이어서 <霍小玉傳>에서의 소옥은 怨恨과 戀敵에 대한 復仇가 담겨 있으나, <周生傳>은 愛情과 寬容이 담겨져 있는 것을 볼 수 있다.

<周生傳>과 <霍小玉傳>에서의 남주인공들은 少時부터 재주가 있었던 靑年선비로 詩文에 能하여 當代에 名望이 높으며, 自身도 재주와 학문에 대하여 自負心을 가지고 있다. 남주인공들은 풍류를 아는 남아로서 온화하고 다정다감한 성품을 지녔다. 그들은 사랑에

---

49) "我爲女子 薄命如斯 君是丈夫 父心若此 韶顏稚齒 飮恨而終 慈母在堂 不能供養 綺羅絃管 從此永休 徵痛黃泉 皆君所致 李君李君 今當永訣. 我死之後 必爲万鬼 使君妻妾 終日不安"(김현룡 역/김종군편, 상계서, p.335.)

있어서 利己的인 태도가 없지 않아 있는데 卑賤한 女人에 대한 사랑을 문벌 좋은 良家女에게로 옮겼던 것이다.[50] 두 작품의 여주인공은 본디 귀족이었으나 沒落하여 娼門에 떨어진 名妓들이다. 여주인공들은 용모와 자태가 빼어나게 아름답다. 여주인공들은 詩書에 능하여 풍류를 崇尙한다. 여주인공은 일편단심, 죽을 때까지 한 남자에게 (그 남자가 변심했음에도 불구하고) 모든 사랑을 다 바치는 貞節의 여인들이다. 남주인공과 두 여인이 삼각관계에 놓인다. (다만 <霍小玉傳>은 第二의 여인의 작중 활약이 없어 삼각관계가 뚜렷하지 못하다.) 그 밖의 주위 인물은 남녀간의 結緣을 돕는 역할을 하며 作中 活躍이 微弱하다.

두 작품 간의 차이성을 보면 주생은 과거에 번번이 落榜하여 나중에는 과거에 대한 뜻을 포기하고 장사를 하는 청년 선비이다. 이생은 20세에 進士에 及第하고 다시 書判試驗에 及第하여 官吏가 된 인물이다. 그는 自由奔放한 자유인이나, 주위 환경에 얽매여 움직이는 소극적인 인물이다. 즉 주생은 感性的, 熱情的, 開放的인 浪漫主義者이며, 이생은 溫和, 高尙, 理智의 性品을 지닌 인물이다. <霍小玉傳>의 小玉은 본디 王族으로 霍王의 妾에서 태어난 딸이며, <周生傳>의 俳桃는 본디 벼슬을 지낸 집안의 孫이다. 三角關係에서 第二의 여주인공에 대한 묘사가 <周生傳>은 仔細하지만, <霍小玉傳>은 거의 없다. <周生傳>의 여주인공 배도는 자신이 기녀의 신분임에 대하여 한스럽게 생각하고, 妓籍에서 제외되기를 바란다. 그러나 <霍小玉傳>의 소옥은 이에 대하여 一言半句도 없다. 인물묘사에 있어서 <周生傳>이 더 구체적이고 사실적이

---

50) 〈周生傳〉의 주생은 妓女에 대한 사랑을 良家女로 옮겼고, 〈霍小玉傳〉의 李益도 관직에 오른 후 微賤한 娼妓 小玉으로부터 문벌 좋은 女人에게 사랑을 옮긴다.

다. 예컨대 여인에 대한 描寫를 보면 <周生傳>은,

> "나이가 14.5세 정도 되어 보이는 소녀가 부인 옆에서 앉아 있었
> 는데, 구름처럼 고운 머릿결에는 푸른빛이 맺혀 있고 아리따운 뺨
> 에는 붉은 빛이 어리어 있었다. 밝은 눈동자로 살짝 흘겨보는 모습
> 은 흐르는 물결에 비친 가을 햇살 같았으며, 어여쁨을 자아내는 아
> 름다운 미소는 봄꽃이 새벽이슬을 먹음은 듯 했다. 배도가 그 사이
> 에 앉아 있었는데, 배도는 그 소녀에 비하면 봉황에 섞인 갈가마귀
> 나 올빼미요, 옥구슬에 섞인 모래나 자갈일 뿐이었다."51)

그 황홀한 모습은 비할 데 없었다. <霍小玉傳>에서의 소옥은 다만

> "마치 아름다운 옥과 구슬로 된 나무들이 서로 빛을 발해 혼란
> 하게 비추면서 사람의 눈을 부시게 하는 것 같았다"52)

고 묘사하고 있다.

　<周生傳>은 남녀 간의 애정문제가 절박한 현실문제로 擡頭한다. 즉, 사랑 때문에 죽지 않으면 안 되는 한 여성의 비극이 매우 현실적이라 할 수 있다. 그 비극은 三角戀愛에서 빚어진 것이다. 三角戀愛가 이루어지기까지의 事件展開는 極히 자연스럽다. 주인공이 第二의 여인으로 사랑을 옮긴 것은 어떤 이유인가. 주생은 밤에 선화의 寢室로 뛰어들기 전에 스스로 생각하기를 '事成爲貴 不成則

---

51) "有少女, 年可十四五, 坐于夫人之側, 雲鬟結緣, 翠?凝紅, 明眸斜眄, 若流波
　　之映秋日, 巧笑生倩 若春花之含 曉露, 桃坐于其間, 不啻若鴉鵙之於鳳凰,
　　砂礫之於珠璣也. 魂飛雲外, 心在空中, 幾欲狂叫突入者數次."(이상구 역, 전
　　게서, pp.246-247.)
52) "若瓊林玉樹 互相照耀 轉盼精彩射人."(김현룡 역, 전게서, p.332.)

烹 可也'라고 하였던 것이다. 사랑을 第二의 여인에게 옮긴 것은, 美貌도 美貌지만 그녀가 貴門良家女였기 때문이다. 妓生에 대한 사랑을 良家女로 옮기는 남자의 利己的인 사랑으로 인한 것이다. 그러나 그 根本은 사회현실에 있다. 階級差別이라는 嚴然한 社會現實로부터 기인한 것이다.

<霍小玉傳>은 門閥主義에 반대하고 非合理的인 婚姻制度를 비판하며 자유연애를 주장하고 있다. 남녀주인공에게 닥쳐온 비극은 바로 문벌주의와 비합리적인 혼인제도에 기인한 것이기 때문이다. 즉 李生이 원래 나쁜 인간이어서 소옥을 배반하고 버린 것은 아니다. 現實社會의 테두리를 벗어나지 못하고 그 規範에 순응함으로 소옥의 사랑과 생명을 죽이고 만 것이다. 다만 <周生傳>과 다른 점은 作者가 주인공의 배신에 失望하고 있다는 점과 <周生傳>에 비해 사회의 旣成制度나 慣習에 보다 거센 반발을 보이고 있다는 점이다.

그러나 전반적으로 볼 때 하나같이 여성에게 상처를 주는 남성의 배신행위는 일말의 응징도 없이 正當化되고, 배신당한 여성의 비참한 종말로 일관되어 있음은 초기 본격적인 才子佳人小說에서 하나의 중요한 特徵으로 남는다. 이는 남성과 여성은 生理的인 차이에 머물지 않고 마음의 작용이나 성질에 있어서도 확실한 차이를 보인 것이며, 동시에 男尊女卑라는 당시의 儒敎 觀念이 철저하게 투영된 형태라고 하겠다.

2) 愛情과 儒敎倫理의 衝突

소설은 시대적 산물이므로 그 시대의 종교 및 사상과 윤리를 반영한다는 것은 주지의 사실이다. 그래서 소설을 일컬어 사회적 소산이라고 하는데, 이것은 소설이 인간의 문제와 관련하여, 사회 안에서 인간이 살아가는 삶의 현장과 철학·종교 등을 작품화하기 때문이다.53) 중국은 古來로 儒敎에 의한 倫理가 사회의 傳統的인 예교 사상의 뿌리가 되어 왔다. 儒敎의 根本 思想은 군신간의 忠信, 부모에 대한 孝誠, 부부간의 節義, 형제간의 友愛, 친구간의 친애 등이며, 이로 인한 家庭의 和睦, 社會 秩序, 男女風氣의 정화, 忠孝 思想 등이 그 골간을 이룬다고 할 수 있다.54) 이러한 유교적 사상 및 윤리와 함께 발전해 온 중국의 문학 작품에는 현실적 공리성과 실용성이 다분히 내포되어 있다.

당시 明淸 사회 역시 儒敎 思想이 정신적인 지주로 작용하였으며, 특히 남녀 간의 신분에는 엄격한 차이를 두었다. 따라서 여성은 사회적으로 미천한 상황을 벗어나지 못했다. 그러기에 여성은 남자에게 시집을 가서 그 집안의 한 구성원이 되어, 집안을 꾸미고 시부모를 모시고 또 집안의 後世를 이어주는 역할을 하는 일원에 불과했다. 또한 婚外의 性行爲는 절대적으로 금지되었는데, 남자의 경우는 능력에 따라 첩을 거느릴 수 있었으며, 여성의 경우는 풍속·도덕·신앙 등의 제약을 크게 받았던 불평등한 사회였다. 초기애정소설의 작품을 보더라도 이러한 시대의 사회 현실이 강하게 투영되어 있고 동시에 사회적 모순이 곳곳에 노출되어 나타난다.

한국의 경우도 마찬가지로 부모가 자식에 대한 혼인의 결정권을 가지고 있다. 일체 남녀지간의 혼인은 일단 '四禮便覽'에 의해 결정되며 최종 결정권은 결혼 당사자의 부모에게 주어져 있다. 이 시기에 있어서 사람들은 체면과 예의를 자기의 생명으로 여김으로써

---

53) 金炳傑, 『文學과 社會意識』, 서울: 創文閣, 1979, p.24.
54) 林尹, 『中國學術思想大綱』, 臺北: 國民出版社, 1960, pp.36-47.

혼인은 인생의 가장 중요한 통과의례로 되며, 혼례에 허비하는 시간과 정력은 대단했다. 조선의 혼례는 중국의 유교혼례의 순서를 모방하여, '六禮'의 기준에 의해 엄격한 혼례의식과 순서를 준수하도록 강요되었다. 조선시대의 혼례는 또 중국의 '朱子家禮'를 위주로 하였다. 결혼을 하기 위해서는 반드시 혼례를 거행해야 하는데 그 혼례의 첫째 계단은 곧 혼례를 정하는 것이다. 혼례를 정하는 것은 중매인이 양가집 부모의 의견을 듣고 서로 의기투합하여 결혼을 결정하는 것이 첫 순서가 되겠다. 이런 과정에서 결혼 당사자는 자연히 제외되었다. 그렇다 해서 自由戀愛가 허용된 것도 아니다.

이러한 儒敎的인 '父母之命, 媒約之言'의 婚姻制度는 당시 두 나라 남녀에게 있어서 엄격한 규제로 되어서 자유로운 연애는 도저히 있을 수 없다. 두 나라 모두 儒敎思想이 깊이 박혀있고 倫理敎育을 중시하여 부모에 의한 혼인으로 되다 보니 남녀 간의 자유연애는 이러한 社會制度, 倫理制度와의 충돌을 할 수밖에 없었다.

소설은 社會制度나 倫理 등을 옹호하기도 하지만, 한편으로는 새로운 삶을 추구하여 이상적 질서를 이루고자 하는 의지를 표출함으로써 그 사회를 개혁하고자 한다. 이 시기 작가들 역시 소설을 통하여 사회 현실이나 그 모순을 반영했다고는 하겠으나, 의도적인 현실비판을 시도한 것으로는 보이지 않는다. 때문에 당시 작가들의 순수한 창작 동기를 男女 불평등이라는 사회 부조리를 인식하여 이를 고발하고 개혁하려는 의지의 소산으로 보기는 어렵다. 즉 이 시기 작품은 어디까지나 남녀의 離合이란 이야기를 통해 흥미를 유발하기 위한 창작물이었으며, 소설에서의 흥미란 결국 葛藤 展開와 解消에 있는 만큼, 애정을 다루는 작품에서 葛藤을 유발하는 요소로서 남녀 관계의 사회적 탈선이나 非倫理的 행위가 가장 적절한 모티프로 전개되었던 것이다. 따라서 대부분의 경우 愛情至上主義를 표방하며 전형적 남성 위주의 사랑에서 여성의 문제로서 내포하고 있는 바가 매우 크다. 나아가 자유연애로 확대 발전하는 변화를 보이지만, 애정에 대한 개인주의적 자유 의지의 한계성은 남녀 애정과 사회의 유교 윤리 사상 특히 인륜의 大本이라 하는 忠孝思想과의 대립을 통해 확연히 드러난다.

<李娃傳>의 李娃는 전반부에서는 '남성의 신뢰를 배반하는 간교한 여인'으로 인식되며, 후반부에서는 改過遷善하여 선량하게 인도되어야 할 대상으로 탈바꿈한다. 男尊女卑의 관념에 대한 현실적 저항과 관념의 유지라는 葛藤의 해결 양상을 李娃의 반성을 통해 단적으로 보여준 셈이다. 이러한 남녀 간의 애정 葛藤은 독자의 흥미를 위해 작품 내적 葛藤양상을 일단 만들었다고 해도 서사적인 葛藤 전개로 연결되지 못하고, 작가의 사대부적 의식이나 미래적 지향에 의해 그 葛藤을 해소하는 偶然性을 면치 못한다. 이는 社會制度의 억압으로 인간의 원초적 정신이 뿌리를 잃고 심리적으로 방황할수록, 인간의 환상 속에서 이를 보상하려는 염원을 단적으로 표현한 것이라고 하겠다.

<離魂記>의 여주인공 倩娘 역시 사랑을 위해 무단가출한 후 '부모를 배신한 悖倫兒'라고 스스로 인식하고 번민하다가 孝誠을 잊지 않고 결국 부모의 곁으로 돌아가며, <霍小玉傳>의 李生은 모친의 권유를 거절하지 못하여 곽소옥을 포기하고 다른 여자와 혼인함으로써 애정보다 孝의 도리에 따른다. 또한 <遊仙窟>에서는 張鷟이 公務를 위해 여인들을 떠나는 대목 역시 애정보다 忠이 앞섰음을 볼 수 있고, <長恨歌傳>에서는 천하의 원성을 막기 위해 양귀비를 처형시키는 玄宗은 역시 애정보다 대의명분에 충실했음을 시사한다.

그리고 <任氏傳>에서는 韋崟에게 강간을 당할 위기에 처하나 끝까지 저항하는 정절과, 죽음을 각오하고 鄭生의 출장길에 동행하는 女必從夫의 면모를 띤다. <李章武傳>의 王氏 며느리는 이미 기혼한 여성으로 다른 남성을 애정의 대상으로 삼을 수 없는 입장이었다. 이러한 금기를 깨고 李章武를 연모함은 애정이 파탄에 이르게 될 요인을 이미 胚胎한 것이었다. 하지만 그녀는 비록 불륜의 사랑일지라도 진실로 사랑하는 남자를 위해 온전히 절개를 바친다. <飛烟傳>의 여주인공 飛烟 역시 불륜의 관계에서 자신이 지향하는 숭고한 사랑을 긍정하고 아무런 원망 없이 죽음에 임한다. <楊娼傳>의 楊娼은 비록 남성들에게 사랑을 파는 기녀였으나 節度使가 병으로 죽자 스스로 목숨을 끊음으로써 연인의 은혜에 보답하는 義理를 보인다.

이상과 같이 남녀 주인공은 주로 고사의 전반부에서는 남녀 애정 행각이 유교 윤리와 대립된 葛藤 속에서 인간적인 욕구만을 쫓아 유교 윤리를 과감히 이탈하는 현상을 보인다. 그들은 사랑 그 자체를 위해 사랑했고 사랑이 끝나면 그들의 이야기도 끝나는 방식으로 작품이 전개된다. 그러기에 그들의 자유연애는 몹시 낭만적이며 충격적이고 열렬하여, 일단 구도적 견지에서는 이해할 수 없을 만큼 비윤리적이라는 지탄도 받을 만하다. 그러나 후반부에서는 각기 자아 각성을 통해 유교 윤리 상태로 귀환하는데, 특히 <李章武傳>, <飛烟傳>, <馮燕傳> 등 작품에서와 같이 돌이킬 수 없는 탈선의 지경에 이르러서는 여지없이 여성을 죽음으로 몰아붙이는 작가의 사대부적 윤리관념이 관철되어 나타난다.

<嬌紅傳>에서 역시 신순과 교랑은 이모사촌관계로서 그들의 혼인 역시 유교 윤리에 어긋나는 행위이라고 할 수 있다. 신순은 과거

에 응시했으나 급제하지 못하고 울적하게 나날을 보내고 있는 한 평범한 양반가문의 자제였다. 이에 못마땅함을 느낀 왕교랑의 부친은 근친상간혼인금지라는 조정의 법을 구실로 중매인을 회피한다. 두 사람에게 있어서 장애요인은 여러 가지로 나타나는데 근친상간혼인금지는 그 장애요인중의 하나였다. 하지만 신순형제의 노력 끝에 과거에 급제하고 신순이 갑방(甲榜: 진사의 별칭)에 들어 양주의 사호직을 제수 받아서 공명을 이루어서야 왕교랑의 부친은 흡족하여 두 사람의 혼인을 허락하게 된다. 나중에 왕교랑의 부친은 자신의 신분 상승을 위해 두 사람의 혼인을 반대하고 帥師 아들에게 혼인을 허락한다. 여기서의 유교윤리는 장애요인으로서 하나의 걸림돌이 되는 것을 알 수 있다.

여기서 알 수 있는 것은 유교윤리는 당시의 혼인에 있어서는 크게 문제시되지 않고 이겨낼 수 있는 갈등요소에 불과했다. 상대가 어떤 신분이냐에 따라서 유교윤리도 적용된다고 볼 수 있다. <嬌紅傳>에서의 신순이 높은 직의 신분을 가진 상대였다면 그 혼인은 어김없이 성공적이었을 가능성이 있었겠지만 다만 과거에 급제하고 공명을 얻은 것 가지고는 교랑의 부친에게 직접적인 身分上昇을 줄 수 없었다. 어떤 원인으로 비극적인 결과를 가져왔든 이 작품에서는 여하를 물론하고 유교 윤리와의 갈등이 있었던 것만은 분명한 사실이었다. 이로써 자유로운 애정이 儒敎倫理라는 틀 안에서 벗어나기 어려운 충돌을 가져온다.

하지만 사대부적 유교 윤리는 근본적으로 사회 윤리가 동요하기 시작하고 그 존재기반이 흔들리기 시작할 때 그러한 상황을 문제적인 것으로 보고 그 문제를 해결하려는 속성을 지닌다. 그러나 그러한 문제를 해결하려는 유교 윤리라는 이념은 그들이 내세우는 조화로운 세계에 대한 표방에도 불구하고 결국에는 그러한 지향을 견지한 사대부들이 자신의 특권을 유지할 수 있는 세계로의 희구를 위한 수단일 뿐이었다. 또한 그것은 현실적 맥락을 벗어나거나 현실적 위기의식을 위장하려 하였다. 그러므로 이 시기의 소설은 당시 작가가 현실 체험을 감안하여 작품의 內的 葛藤을 만들려 했음에도 불구하고 그러한 관념을 극복하지 못한 유교적 입장을 그대로 고수함으로써 작품 내의 긴장과 갈등은 더 이상 심화 발전하지 못하고 약화될 수밖에 없었다. 결국 그러한 경험적 질의 감소를 통해 초기소설의 대립 구조는 현실 대응력의 약화와 함께 그 서사적 구조 발전의 정지를 결정적으로 초래하는 계기를 마련했던 것이다.

같은 맥락으로 보이는 한국의 <相思洞記>나 <雲英傳>에 있어서 주인공들의 사랑은 중세적인 이데올로기에 어긋나는 패륜적인 것으로서, 주인공들로 하여금 중세적 질서를 이탈하게 하거나 궁극적으로는 죽음에 이르게 한다. 이렇게 자신의 생명과 바꿀지도 모르는 사랑의 감행은 그들에게 심각한 내적 갈등과 사회적 갈등을 불러일으킨다. 이러한 갈등을 극복하고 그들이 사랑을 감행하는 것은 그것이 그들 자신의 인간성을 회복하는 것이라는 것을 철저히 자각하고 있기 때문이다. <相思洞記>에서 영영은 김진사와 정을 통하고 난 뒤 다음과 같이 이야기 한다.

> "홍안박명은 옛날부터 있었으니, 비단 미천한 저에게만 그러한 것은 아닙니다. 살아서 이렇듯 이별하니, 죽어서도 이렇듯이 원통할 것입니다. 죽고 사는 것은 꽃이 시들고 나뭇잎이 떨어지는 것과 같으니, 굳이 날씨가 추워지기를 기다릴 필요도 없습니다. 낭군은 철석같은 마음을 가진 남아인데, 어찌 소소하게 아녀자를 염려하다가 성정을 해쳐서야 되겠습니까? 엎드려 바라건대, 낭군께서는 이별한

뒤에는 제 얼굴을 가슴속에 두어 심려치 마시고, 천금같이 귀중한 몸을 잘 보존하십시오. 또 학업을 계속하여 과거에 급제하고, 운로에 올라 평생의 소원을 이루시길 간절히 바라고 또 바라옵니다."[55]

역시 <雲英傳>의 김진사는 운영과의 사랑을 이루지 못하고 죽은 뒤에 유영을 만나, "복이 소년 협기를 스스로 억제치 못하고 이 계집의 연고로 말미암아 부모의 유체로서 마침내 불효의 자식이 되니 천지간의 일죄인이라."라고 말한다.

이러한 말들은 그들이 정이 발동하여 서로 사랑을 하게 되지만, 그것은 당대의 질서와 윤리에 위배되는 것으로서, 그들에게 심각한 내적 갈등을 유발하는 것임을 보여준다. 그러한 사랑은 당대의 윤리관에 입각하여 본다면 '협기를 스스로 억제치 못해서' 또는 '성정을 상'하게 되는 悖倫의 行爲로서, 그로 인해 그들은 그 사회에서 추방당하게 되기 때문이다.

이러한 그들의 내적 갈등은 그러한 자연스러운 정의 발현을 억압하는 당대적 질서 및 윤리의 부당성에 대한 그들의 자각과 그것에 입각한 진실한 애정이 갖는 인간선언적 의미에 대한 자각으로 극복된다. 이들의 사랑이 문제적인 것은 죽음이나 사회에서의 추방이라는 극단적인 결과를 예상하면서도, 이와 같은 자신들의 행위가 갖는 의미에 대한 자각을 통해 갈등을 극복하였다는 데 있다.

이러한 그들의 자각은 <雲英傳> 곳곳에 반복적으로 등장하는 궁녀들이 자신들의 신세를 자탄하거나 하소연하는 데서 가장 전형적으

---

55) "紅顏薄命, 自古有之, 非獨微妾, 生如此而別, 死如此而怨. 其生其死, 如花殘葉落, 將不待歲月寒矣. 郎君以男兒鐵石之心, 何可草屑屑然, 爲兒女之念, 以傷性情乎? 伏願郎君, 此別之後, 無置妾面目於懷抱間, 以傷思慮, 善保千金之軀, 不廢學業, 구高第, 登雲路, 以盡平生之願, 幸甚幸甚!" (이상구 역, 전게서, p.189.)

로 드러난다. 예컨대 자란이 운영의 사정을 듣고 위로하여 이렇게
말한다.

　　"우리는 지금 깊은 궁중에 꼼짝없이 갇혀 새장 속의 새처럼 있
　　으면서 누런 꾀꼬리 소리를 들으면 탄식하고, 푸른 버들을 대하면
　　흐느끼곤 한다. 심지어 어린 제비도 쌍쌍이 날고 새집에 깃든 새도
　　두 마리가 함께 잠들며, 풀 가운데는 합환초가 있고 나무 중에도
　　연리지가 있다. 무지한 초목과 지극히 미천한 새들도 음양을 품수
　　하여 즐거움을 나누지 않음이 없다. 그런데 우리 열사람은 유독 무
　　슨 죄를 지었기에 적막한 심궁에 오래도록 갇히어 꽃피는 봄과 달
　　뜨는 가을에 등불만 벗하면서 혼을 사르고, 청춘을 헛되이 버리면
　　서 공연히 저승의 한만 남기고 있나. 타고난 운명의 야박함이 어찌
　　이렇듯 심하리오? 인생은 한번 늙으면 다시 젊어질 수 없으니, 어
　　찌 슬프지 아니하리오!"[56]

　　그리고 이와 어구는 다르지만 내용상으로 거의 같은 말들이 여러
차례 반복된다. 맨 처음 자란이 운영에게 사정을 물으면서 말하는
대목, 다음에 사정을 듣고 위로하는 위의 대목, 자란이 소격서 동쪽
으로 놀러 가자고 궁녀들을 설득하는 대목, 운영이 진사에게 보내는
편지, 자란이 궁녀들에게 운영을 돕자고 설득하는 대목, 옥녀와 자란
의 대군 앞에서 고하기 등이 그것이다.

　　이들의 핵심내용은 청춘 꽃나이에 심궁에 묻혀서 정을 억제하고
살아야 하는 비극적이며 비인륜적인 자신들의 신세에 대한 자탄이다.

---

56) "而牢鎖深宮, 有若籠中之鳥, 聞黃鸝而歎息, 對緣楊而戲歜, 至於乳燕雙飛,
　　栖鳥兩眠, 草有合歡, 木有連理, 無知草木, 至微禽鳥, 亦稟陰陽, 莫不交歡,
　　吾儕十人, 獨有何罪, 而寂寞深宮, 長鎖一身, 春花秋月, 伴燈消魂, 虛抛青春
　　之年, 空遺黃壤之恨, 賦命之薄, 何其至此之甚耶? 人生一老, 不可復少, 子更
　　思之, 寧不悲哉!" (이상구 역주, 상게서, p.99.)

여기에서 그녀들은 자신들의 처지가 인륜에 어긋나는 것으로 본다. "남녀의 정욕은 음양으로 하늘로부터 품수함이라 귀천 없이 있거늘" 심궁에 있는 것은 "주군의 은애를 차마 버리지 못함이요, 주군의 위엄을 두려워함이라."고 말한다. 그들은 인간이면 누구나에게 부여된 정욕을 인위적으로 억제하는 것은 人倫에 어긋나는 것이라 본 것이다. 여기서 그들이 말하는 인륜이란, 신분의 차이를 넘어서 모든 사람에게 인정에 기초하여 자신의 욕구를 자연스럽게 충족시켜 줄 수 있는 여건을 부여하는 인간적 삶의 원리라 할 수 있다.

이들의 이러한 주장은 궁녀라는 특수한 처지에 있는 자신들의 신분적 제약 및 그에서 연유하는 욕구만을 이야기하고 있는 듯이 보이지만, 사실은 유교적 윤리제도 아래 있는 모든 여성의 일반적인 문제를 전형화하여 표현한 것으로 볼 수 있다. 再嫁禁止에 묶여 자연스럽게 정을 해소하지 못하는 과부의 입장 또는 여럿의 처첩을 거느려 일방적으로 자신의 정욕만을 발산하는 남편에 대해 무력한 여염 부녀들의 입장과 그들의 입장은 근본적으로 동일한 것이다. 이는 <閨怨歌>같이 심규의 부녀자의 정을 노래한 내방가사들이나 청상요들의 내용과 이들의 원정이 비슷한 내용임을 보면 알 수 있다.

이렇게 운영을 위시한 궁녀들이 인간적인 삶과 인간성의 발현인 애정을 금압당하는 자신들의 모순적 처지를 자각하는 것은, 남성과 사대부 중심의 중세사회에서 이 이념에 의해 속박당하는 모든 계층의 모순적 처지의 자각과 동궤에 놓이는 것이라 할 수 있다. 그렇기 때문에 운영의 인간성 회복선언으로서 애정의 선택은 중세적 제도와 이념의 모순 자체에 대한 피억압계층의 인간성 회복선언과 동궤에 놓인다고 할 수 있다.

여성 등장인물들에게 있어서 애정성취가 이러한 의미를 지닌다면,

남주인공인 김진사에게 있어서는 애정의 성취가 어떠한 의미를 지니
는 것일까. 김진사는 양반사대부로서 사대부가 지니는 특권을 누릴
수 있는 존재이기 때문에 중세의 모순이 갖는 질곡에 그렇게 심하게
얽매인 것은 아니다. 그러나 그 역시 중세적 이념이 갖는 모순을 인
식하고 중세적 애정윤리를 초월하는 逸脫的 존재이다. 이러한 사대
부적 세계에서의 일탈적 존재로서 김진사가 갖고 있는 세계관은 그
의 詩觀을 통해 드러난다.

　김진사는 안평대군이 옛적 시인 중에 누가 가장 으뜸이냐고 묻는
물음에 李白과 孟浩然, 李商隱을 든다.

　　"이백은 천상의 신선으로 오래도록 옥황상제의 향안전에 있다가
　　현포에 놀러 와서 옥액을 다 마시고, 취흥을 이기지 못하여 만년
　　묵은 나무에서 구슬 꽃을 꺾어 든 채 바람을 타고 인간 세계에 떨
　　어진 기상입니다. 노조린과 왕발은 해상의 선인으로, 해와 달이 출
　　몰하고 구름이 변화하며, 푸른 파도가 요동하고 고래가 물을 뿜으
　　며, 섬이 아득하고 초목이 무성하며, 꽃처럼 일렁이는 물결과 마릉
　　잎, 물새들의 노래, 교룡의 눈물을 모두 흉금에 간직한 것이 그의
　　시의 조화입니다. 맹호연은 음향이 가장 높은데, 그는 사광에게 음
　　률을 배우고 익힌 사람입니다. 이의산은 선술을 배워 일찍부터 시
　　마를 부렸으나, 그가 일생동안 지은 시는 귀신의 말이 아닌 것이
　　없습니다."[57]

　이렇게 그는 자신이 선호하는 시인으로 李白과 孟浩然 등을 들

---

57) "李白天上神仙, 長在玉皇香案前, 而來遊玄圃, 餐盡玉液, 不勝醉興, 折得萬
　　樹琪花, 隨風而散落人間之氣像也. 至於盧王, 海上仙人, 日月出沒, 雲華變
　　化, 滄波動搖, 鯨魚噴薄, 島嶼蒼茫, 草樹回鬱, 浪花菱葉, 水鳥之歌, 蛟龍之
　　淚, 悉藏於胸襟, 此詩中造化. 孟浩然音響最高, 此學師廣, 習音律之人. 李義
　　山學得仙術, 早役詩魔, 一生編什, 無非鬼語也."(이상구, 상게서, p.122.)

고, 두보는 문장으로 백체를 구비하였으나 마치 膾와 炙로써 시속 선비의 입맛에 맞게 함과 같다고 하면서, 그들을 두보에 비하면 천양지차를 나타내는 월등한 시인이라 평한다.

물론 두보를 폄하하고 이백 등을 고평하는 것 자체를 두고 김진사가 당대의 세계관과는 다른 세계관을 지녔다고 말하기는 어렵다. 그러나 두보의 문장이 백체를 구비하고 비유와 홍구가 극히 정밀함을 두고 마치 膾와 炙로써 사람의 입맛을 맞추는 것과 같다고 폄하하고, 이백 등의 호방하고 수식에 얽매이지 않고 자유스럽고 초탈한 세계를 지향하는 김진사의 세계관을 간접적으로 드러내고 있는 것이라 할 수 있을 것이다.

특히 위에 인용한 내용에서와 같이 그가 이백, 이상은, 맹호연을 평하는 관점은 현실세계를 초월한 탈속적인 道家的 傾向에 초점을 맞춘 것이라 할 수 있다. 일반적으로 두보를 국가관이 투철한 유가적 시인이라 한데 대해, 이백을 낭만적인 도가풍의 경향을 나타내는 시인이라 보는 것과 마찬가지로, 김진사는 이백을 천상선인으로, 盧王을 해상선인으로 그리고 이의산은 선술을 배운 사람으로 보고 고평한다. 이렇게 그는 도가적인 탈속이라는 관점을 가지고 안평대군과 달리 역대의 시인들을 평한다. 물론 이러한 정도를 가지고 우리는 김진사가 도가적 사상을 가졌다고 말할 수는 없을 것이다. 그러나 여기서 그가 안평대군, 성삼문의 성리학적 시관과는 다른 낭만적인 시관 그리고 도가편향적 시관을 드러내고 있음은 부인할 수 없다.

여기서 우리는 조선시대를 통틀어 당대의 지배질서에서 일탈적인 경향을 보인 지식인들이 도가에의 편향을 보인 것과 김진사의 이러한 기풍을 연결시켜 해석해 볼 수 있을 것 같다. 당대의 전형적인 성리학적 세계관 및 그것이 지배하는 당대의 현실사회에 드러나는 모순을 인식한 김진사는 안평대군의 추구하는 탈속과는 또 다른 도가적 편향을 보이면서, 당대의 현실세계에 대해 일정한 비판적 거리를 확보하고 있었다고 해석할 수 있는 것이다.

안평대군과 성삼문이 조선중기 이후 성리학적 이념획득을 지향하는 전형적인 조선중기의 士林的 세계관을 갖는 인물이라면, 김진사는 그러한 규범적 이상성을 벗어나, 보다 자유로운 인간성의 구가를 꿈꾸는, 사대부내의 낭만적인 일탈적인 성격을 지닌 도가편향적 지식인이었다고 할 수 있다. 그는 인간성을 억압하는 고식적 이념에 비판적인 체제 내의 문제적인 인물인 것이다. 김진사가 이처럼 당대의 현실적 지배질서 및 이데올로기에 거리를 두고 낭만적 기풍과 도가편향적 세계관을 가졌기 때문에, 현실세계에서의 공명을 버리고 인간의 내적인 정의 발산을 위해 애정행각을 선택하였던 것이다.

이상에서 심궁에 갇혀 수직적인 권위에 의해 강압적으로 인간의 본능인 정을 억압당하고 있던 궁녀들은, 중세적 윤리관과 질서의 모순에 대한 직접적인 반감을 통해 인간성 해방의 선언을 하고 있으며, 특수한 계기인 운영과의 상면을 통해서 자연스러운 인정의 발현을 가로막는 중세적 윤리 및 질서의 억압을 체험한 뒤, 그러한 억압적 체제 속에서의 모든 가능성을 포기함으로써, 그에 대한 반발을 간접적으로 드러내고 있다.

이러한 이데올로기 충돌은 결국 비극의 결과를 빚어낼 수밖에 없다. <鶯鶯傳>, <離婚傳>, <雲英傳>, <韋敬天傳> 등은 모두가 살아서는 도저히 사랑을 이룰 수 없는, 죽어서만 그 사랑을 이루는 비극적인 결말을 보인다.

3) 結末構造에서 보이는 悲劇的인 美學

초기 才子佳人小說에서는 남녀주인공의 결합여부에 따라 크게 두 가지 결말구조로 나눠진다. 첫 번째는 남녀주인공의 성공적인 결합을 골자로 하는 대단원의 결말구조이고, 두 번째는 남녀주인공이 죽어서 만나 사랑을 이루는 비극적인 결말구조이다. 남녀주인공의 사랑이 장애요인들을 경과하여 행복이든 비극이든 결론이 나는데 대개 만남, 즉 열림으로 시작하여 막혔던 갈등을 뚫고 대단원으로 다시 열림의 세계로 결말을 맺는다.

才子佳人小說은 해피엔딩으로 끝나는 것이 통상적 구조이다. 대단원 결말구조란 작품의 마지막이 해피엔딩으로 종결되는 것으로서 희극적 결말구조라고도 한다. 즉 작품의 마지막에 이르러 모든 모순이 해결되어 남녀주인공이 영원한 행복에 드는 작품의 결말구조를 말한다.58) 才子佳人小說 유형 작품 가운데 <定情人>, <玉嬌梨>, <金雲翹傳>, <好逑傳> 등 대부분 작품들이 거의 一見鐘情(한눈에 정이 들다)하다가 장애요인들을 원만하게 해결하고 大團圓의 결말을 이룬다. 여기서 私적인 사랑은 公적인 사회제도 및 가정적 윤리제도와의 갈등을 원만하게 해결하는 열린 세계로 나아간다.

한국의 경우, 역시 해피엔딩의 결말을 보여주는데, 만남, 장애요인, 대단원이라는 결구로 <相思洞記>, <崔陟傳>, <王慶龍傳> 등에서 진행되는 것을 볼 수 있다. 이런 작품들은 모두가 작자의 의도대로 행복한 결말을 보여주고 있는데 당시 이런 결말이 독자들에게 많이 읽혀지고 환영받았다는 것을 감안할 때, 이것은 그만큼 독자들의 행복에 대한 갈구와 지향을 보여준다고 할 수 있겠다.

사는 것이 다만 행복으로만 이뤄지는 것이 아니듯이 작품의 결말

---

58) 李春林, 『大團圓』, 北京: 國際文化出版公司, 1988.

도 행복으로만 이뤄져서는 생활의 진실을 반영하지 못한다. 살아서 이루지 못한 사랑을 죽어서 이루는 비극적인 사랑의 결말도 있는데, 작가는 이러한 비극적인 사랑을 작품 속에 반영함으로써, 당시 자유로운 혼인을 저애하는 사회제도와 가정적 윤리제도의 위악을 폭로하고 시대의 희생양인 젊은 남녀들의 사랑을 찬미한다. 그러나 사실 이것은 현실에서 才子와 佳人의 만남, 또는 장애요인으로 인한 갈등, 결말이 비극적으로 끝나고 만다 하더라도, 예술세계에서는 승화를 가져와 환상 속에서나마 결국 대단원의 희극성을 가져왔으므로 才子佳人小說의 범주로 볼 수 있다. 이러한 비극적인 결말을 보이고 있는 작품으로는 <孤山再夢>, <麟兒報>, <鶯鶯傳>, <嬌紅傳> 등을 꼽을 수 있다. 작품의 특징들이 모두 '情可以生, 情可以死'로 비록 비극적인 결말, 즉 비극적인 사랑을 보이고 있지만, 그들의 의지는 여전히 '사랑 때문에 살고 사랑 때문에 죽는' 아름다운 사랑의 힘을 보여준다. <周生傳>, <雲英傳>, <韋敬天傳> 등 한국의 애정 전기소설 역시 才子佳人小說과 같이 마지막 결말이 비극적이지만, 그것은 어디까지나 아름다운 사랑을 보여주는 것에 다름 아니다. 이것은 私적인 慾望과 그 사랑의 갈구가 公적인 다양한 장애요인을 이겨내는, 물론 비극적이지만 公적인 제도에 저항하는 남녀의 사랑이 얼마나 큰 힘인가 하는 것을 단적으로 잘 보여주고 있다.

여기서 중점적으로 짚고 넘어갈 것은 바로 비극적인 대단원문제이다. 일찍 중국의 노신은 "비극이란 인생의 가치 있는 것들을 파괴시켜서 인간에게 보여주는 것이다"[59]고 했다. 서양의 비극이론을 보면 아리스토텔레스(Aristotle)가 『시학Poetics』에서 말했듯이, 비극이란

---

59) 魯迅, 『魯迅全集1』, 北京: 人民文學出版社, 1981, "悲劇將人生的有價值的 東西人毀滅給人看".

고귀하고 완결된 행동의 모방이며, 예술적으로 고아한 언어를 사용하고, 연민과 공포의 감정을 자아내는 사건들의 재현을 통하여 카타르시스를 성취하도록 만드는 것이다[60]. 또한 급전(Reversal), 발견(Recognition), 수난(Suffering) 등의 요소를 갖춘 복합적인 플롯을 형성해야만 단순한 플롯의 비극보다 훨씬 차원이 높은 비극이 될 수 있다고 하였다. 이러한 비극이론은 아리스토텔레스 이후 계속 발전되어 비장미와 숭고미를 주로 하는 비극의 이론으로 정립되었다. 이런 이론은 <韋敬天傳>과 <嬌紅傳>의 결말에서 전형적으로 보게 된다.

　한국의 才子佳人小說 <韋敬天傳>의 결말은 위생과 소낭자가 닫힌 장애요소를 이겨내고 겨우 인연을 맺음으로서 막혔던 사랑의 문이 조금씩 열리게 된다. 그러나 그들의 앞에는 또 한 차례의 갈등이 온다. 위생은 전란이 일어나자 참전하였다가 온갖 고생을 겪은 데다 고향생각에 소낭자 생각으로 제대로 먹지 못하고 자지도 못하여 결국 고질이 도져 죽고 만다. 위생의 시신을 殮해서 고향에 보내려던 날, 그는 아버지의 꿈에 나타나 이렇게 말한다. "소낭자와는 옛 인연이 아직 다하지 않았는데, 살아서 함께 생활하지 못하고 죽어서도 같은 구덩이에 묻히지 못하게 되었군요.(生不同居, 死不同穴)." 이 말에 아버지는 "죽은 아이가 방금 내 꿈에 나타나 소씨의 문 앞을 지나가고자 원하니, 그 마음이 애처롭구나. 게다가 길이 회해로 통하고 배로 가면 더욱 편리하니, 곧바로 岳州로 가는 것이 좋겠다."고 분부하여 상여 행렬이 소낭자의 집 앞으로 가도록 한다. 상여행렬을 본 소낭자는 너무 비통하여 즉시 비단 수건으로 목을 매어 죽는다. 소낭자 아버지 소상국은 이를 애통하게 여겨 구의산 아래에 함께 묻어 준다. 그래서 두 무덤이 나란히 길 왼쪽에 자리 잡

---

60) Aristle. Gerald F. Else, *Poetics*, Michigan University Press, 1967.

게 된다. 이 소문을 들은 사람들은 위생과 소낭자의 이야기를 다투어 기록하였다. 위생과 소낭자의 비극적인 운명의 사랑은 죽어서야 다시 만나게 되어 작품의 얽히고설켰던 갈등도 이로서 해소됨과 동시에, <嬌紅傳>의 결말과 같이 다른 세상에로의 해피엔딩의 지향을 치닫는다. 이로부터 파경이나 비극이 커버된다. 처음 만난 순간적인 마음의 情이 不同이 아닌 同의 세계임을 표현한 것이다. 따라서 私的이건 公的이건 마음의 情에서는 두 개의 情이 아닌 하나의 同情임을 알 수 있다. 요컨대 <韋敬天傳>은 狂心을 통하여 私적인 情과 公적인 情의 관계에 있어서 두 情의 '사이가 없는 것'과 같은, 즉 私와 公이 同居하는 情의 造化를 묘사하고 있다. 이와 같이 公과 私는 이율배반적인 것이 아니라, 公속에 私가 있고 私속에 公이 있는 不可分離적이라는 것을 설명해준다.

중국의 才子佳人小說 <嬌紅傳>에서의 결말은 왕교랑이 부모의 강박혼인을 못 이겨 자결하다 실패하고 다시 상사병으로 앓다가 죽는다. 교낭은 죽기 전에 신순에게 이별의 시 두수를 지어 보낸다. 이 시를 본 신순 역시 목매려 했는데 형의 저지로 겨우 살아난다. 그러나 그의 마음은 이미 죽어 있었다. 이것은 왕교랑을 그리는 시에서 충분히 볼 수 있다. 그는 결국 시름시름 앓다가 교랑을 따라 간다. 교랑의 부모는 "두 사람의 소원이 나 때문에 이루어지지 못하였으니 죽은 후에라도 인연을 맺어주자."고 하면서 "살아서는 거처가 달랐으나 죽어서 같은 곳에 묻힌다(穀則異室, 死則同穴)."고 하면서 합장시킨다. 죽어서야 드디어 만나는 기구한 인연을 작품에서는 다른 세상에서라도 함께 만나서 행복하게 사는 걸로 풀이하고 있는데, 결국 두 사람의 죽음은 다른 세계에로의 지향을 나타내고 있다.

<韋敬天傳>과 <嬌紅傳>은 모두 비극적인 결말로 끝났지만, 그

들의 사랑은 그로 하여 더욱 고양되고 있다. 이런 의미에서는 서양의 비극이론인 비장미라든가 숭고미와 기본적으로 일맥상통한다고 볼 수 있다. 이 결말은 위생과 소낭자, 또는 신순과 왕교랑은 비록 죽었지만 그 죽음으로부터 그들의 사랑이 얼마나 아름답고 그 죽음이 얼마나 가치 있는가를 보여주는 동시에, 죽음으로써 하나가 되는 사랑의 절대절명의 가치를 보여주고 있다. 이와 같은 결말은 두 작품 모두가 미학적으로 비장미와 숭고미 같은 정서를 불러일으킴을 알 수 있다. <韋敬天傳>과 <嬌紅傳>이 비록 같은 비극적인 결말로 나아갔지만 사실 부동한 양상도 보여주고 있다. 이를테면 <韋敬天傳>은 남주인공이 죽은 것을 안 여주인공도 따라 죽는 것으로 처리되고 있다면 <嬌紅傳>에서는 여주인공 왕교랑이 정절을 위해 자살하려다 실패하고 상사병으로 죽고, 남주인공 신순 역시 여자를 따라 자살하려다 실패하고 시름시름 앓다 죽는다.

일반적인 才子佳人小說이 만남 → 갈등 → 대단원으로 이루어졌다면 <韋敬天傳>과 <嬌紅傳>은 비극적인 결말구조를 가지고 있음을 알 수 있다. 이러한 특징을 통해서 우리는 才子佳人小說類의 소설의 연관관계 비교에 대해서 한 양상을 살펴본 셈이다. <韋敬天傳>과 <嬌紅傳>은 비록 비극적인 결말을 맺었지만 두 사람의 진정한 애정세계는 죽음으로 의해 닫힌 것이 아니라 죽어서 만남을 이룰 수 있는, 즉 다른 세상에로의 지향을 통해 새로운 만남을 이루고 새로운 사랑의 세계를 여는 계기가 됨을 보여 준다. 우리는 여기서 신분제도의 속박, 父權의 橫暴에 저항하는 젊은 남녀들의 사랑이 결코 비극만이 아닌 진정한 행복의 사랑을 찾는 과정이 얼마나 아름답고 가치 있는가를 볼 수 있다.

第2節 中期 小說의 發展系譜와 愛情具現樣相 比較

1. 發展系譜

17세기부터 18세기 초는 동아시아의 일대 전환기였다. 한반도는 근·현대역사에서 겪었던 바와 비슷하게 전화기적 운동의 중심 고리가 되었다. 이런 와중에 작가들은 파란만장한 인생체험들을 쌓았고 인생에 대한 사색의 폭과 깊이가 더해 졌다. 이로부터 소설변화의 틀이 마련되었으며 따라서 才子佳人小說과 접맥되는 전기소설도 통속적 변이를 일으키며 才子佳人小說에 많이 근접해갔다. 그러나 그 주류적 양상은 '문인전기'의 범주를 탈피하지 못하고 그 틀 속에서 형식적 모색이 다채롭게 이루어지고 있었다.

이 시기에는 <紅白花傳>, <洞仙記>를 비롯한 작품들이 한국의 전형적인 보기가 되겠다. 이런 작품들은 중국의 才子佳人小說 발전계보 상에서 중기작품에 해당하는 것으로《金鰲新話》에 수록된 작품들에 비해 언어표현의 平易性, 표현의 通俗性, 그리고 편폭이 길어지고 사실성이 강화되는 경향을 보인다. 한국 才子佳人小說 발전계보 상에 나타난 이러한 전기소설의 변화는 소설발전의 필연적인 추세이면서도 그 당시의 사회 환경이나 시대배경과 갈라놓을 수 없다. 17세기 무렵은 조선조가 안정기를 지나 두 차례의 전란을 겪고 정치·사회적인 혼란과 갈등을 넘어서 사회적인 道德秩序와 身分位階秩序가 안정을 찾으려는 근대지향적인 의식이 싹트던 시기이다. 동시에 소설 역시 이 단계에 들어서면서 초기작품들에서 보이던 전기적인 색채들을 탈피하고, 지식인들이 사회에 대한 비판적 의식이 강화되면서 비현실적이던 시각이 사실적인 시각이 반영되면서 새로운 변화의 모습을 보인다.

한편, 17세기에 한국 고대소설사에 있어서 또 하나의 이정표로 간주할 수 있는 것은 바로 최초의 국문소설인 <洪吉童傳>이 나온 것이다. 이 시기에 국문 소설이 발흥할 수 있었던 요인으로는 몇 가지를 지적할 수 있는바, 첫째 오래 전부터 창작되어 온 한문소설 창작 경험의 축적, 둘째 국문의 광범한 보급, 셋째 임진왜란 이후 초래된 서민의 자아 각성 및 새로운 문학 환경의 조성, 넷째 여성 독자층의 형성 등이 그것이다.61) 국문소설의 출현 및 발흥은 한국소설사에 있어서 아주 중대한 의미를 지닌 사건이라고 할 수 있다. 국문소설은 한문소설의 창작 경험을 흡수하여 그 이야기 구조나 표현 수법이 점차 성숙해지고 다양해졌다. 허균의 <洪吉童傳>과 김만중의 <九雲夢>이 없으면 <紅白花傳>, <洞仙記> 등과 같은 才子佳人小說 계열의 우수한 작품이 나오기 어려웠을 것이다. 국문이 상당히 보급된 그 당시에 국문소설은 한문소설보다 더 많은 독자들을 확보할 수 있었으므로 소설 문학은 그 전성시대로 향하여 매진하게 되었다. 전란 이후 서민의 자아각성, 여성 독자층의 형성은 소설작가들로 하여금 다양한 사회문제에 관심을 갖게 하고, 특히 여성 독자층의 관심사를 소설의 소재로 다루게 하였다. 이를테면 여성 독자들의 기호에 맞는 애정소설이 국문소설 작품계열에서 일정한 비중을 차지하게 되었다. 국문소설의 발생·발전에 따라 한국 고대소설의 불가결의 중요한 한 갈래인 才子佳人小說이 점차 성숙되어 갔다.

중국의 17세기 明末淸初의 才子佳人小說은 전대의 계통을 그대로 이어 내려온 것이라 할 수 있다. 하지만 전시대와 서로 다른 사회상황이나 문화배경은 또 才子佳人小說로 하여금 전시대의 전

---

61) 조동일 외, 『한국문학강의』, 길벗, 1994, p.238.

기나 話本小說과 달리 새로운 변화를 보이게 한다. 李騫62)은 明末淸初 才子佳人小說과 전시대의 才子佳人 사랑이야기의 관계에 대해 다음과 같이 논하고 있다. 그는 각 시대의 才子佳人 사랑 이야기를 서술한 작품을 열거하면서 후대 작품의 새로운 변화에 대해 잘 지적하고 있다. 즉 당 전기에 비해 송·원·명의 話本小說에 나타난 변화는 다음과 같은 두 가지가 있는데, 하나는 작자가 사실적인 이야기의 전개와 인물형상의 부각을 통해서 봉건혼인제도에 대한 폭로, 부정 및 비판을 더 강화했다는 점이고, 다른 한 가지는 해피엔딩이라는 작품결말 처리상의 변화를 들고 있다. 이것을 풀이하면 당 전기의 사랑성취가 협사·신선·여우 등 비현실적 인물에 의해서 이루어졌다면 송·원·명 話本小說의 사랑성취는 현실적인 주인공의 주체적 노력과 투쟁에 의해 사실적으로 이루어진다. 그 대표적 작품으로 <玉嬌梨>, <平山冷燕>, <好逑傳> 등을 꼽고 있다.

필자가 보건대 한국이나 중국을 막론하고 이 시기 才子佳人小說들은 전시대의 작품에 비하여 적어도 다음과 같은 네 가지 면에서 변화를 가져왔다고 볼 수 있다. 1)이런 才子佳人小說은 예전의 작품과 달리 章回體 소설로서 직업적인 전문작가 창작의 예술적 품격과 형식을 지닌다. 2)전시대의 작품에 묘사되어 있는 애정은 첫눈에 반하는 번개식 형태를 나타내고 있는데 이 시기 才子佳人小說에 등장한 남녀 주인공의 결합은 흥취, 지향, 정감 등 정신적인 면에서 공동성을 추구하면서 뜸을 들이는 형태를 나타내고 있다. 3)이 시기 才子佳人小說에 등장하는 여자 주인공의 활약이 남자 주인공보다 더 돋보인다. 4)이 시기 才子佳人小說 작자들의 창작태도는 일종

---

62) 李騫, 「試論才子佳人派小說」, 『明淸小說論叢』第1輯, 春風文藝出版社, 1984, pp.56-61.

자각적인 목적의식성을 띠고 있다.

전반적으로 놓고 볼 때 중기는 일종 과도기적 단계로서 본격적으로 才子佳人小說이 정형화를 이루면서도 변형의 모가 보이던 시기이기도 하다.

2. 愛情具現樣相 比較

1) 士人들의 慾望과 敍事

才子佳人小說에서 주로 다루는 것은 才子와 佳人의 애정과 혼인에 관한 문제이다. 주인공인 才子들은 작품 전반에 걸쳐서 자신들이 생각하는 혼인과 애정문제에 대해 주로 이야기하게 된다. 뛰어난 외모와 재주를 가지고 있어 많은 사람들에게 존경의 대상이 되는 이들이 혼인에 있어서 가장 중요하게 여기는 것은 배필이 될 여인의 재주와 미모이다. 이것이 才子佳人小說이 여타 애정소설과 분명히 다른 점이다. 이러한 佳人에 대한 미모와 재주에 대한 慾望은 才子의 婚姻觀 혹은 애정관은 남성들의 일종 이상적 추구의 표현에 다름 아니다.

才子佳人小說의 才子들을 보면 대다수가 과거시험을 준비하거나 과거를 치러 가는 모습, 또는 시험에서 낙방되어 있다가 佳人을 만나 다시 시험에 합격되는 것으로 그려져 있다. 한국의 <紅白花傳>이나 중국의 <平山冷燕>, <玉嬌梨> 등이 바로 그러한 경우에 해당되는데 이들 작품의 남주인공은 당시의 士人 모습을 그대로 반영한 것이라 하겠다. 이와 같은 맥락에서 볼 때 才子佳人小說類의 형성은 당대 士人의 문화에 대한 경험과 연관되어진다는 언명이 성립될 수 있다. 아울러 사인이 체험한 이러한 문화는 여성과 염정에 대한 관심을 수반하니 이로 인해 전대의 작품에서는 찾아볼 수 없었던 농밀한 묘사들도 새로이 나타난 것이다.

수많은 작품 속에서 才子들은 혼인과 애정 문제에 대해 다양한 목소리로, 매우 다양한 이야기를 하고 있다. 이들의 婚姻觀에 대한 기존의 평가는 대체로 일치되어 있다. 대다수의 才子가 色, 才, 情 삼자가 일치되는 혼인관을 제시하고 있으며 그 중에서도 특히 정을 강조하고 있다는 것이다. <定情人>의 경우를 보면, 남주인공 雙星은 미모의 여인들을 많이 소개받지만 모두 마다하고 친구에게 "지금 여러 중매를 받아보니 비록 모두 이팔청춘의 佳人들이라 비취 같은 눈썹에 매미 같은 살쩍을 가지고 있었네만 만나보니 나의 정이 움직이지를 않는 것을 어찌하랴! …… 내가 만약 사랑하는 사람을 만나지 못한다면 일생동안 홀로 지내더라도 절대로 포기하지 않을 것일세."[63] 라고 말한다.

그런가 하면 자신의 배우자의 자격을 고르듯 심사하는 <玉嬌梨>의 소우백과 같은 경우도 있다. 才子인 소우백은 부귀영화나 출장입상에는 관심이 없고 佳人을 만나 아름다운 인연을 맺는 것만을 인생의 목표로 두고 있다.

> 부귀는 때오면 어두려니와 佳人은 고금으로 통ᄒ여 엇기 어려오니라. 직죄잇고 식이 업서도 佳人이 아니오 식이 잇고 직죄 업서도 佳人이 아니오 직식을 겸ᄒ고 이 소우빅을 향ᄒ여 믹믹흔 졍을 두지 아니면 이 소우빅의 佳人이 되지 아니리니 ……(중간생략)…… 소졔 평일의 어린 의ᄉ를 두어 졀식 佳人 곳 아니면 종신토록 취쳐

---

63) "今夢衆媒引見, 諸女子雖盡是二八佳人, 翠眉蟬鬢, 然覯面相親, 奈吾情不動何!…小弟若不遇定情之人, 情願一世孤單, 決不肯自棄…"(〈定情人〉第1回)

치 아니믈 밍셰 ᄒ여시니 ……64)

　소우백이 생각하는 佳人은 재주와 외모가 뛰어날 뿐만 아니라 자신에게 애정을 가지고 있어야만 한다며 자신의 애정관을 솔직하게 표현한다. 그의 뚜렷한 애정관은 몰래 엿본 혼인 대상인 '무교'65)가 아름답지 않다는 이유로 자신보다 뛰어난 집안인 오한림의 청혼을 거절하는 데서도 드러난다. 오한림의 혼담을 거절한 일로 인해 소우백은 儒籍에서 삭제되는 수난을 겪지만 佳人과 혼인하겠다는 신념은 버리지 않는다. 오히려 이 사건과 숙부인 소어사의 부름을 계기로 뛰어난 佳人을 찾는 여정에 오른다. 소우백은 여행하던 중 뛰어난 佳人인 백홍옥을 만나 혼인을 약속한다. 그 후 우연히 남장한 노몽리를 만난 소우백은 그 누이 청혼을 받자 정혼한 몸이지만 두 여자를 모두 아내로 맞겠다고 한다.

　　우빅 왈, 임의 ᄒ나흔 ᄇ리지 못ᄒ리지 둘을 둠만 ᄀᆞᆺ지 못ᄒ나 다만 규듕 ᄋ녀ᄌ의 원이 아닐가 하노라. 몽니 왈, 샤ᄆᆡ 나희 비록 어리나 셩질이 ᄲᅥ여나니 엇디 흔갓 ᄋ녀로 보리오. 군ᄌ를 ᄉ모하는 ᄆ음을 임의 소제ᄃᆞ려 닐럿ᄂᆞ지라. 취ᄒ면 쳬되고 분ᄒ면 쳡이니 스스로 구ᄒ미 분의 갓가온지라. 곳 규듕의 김죄 이셔 월하의 가연을 기ᄃᆞ리ᄂᆞ니 형은 의심 말다 다만 형의 구ᄒ는 바 슉녜 능히 용납ᄒ믈 두랴. 우빅이 대희ᄒ야 ᄀᆯ오ᄃᆡ 만일 슉녜 아니면 쇼뎨 구ᄒ미 업슬거시오 진실로 슉녜면 엇지 투긔를 내리오.66)

---

64) 〈玉嬌梨〉, 권지일.

65) 무교는 백홍옥이 아버지 백현의 부재기간 동안 외숙부 오한림 집에 있을 때 사용한 이름이다. 오한림은 무교와 소우백을 혼인시키고자 하나 소우백은 다른 이를 무료로 잘못 보고 청혼을 거절한다.

66) 〈玉嬌梨〉, 권지이.

  소우백은 자신이 평소 원하던 佳人을 만나자 가문이나 자신의 처지는 생각하지 않고 혼인을 약속하며, 두 아내를 얻으면서도 혼인 상대자들을 전혀 염두에 두고 있지 않다. 오히려 먼저 정혼한 여인을 걱정하는 노몽리의 말에 "투기하는 사람은 숙녀가 아니오. 숙녀가 아닌 사람을 나는 배필로 삼지 않겠다"고 당당하게 이야기한다. 게다가 혼인과 관련된 소우백의 행동은 佳人들이나 주변 사람들에게 긍정적으로 받아들여져, 불고이취나 複婚에 대해 벌을 받기는커녕 어른들의 적극적인 지지와 더불어 뛰어난 사람들끼리 아름다운 인연을 이루었다는 칭송까지 얻는다. 남성중심적인 혼인관이 사회적으로 용인되고 있음을 단적으로 보여주는 모습이다.

  이와 달리 <平山冷燕>은 佳人인 山黛와 冷降雪이 사건의 중심이 되어 작품의 스토리를 이끌어 나간다. 하지만 여기 才子들 역시 <玉嬌梨>의 才子와 다름없이 佳人에 대한 혼인관은 변하지 않는다. 才子인 燕白頷과 平如衡은 공명보다는 재주를 추구하는 동시에 佳人과의 결연에 몰두한다. 연백함은 皇莊의 누각에서 우연히 만난 미녀에 대해 평여형에게 이야기하며 樓上美人과 인연 맺기를 바란다.

  평여해이 웃고 닐오딕, "형이 다만 얼골 의논흘줄만 알고 직조 의논흘줄을 아디 못ᄒᆞᆫ도다⋯⋯(중략)⋯⋯반ᄃᆞ시 얼골이 아름답고 겸ᄒᆞ야 직죄 이셔야 곳치 비ᄒᆞ면 일흠난 곳치오⋯⋯(중략)⋯⋯소졔 강셜의게 졍을 닛디 못ᄒᆞᄂᆞᆫ 바ᄂᆞᆫ 직식이 겸젼ᄒᆞ미라. 만일 형이 다만 식으로 니ᄅᆞᆯ쟉이면 금슈지분 가온데 혹 사름이 이셔 형의 주린 눈을 위로 ᄒᆞ리라".67)

---

67) <平山冷燕>, 권지칠.

연백함이 단순히 누상미인의 외모에만 반한 것으로 여긴 평여형은 외모도 중요하지만 반드시 재주가 있는 여자를 얻어야 한다고 주장하며 자신이 만났던 냉강설이 얼마나 재주와 미모가 뛰어난 佳人인지 강조한다. 그 후에 연백함이 미인이 자신에게 남긴 시를 평여형에게 보여주며 누상미인이 외모뿐만 아니라 재주까지 겸비한 佳人임을 이야기한다. 그리고 두 사람은 서로 자신들의 정인이 더 뛰어나다고 자랑하며 그들에 대한 애정을 마음껏 드러낸다. 才子에게 중요한 것은 자신들의 才貌에 필적할만한 佳人을 만나는 것이며 佳人을 만난 이상 서로의 신분이나 집안의 지위, 佳人의 의사 등은 전혀 고려하지 않는다.

才子들은 이미 뛰어난 재주를 가지고 있기 때문에 과거를 보거나 벼슬길에 나아가는데 집착하지 않는다. 평여형은 재주도 없는 이들이 재물과 권력을 이용하여 정치에 나아가고 있음을 비판하며 자신은 이미 재주를 가지고 있으니 굳이 그들 축에 끼고 싶지 않다고까지 한다. 才子들이 과거를 보는 것은 현재의 위기를 피하거나 佳人을 만나기 위한 수단일 뿐이다.68) 혼인한 후에도 정치에는 전혀 관심을 두지 않고 佳人과 재주를 논하며 즐겁게 지내는 것에만 만족한다. 뛰어난 성적으로 급제했던 연백함과 평여형은 혼인 후 벼슬을 버리고 각자 자신들의 아내를 데리고 고향으로 돌아가고, 벼슬을 잠시 하던 소우백은 두 부인을 잊지 못해 벼슬을 버리고 부인들과 시부를 논하며 여생을 보내는 것이 그 예이다.

이들은 애정추구에 있어서 매우 솔직하고, 겉으로 표출하는데 서슴치 않으며 佳人들이나 주변인들도 이들의 생각을 긍정적으로 받

---

68) 소우백은 공명을 이루어 동생의 의탁을 쉽게 하라는 노몽리의 권유로 과거를 보고, 연백함과 평여행은 자신들이 당인과 송신의 계략에 빠질 위기에 처하자 이를 해결하기 위해 과거를 본다.

아들이고 있다. 이러한 才子들의 모습은 당시 남성 위주의 사회에서 무언중에 이상적인 남성들의 모습으로 드러난다. 이것이 明末에 나타난 왕학 좌파의 영향으로 만들어진 인물상이라고 볼 수 있는데 왕학 좌파란 王畿가 창시하여 王艮과 李贄에 의해 과격하고 극단적으로 발전한 것으로 인간의 慾望이나 이기심을 하나의 천성으로 여기고 활동의 동기이자 인류 사회 발전의 동력으로 여겼다. 明末清初의 才子佳人 소설의 才子들은 표면적으로는 禮와 名敎를 최고의 가치로 내세우고 있지만 才子들의 생활 태도나 자세에서는 '狂放'하고 예에 구속되지 않는 왕학 좌파들의 영향이 짙게 드리워져 있다.[69] 결국 才子佳人小說에서의 才子들은 표면적으로는 예를 논하지만 실제로는 자신들의 慾望이나 애정을 마음껏 추구하는, 당대에서 이상적이라 여겨지는 인물들이었던 것이다.

이와 같이 才子들의 혼인관을 살펴보면 그들은 애정을 혼인의 가장 큰 조건으로 삼고 있으며 애정에 대한 절의가 매우 뛰어난 듯하다. 때문에 이를 시민 계층의 가치관과 비교하며 근대적인 색채를 띠고 있다고 설명하거나 자주적 혼인을 찬양하고 봉건적 혼인제도에 반대한다고 해석하기도 한다. 실제로 才子佳人小說 중에는 남성의 負心, 즉 배반으로 인해 비극을 맞는 경우는 찾을 수 없고 모두 행복한 결혼으로 막을 내린다.

才子佳人小說에서 또 하나 주요 특징은 시의 운문인 서사를 이용하여 사랑의 감정을 전달하여 결연을 맺는 것이다. 이러한 시의 삽입은 韓·中 소설에서 모두 공통으로 쓰이고 있다. 남녀의 결연과 운문을 연결시키는 것도 <紅白花傳>과 <平山冷燕>의 중요한 공통점이다.[70] <平山冷燕>에서 주인공의 운문은 대단히 중요한 역

---

69) 최수경, 전게서, pp.64-65.

할을 한다. 이 운문으로 상대방의 재능을 시험하며 자신의 의사를 전달하거나 아니면 운문 자체가 하나의 信物이 되기도 한다. 더욱 주요한 것은 <平山冷燕>에서는 시를 써서 우수한 才子를 선발하여 자신의 혼인의 대상으로 하기도 한다. 이와 같이 才子와 佳人이 운문으로 교류하거나 운문을 통해 맺어지는 작품이 총 43편에 이른다는 사실은 두 남녀의 만남에서 운문의 역할이 어느 정도인가를 알게 해준다. 물론 <紅白花傳>에 나오는 운문 수는 총 12수로 중국 才子佳人小說에 비하면 적은 편이다. 그러나 운문 숫자가 적은 가장 큰 원인은 이 작품이 白話가 아닌 한문 소설이며 장회소설체를 따르고 있으나 화본형식을 채용한 것은 아니기 때문이다. 때문에 이 작품의 운문은 모두 작중 인물에 의해 읊어지는 이른바 '등장인물 운문'이지 가상의 설화인이 부르는 '서시자 운문'은 아니다.71) 기본적으로 詩를 통해 才子와 佳人이 결연하게 되고 자신의 재주를 顯示하고 혹은 남편이나 아내를 고르는 기준으로 삼고 자신의 감정이나 의사를 전달하는 수단으로 활용하는 것은 才子佳人小說에서 일반화되어 있는 것이다. <紅白花傳>에서 설유란은 계일지의 시를 보고 그를 사모하게 되고 남장한 순직소와 설유란이 혼인하게 되는

---

70) 才子佳人간의 결연과 만남에 시가 이용되는 것은 唐 傳奇부터 보였으나 일반화된 것은 明代 才子佳人류 전기소설부터였다. 청대 才子佳人小說에서도 가상의 설화인이 들려주는 것이 아닌 작중 인물에 의해서 읊어지는 '등장인물 운문'의 비중이 높다. (최수경, 「才子佳人類 小說 類型 硏究」,『中國小說論叢』제11집, 한국중국소설학회, 2000.)

71) 중국 才子佳人小說도 그 시기의 다른 백화소설과 비교하면 상대적으로 서사자 운문보다 등장인물 운문이 매우 많은 편인데 이는 다른 백화소설에서 일반적으로 운문이이야기 세계와는 분리된 담론의 세계에만 머무르는 데 비해 才子佳人小說에서는 남녀의 결연과정에서 詩가 유기적인 중요한 부분을 담당하고 있기 때문이다. (최수경, 「明末淸初 소설 형태의 변화–중편을 중심으로」,『中國小說論叢』제12집, 한국중국소설학회, 2000.)

것도 시로 인해서이다. 才子와 佳人, 佳人과 佳人의 관계를 맺음에 있어 시가 유기적인 역할을 담당하는 것도 중국 才子佳人小說과 다를 바 없다. 시를 통해 남편감을 선발하는 모티프는 才子佳人小說의 특징적인 요소 중의 하나이다. 다른 시대의 才子佳人에서도 시를 통한 남녀의 교류는 종종 있어왔으나 남녀가 직접 만나서 사랑에 빠지는 것이 아니라 재능을 보기 위한 시험의 일종으로 시를 짓게 하여 남편을 선택한다는 발상은 明末의 문언중편소설에 이어 청대 才子佳人小說에서 널리 사용된다는 점에서 시대성이 강한 모티프이다.

시로 배우자를 선발한다는 설정, 두 아내간의 철저한 균형 맞추기, 남성과 여성의 뒤바뀐 역할과 성별 정체성의 전도 등은 물론 才子佳人小說의 특수한 문화적 배경 속에서 등장한 모티프이다. 그러나 <紅白花傳>이 대중적으로 성공한 것을 볼 때 이 작품은 기존의 애정 서사물과는 달리 부모의 반대가 혼사의 장해 요인으로 대두되는 비율이 낮은 편이다.72)

'그림을 통한 佳人의 인지'라는 설정도 才子佳人小說에서는 찾아볼 수 없는 매우 특이한 것이다. 才子佳人小說의 경우 才子佳人의 첫 만남은 후원이나 교외에서 우연히 마주치거나 시를 통해 먼저 사모하게 된 후 어렵게 대면하게 되는 경우가 대부분이다. 그림을 통해 묘사된 설소저의 형상이 무척이나 생생하여 이는 직접적인 대면을 피면하면서도 佳人의 재능과 미모를 동시에 확인하게 하는 수단으로 활용된 듯하다.

한국 고소설에서 흔히 볼 수 있는 적강 모티프는 才子佳人小說

---

72) '부모의 반대'가 포함된 才子佳人小說은 60편 중 11편에 불과하지만 그 이전의 才子佳人류 문언소설에서는 부모의 반대가 주요 시련요인으로 등장하는 경우가 적지 않다.

에서는 매우 드물다.[73] 그러나 그 대신 才子나 佳人에게 신비감을
부여하기 위해 탄생에 관련된 신비한 태몽이나 고사가 종종 삽입된
다. 그리고 才子는 반드시 佳人을 만나게 되어 있음을 강조하기 위
해 꿈이나 신이한 인물을 통한 예언도 종종 등장한다. 그러나 중국
의 才子佳人小說에 비길 때 한국의 <紅白花傳>에서는 이러한 신
비스럽거나 초경험적 세계에서나 있을 법한 장면은 일체 등장하지
않는다. 그리고 이러한 차이점들보다 가장 근본적인 차별성은 이 작
품에 소인이나 악한이 등장하지 않는다는 것이다. 才子佳人 특유의
방해꾼인 '小人'은 才子佳人小說 작품에서 방해자 노릇을 수행한
다. 그러나 <紅白花傳>에서는 악의를 가지고 이들 才子佳人을 방
해하려는 반면인물은 등장하지 않는다. 물론 서사구조의 기능적 측
면으로 보면 혼인 과정에서 적대자 역할을 수행하는 인물은 있다.
佳人의 아버지인 순경화가 계일지를 사위로 맞는 것을 내키지 않아
했고 呂상서의 아들인 呂邦彦의 청혼을 받자 딸을 시집보내려고
시도하나 才子佳人小說에서의 극단적인 갈등양상은 보이지 않는
다.[74] 그 이후에도 才子佳人小說에서처럼 려방언이 앙심을 품고

---

73) 예외적으로 적강 모티프가 사용되는 작품으로는 후기에 나온 〈金石緣〉
　　정도를 꼽을 수 있다. 才子佳人小說의 주인공들은 이 현세에서 누릴 수
　　있는 복과 향락을 추구하고 있고 이들의 성취도 경험적 세계 속에서 가
　　능한 범위 내에서만 이루어진다. 일부 작품에서 得道하여 신선이 되는 귀
　　결도 있지만 (〈賽花鈴〉, 〈嶺南逸史〉, 〈鐵花仙史〉 등) 대부분 온갖 부귀영
　　화를 누리고 자손이 번창하다든가 사직하고 귀향하여 유유자적 세월을
　　보낸다는 결말로 끝난다. 이는 才子佳人小說의 작가들의 이상향은 내세가
　　아닌 현세에 있음을 보여주는 것이다.

74) 부모의 반대가 주된 시련이 되는 작품은 비율적으로 많지는 않으나 그러
　　한 몇몇 작품들에서는 부권과 자녀의 갈등이 매우 극단적으로 그려진다.
　　父權의 橫暴가 주된 시련요인으로 제시된 작품은 〈鴛鴦梅〉, 〈終順夢〉, 〈聽
　　月樓〉, 〈離合劍蓮子瓶〉을 들 수 있다. 〈鴛鴦梅〉, 〈聽月樓〉에서는 딸이 스
　　스로 혼사를 정했다는 이유로 부친이 딸에게 자살을 명령했고 〈終順夢〉에

계일지를 모함한다든가 비난하는 일은 일어나지 않는다. 순직소 역시 자기 대신 설유란과 계일지를 맺어줄 생각으로 설유란과 위장 결혼했던 것이며 려방언과의 혼사를 위해 서울로 올라오라는 부친의 편지를 받고 몸이 쾌차한 후에 부친의 말에 순종하여 서울로 온다. 만약 중국 才子佳人小說에서라면 분명히 순직소는 남장을 하고 가출하거나 자살을 선택하거나 시녀를 대신 시집보내는 등의 상황이 출현했을 것이다. 그러나 계일지는 약혼자와의 絶義를 깨뜨리기를 강요하는 부친에게 결코 극렬한 반항을 하지 않는다는 점에서 큰 차이가 난다.

呂상서 역시 악인이나 소인의 범주에 들지 않는다. 그는 순직소를 며느리로 점쳐 두고 아버지인 순경화에게 혼사를 권유했지만, 그가 일부러 권력을 이용하여 才子佳人의 혼사를 적극적으로 방해했다고 보기는 어렵다. 나중에 荀公이 서울로 올라가서 여러 차례 려승상을 만났을 때 려승상은 혼사 일을 언급하지 않았고 그 후 순공이 위기에 몰렸을 때 려승상이 극력 諫하여 그를 감옥에서 구해내자 순공이 감사를 표시하러 찾아갔을 때야 비로소 직접 혼사 이야기를 꺼내고 순공은 즉시 응낙한다. 려상서가 아들과 혼사를 권유한 것은 이 대목이 유일한 것이다. 그리고 나중에 설유란이 大長公主에게 부탁해 귀비를 통해 황제에게 呂邦彦을 부마로 삼도록 하였을 때도 별다른 갈등 없이 일이 해결된다. 그러나 순공도, 려방언도, 려승상도 보통 사람의 심성을 갖고 있을 뿐이지 결코 악인은 아니며 이 작품의 등장인물은 모두 常軌에 벗어나는 극단적인 행동은 하지 않

서는 才子가 가난하다 하여 佳人의 부모가 혼인을 허락치 않자 佳人이 병으로 죽게 된다. 〈麟兒報〉에서는 모친의 결혼 반대를 피하여 佳人이 남장을 한 채 집을 나선다. 〈鐵花仙史〉에서는 다른 혼처를 강요하는 부친에 맞서 佳人이 자살을 하려다가 시비들이 만류로 역시 남장하고 가출한다.

는다. <紅白花傳>에서는 <平山冷燕>에서 처럼 등장하는 소인의
才子나 佳人에 대한 謀陷, 誹謗, 詐稱, 誣告 등의 장면은 찾아볼
수 없다. 그렇다고 <平山冷燕>에서 기타 갈등 요인으로 사용되었
던 전쟁이나 오해로 인한 혼사 장애가 등장하는 것도 아니다.[75] 才
子佳人小說 자체가 전대의 애정소설과 비교하면 극단적인 갈등 상
황이 현저하게 줄어들기는 했지만 소인의 방해나 전쟁으로 인한 이
별 등의 시련은 등장한다. 그러나 <紅白花傳>에서는 이에 비해 정
말로 소인다운 소인이나 악한은 등장하지 않고 있으며 갈등 양상도
훨씬 완화되어 있음을 볼 수 있다. 즉 세계의 갈등이나 모순보다는
조화와 화합을 지향하며 극단적인 상황으로 몰고 가기보다는 常規
에서 벗어나지 않는 인간관계를 설정하고자 했음을 알 수 있는 것이
다. 이점에서는 소설 속의 세계를 '才子佳人'의 세계와 '小人, 惡
漢' 세계로 완전히 양분한 才子佳人小說과는 완전히 다른 모습을
보인다.[76] 모든 모순은 인물간의 미묘한 심리전과 효와 애정 사이의
내면적 갈등 등으로 집약된다. 즉 고전적 서사물에서 보편적으로 찾
아볼 수 있는 二元的인 對立 구도(善惡, 忠諫, 眞假 등)가 약화되
어 있다는 점이 이 작품의 가장 큰 특징이며 中國 才子佳人小說
과의 가장 큰 차이점이기도 하다. 그러나 이러한 특징은 또한 애정
표현의 강도를 현저히 약화시키는 역할도 하고 있다.

---

75) 전쟁이 才子佳人의 시련 요인으로 제시된 작품은 〈燕子箋〉, 〈錦香亭〉,
   〈歸蓮夢〉, 〈鐵花仙史〉, 〈醒名花〉, 〈西湖小史〉, 〈三分夢〉, 〈南朝金粉錄〉 등
   이 있다.
76) 물론 才子佳人小說의 반면소설 중에서도 話本小說이나 공안소설에서 나
   오는 것과 같은 철저한 악인보다는 단지 재주 없고 못난 말 그대로 '小
   人'이 더 두드러지는데 才子佳人小說의 작자들에게는 재주 없는 것이 곧
   악이었기 때문이다. 때문에 才子佳人과 소인은 사용하는 언어마저도 달랐
   고 완전히 다른 세계에 속하는 인물처럼 극단적으로 묘사된다.

다른 작품들과 비교해보면 <紅白花傳>에서의 모순은 상대적으로 순화되어 있는 것이고 적대자와의 극렬한 마찰이나 항거도 없다. 또 한문본에는 려방언이나 려승상이 남녀의 결합을 적극적으로 방해하거나 모해하는 악인으로 설정되어 있지도 않다. 이런 특징은 대중의 흥미를 감퇴시킬 수 있는 요인이 될 수 있다. 반면 소설의 작자나 작가가 의도했던 독자의 기호는 세계의 모순보다는 화합과 조화를 추구하는 쪽이었음을 알 수 있다. 중국의 초기 才子佳人小說에서도 악인의 면모는 매우 제한적이고 나중에 그들이 인과응보를 받거나 죄과를 치르는 경우도 드물다.77) 이런 점에서는 <紅白花傳>의 세계와 일맥상통하는 점이 없지 않다. 그러나 중국소설에서는 적어도 이러한 소인들과 적극적으로 대결하여 승리하는 才子나 佳人의 역할이 부각되기 때문에 <紅白花傳>과는 다르다.

2) 佳人의 男性的인 活躍

才子들의 성적 특징에 있어서 한 가지 특이한 것은 그들의 여성성 표출이다. 문인 작가들 마음속의 이상적 인물인 才子들은 성 정체성의 양상에서는 상당히 여성적인 이미지를 구축하고 있다. 물론 이러한 성 정체성이 生得的이거나 본질적인 것이 아니라 문화적 기

---

77) <玉嬌梨>나 <平山冷燕>으로 대표되는 초기 才子佳人小說에서는 才子와 佳人의 결합을 방해하는 소인들이 역할은 매우 제한적이다. 그들은 보통 주인공들에게 직접적으로 방애작용을 할 뿐 사회적인 배경과 결합되는 경우는 드물었고 기껏해야 멍청하고 질투심 많은 경쟁자가 대부분이었다. 또 나중에 才子와 佳人이 결합한 뒤에 이들은 중하게 사과하거나 아첨하였고 재가, 佳人도 이들이 자신들에게 행한 일에 대해 개의하거나 복수하지 않고 너그럽게 용서해 주는 경우가 대부분이었다. 이러한 상황은 물론 후기로 갈수록 변화되어 방해자의 역할도 다양해지고 사회배경과 결합되거나 전쟁, 반란, 전쟁 등의 상황과 맞물려서 복잡해진다.

반에 근거하여 형성된다는 논리도 최근에는 낯설지 않다. 보통 인종이나 계급, 민족적인 요소에 의해 영향을 받는 지배적인 문화적 인습들의 관점에서 '남성적'이거나 '여성적'이라는 용어들의 정의를 내리게 되는 것이다. 그러나 일단 형성된 남성성과 여성성에 대한 고정 관념은 사회관계의 전 영역에서 찾아볼 수 있고 개개인에게 막강한 지배력을 행사하는데 이러한 고정 관념은 대부분의 문명사회에서 '가부장적 구조를 조성하게 되는 행위들의 일부'가 되어왔다.[78] 이러한 성 역할은 성 정체성의 형성에 매우 중요한 위치를 차지한다. 성 정체성은 성적 기질, 성적 역할, 성적 지위 등의 조합으로 결정된다.

남성성, 여성성에 대한 개념은 민족, 시대, 장소에 따라 매우 가변적이다. 그러나 가부장제가 시작된 이래 동서양을 막론하고 전혀 다른 남녀의 본성이 존재한다는 신념과 이것이 하나의 고정적인 이원론으로 설명되어 온 점은 공통적인 특징인 것 같다. 이를테면 역사적으로 많은 지역에서 남성은 힘, 높음, 적극성, 이성, 바깥, 낮, 해, 능동성 등을 상징하고 여성은 이와 대조적으로 온순함, 낮음, 소극성, 감성, 안, 밤, 달, 소극성을 나타낸다고 생각되어 왔다. 중국도 예외가 아니어서 음양론이 남성과 여성의 본질을 설명하는 틀로 존재하여 왔다. 음양론은 물론 남녀관계뿐 아니라 모든 자연현상과 인간관계의 질서를 포괄하는 철학 체계이지만 어쨌든 지금까지도 '陰陽'이라는 틀로 남성과 여성을 이해하고 있는 현실 속에서 이 음양론이 남녀관계를 설명하고 합리화해온 것은 더 말할 것도 없다. 班昭는『女戒·敬愼』에서 남녀가 가져야 할 특성이 완전히 달라야 한다는 당위성을 음양론으로 귀결시켜 설명했다.

---

78) 실비아 월버/유희정 역,『가부장적 이론』, 이대출판부, 1996, p.139.

> 음과 양은 그 특성이 다르며 남녀는 행동이 다르다. 양은 강을
> 덕으로 삼고 음은 유함을 덕으로 삼는다. 남자는 강한 것을 귀히
> 여기고 여자는 약한 것을 아름답게 여긴다.[79]

이와 같이 남녀를 구분하여 그 지위의 고하와 특성을 나누는 것은 음양론이라는 철학 체계의 기반 위에서 의심할 수 없는 진리로 받아 들여 진다. 이러한 남녀 역할과 성적 정체성에 있어서 본질적으로 분리된 것이고 또 분리해야 한다는 주장은 근대 이전까지 계속 유지되었으니 적어도 韓·中 전통사회의 공적 담론에서는 남녀의 성적 범주가 매우 일관되고 연속성을 지닌 채 유지되었다.

여기서 가정 내의 문제는 여성이 담당하는 것이었고, 그것을 벗어나는 것은 남성이 담당하도록 그 역할이 구분되었던 것이 동서양을 막론한 전통사회의 모습이었다. 여성은 가정 내의 일에 전념하고 그 외의 사회적인 일에는 전혀 간섭할 수 없도록 제도화되어 있었다. 따라서 여성이 자신의 성취 욕구를 실현할 수 있는 길은 가정에서의 중추적 역할을 수행할 수 있는 기반을 가지는 일이었고, 그것은 자손의 번식과 양육으로만 가능하였다. 조선시대의 佳人이나 明清時代의 佳人들의 모습은 이러한 역할을 통하여 자신의 삶의 근거와 의의를 확인할 수 있었다.

그러나 才子佳人小說에서의 佳人들의 역할은 이러한 여성으로서의 역할과 자신의 삶의 근거를 떠나 남성으로서도 도달하기 어려운 기능을 한다는 것이 그 特點이다. 才子佳人小說 속의 적지 않은 佳人들의 형상은 위에서와 같은 철학의 陰陽論을 깨뜨리고 才子의 기능역할을 하는 인물들로 활약한다.

---

79) "陰陽殊性, 男女異行, 陽以剛爲德, 陰以柔爲用, 男以剛爲貴, 女以弱爲美."

<平山冷燕> 등에서 佳人은 가정 내적인 틀을 벗어나 사회적 삶을 영위하는 공적인 여성으로의 역할을 담당하는 인물로 부각되어 있다. 사실 才子佳人小說類의 佳人의 형태들을 보면 이상적인 여성이란 바로 결혼의 결실을 맺은 후 자손의 번식과 양육, 사회에 종사하는 남성의 편안한 안식처로의 역할, 사회로 진출하는 예비적인 지도자로서의 남성을 훈련하는 기간과 장소로서의 역할을 담당하는 모습이 전부였다. 하지만 기존의 佳人으로서의 역할을 벗어나 남성으로서 감당할 수 없는 또는 협조자로서의 확장기능을 함으로서 현실에 참여하는 양상을 보인다.

비록 才子들 보다 자유롭지 않지만, 그들은 자신들이 원하는 바를 추구한다. <平山冷燕>에서 전형적인 佳人인 산대와 냉강설은 이러한 모습을 구체적으로 나타내는 한 보기가 되겠다. 두 쌍의 才子佳人의 이야기가 복합적으로 전개되는 <平山冷燕>의 경우, 여주인공 山黛는 진나라 山巨源의 후예로서 부친은 천자의 신임을 받는 재상이다. 그녀가 출생할 당시 부모가 동시에 꿈을 꾸었는데, 그 내용인즉 瑤光星이 정원에 떨어지자 山黛의 어머니가 이를 받아 삼켰다는 것이다. 또 다른 여주인공인 冷降雪은 비록 농가출신이지만 출생할 때 정원에 붉은 눈이 내려 이름을 降雪이라고 지었다. 출신 내력이 평범하지 않음은 佳人의 천성이 비범함을 드러내기 위한 작자의 설정으로 볼 수 있다. 지체 높은 집안의 외동딸인 산대는 뛰어난 재주 덕에 황제의 총애를 받는 한편, 많은 才子들이 그녀의 시를 받고자 줄을 설 정도이다. 냉강설은 비록 일반 평민이지만 신분이 다른 산대와 朋友之義를 맺고, 황제가 아버지에게 벼슬을 내릴 정도로 탁월한 재주를 가진 인물이었다. 이들은 자신의 뛰어난 재주에 매우 높은 자긍심을 가지고 있었으며 배필을 구하는 조건 역

시 시재에 뛰어난 才子를 선택하였으며, 소인들의 방애작업에도 능란하게 대처하는 전대에서 볼 수 없었던 범상치 않은 佳人의 재능을 남김없이 보여준다. 제16회에서 두 才子는 시녀와 비서로 변장한 두 佳人과 시를 겨루어 모두 패배하고 나서 "천지는 산천의 뛰어난 기운을 모두 미인에게 부여하고는 나 같은 남자를 또 내서 무슨 소용이랴." "여자 가운데 이러한 뛰어난 재주가 있다니 우리 남자들은 부끄러워 죽을 지경이로다."[80]라고 찬사를 아끼지 않는다.

사회로부터 당당히 자신들의 능력을 인정받은 두 佳人은 자신들의 배필도 자신들만큼 뛰어난 사람이기를 원하며, 주변에서도 그들의 바람을 당연한 것으로 인정하고 그들에게 맞는 상대를 만날 수 있도록 노력한다. 산현인과 냉대호는 사위를 고르는데 있어서 자신의 의견보다 딸의 뜻을 더 따르고 있으며, 뛰어난 才子 두 사람, 연백함과 평여형을 찾은 황제는 그들을 각기 산대, 냉강설과 혼인시키도록 한다. 또한 산대와 냉강설도 배필을 찾는 것에 적극적이어서 시녀로 변장하여 상대의 재주를 시험치기도 하고, 佳人을 시켜 자신이 다른 남자에게 지어준 시로 상대 남자를 찾도록 하기도 한다. 이처럼 그들이 재주를 펼치는 모습이나 배필을 구하는 모습은 당대 才子들의 모습과 다를 바 없을 정도로 자유롭게 나타난다.

이와 같이 佳人의 재능을 주제로 한 한국의 <紅白花傳>은 역시 才子佳人으로 형상화되는 애정소설로서 주인공들은 일반적으로 여주인공이 남주인공보다 월등한 인물로 그려지며, 결연을 성취하고자 하는 佳人의 적극적인 의지를 보여준다. <紅白花傳>의 여성 주인공은 두 명으로 구성되어 있다. 즉 남성 주인공 계일지와 순직소,

---

80) "天地旣以山川秀氣盡付美人, 却又生我輩男子何用" "女子中有如此敏才, 吾輩男子要羞死矣". (《平山冷燕》第十六回, 遼宁古籍出版社, 1997, p.563~567.)

설유란이라는 두 명의 여성 주인공이 등장하여 부부가 되는 과정을 보여준다. 순직소와 계일지의 모습은 애정소설에서 볼 수 있는 전형적인 미인으로 형상화되어 있다. 용모뿐만 아니라 재능도 뛰어나다. 일제의 재능은 절강에서 위상서 앞에서 長詩를 지으면서 드러난다. 순직소의 재능은 홍백모란 시를 지었을 때, 일지의 시보다 월등하다고 계동영에게 칭찬을 받는 내용을 통해 알 수 있다. 또한 翠香閣序를 지음으로써 설유란과 결연을 맺게 되는 사건에서도 확인된다.

용모와 재능에서 뛰어나다는 점에서 두 인물은 공통적이지만, 순직소는 부귀와 권세가 어느 정도 갖추어진 순가의 딸로, 계일지는 빈한한 桂家의 자제로 설정되어 있다. 계일지의 집은 대대로 혁혁한 가문이었음에도 불구하고 현재는 불우한 처지에 놓여 있다. 그러나 준수한 용모와 재능을 갖춘 일지는 사건이 전개되면서 과거급제를 하고, 입신양명을 획득한다. 한편, 계일지는 애정소설의 남성 주인공과 같이 여성주인공보다 열등하고 유약한 모습을 보인다. 예컨대 일지는 직소와의 결연에 대해 확신이 없고, 결연에 대한 약속도 죽음으로 서약하자고 제안한다.

> 일지는 비로소 틈을 얻어 말을 하려 했지만, 옆에서 몰래 엿들을까봐 두려워 말을 하지 못하고 맥맥이 앉아만 있었다. 직소는 일지가 말하지 못하는 것을 알고 말하되, "만일 말씀하고자 하는 일이 있거든 말씀하십시오. 제가 비록 불초하나 일찍이 형의 사랑함을 입었사오니, 작게는 함께 자리를 같이 하는 예의가 있으며, 크게는 제 분수를 알고 있거늘, 엇지 괴로이 여자와 같이 부끄러워하는 태도만 보이십니까?" 일지가 말하길 "말하고자 하는 것은 숙부의 뜻호가 현매의 마음을 알고자 하는 것이요." 직소가 말하길 "저는 이미 형이 의심하고 있다는 것을 안지 오래됐지요"……(하략)81)

  계일지가 말도 꺼내지 못하고 있을 때, 순직소는 계일지의 마음을 헤아리는 현명한 여인이다. 절의를 지키겠노라 약속을 하면서도, 일지는 약속이 지켜지지 않을까하여 다시 죽음으로써 맹세하자고 요청한다. 직소는 자신은 죽음으로써 약속을 지킬 수 있다고 장담한다. 여성 주인공 순직소의 행동은 설유란을 얻는 과정에서 더욱 두드러진다. 여성 주인공을 우월하게 표현한 점은 서술태도에서도 엿볼 수 있다. 작품을 이끌어 가는 것은 계일지가 아닌 순직소이다. 왜냐하면 순직소와 계일지의 결연약속과 혼사장애의 발생에 관련된 모든 사건이 순직소의 시각에서 기술되고 있기 때문이다.

  이와 같이 <紅白花傳>은 재주와 용모에서 뛰어난 순직소를 등장시켜 결연이 획득되어 가는 과정을 보여준다. 그런데 <紅白花傳>은 순직소 이외에 다른 한 명의 여성 주인공 설유란이 등장한다. 설유란은 <平山冷燕>에서의 냉강설과 비슷한 주요한 역할을 담당한다. 설유란은 단지 순직소와 계일지의 결연을 성취하는데 공헌자로서 그치는 것이 아니라, 순·계와 결연에 합류하는 주인공으로 등장한다. 설유란 역시 순직소와 용모와 재능이 비슷한 인물로 그려진다.

  한 미인이 서있는 모습을 그렸는데 필법이 정묘하고 자태가 수려하니 진실로 빼어난 듯 하다. 만약 관음보살의 상이라 하면 머리에 영낙이 없고, 상원부인이라 하면 몸의 세속의 옷을 입었으니, 연꽃을 걷는 번숙비 아니면 필시 달을 기다리는 최앵앵이다. [82]

---

81) 一枝始得間欲發口, 而左右恐窃聽者, 囁嚅未吐, 脉脉而坐. 織素已知一枝不
　　敢出言, 乃曰, "若有欲言之事, 一遭設破, 固不妨也. 小妹雖甚不肯, 早夢大
　　兄過愛, 小而有同胞之義, 長而有知己之分, 何若屑屑兒女子, 羞愧之態乎?"
　　一枝乃發言曰, "所欲陳者, 豈有他哉. 欲知老叔之意, 賢妹之心也." 織素曰,
　　"我元來, 已知兄致疑於小妹也, 久矣……(하략)"
82) 盖模寫美妹獨立之狀, 而筆法精妙, 姿態秀麗, 眞絶實也. 若以謂觀音菩薩之

설유란의 용모는 설유란의 그린 족자를 본 계일지의 감상에서 잘 드러난다. 설유란의 자태는 보살 같기도 하고, 상원부인 같기도 하며, 동양의 미인 번숙비 같은데, 사람으로는 당전기의 정숙하고 아름다운 여인 최앵앵에 비교될 만하다. 설유란은 아름다운 자태뿐만 아니라, 인재를 구별할 줄 아는 안목도 갖추고 있으며, 염치와 의리를 갖춘 인물이다. 설유란은 전대의 애정전기와 같이 우연한 기회에 계일지를 만나고, 한눈에 반하며 그 사랑을 위해서 적극적으로 찾아 나서기도 한다. 설유란의 역할은 여기에서 그치지 않는다. 그는 순직소와 계일지의 결연이 불가능해 보이자, 순직소를 여가의 강혼으로부터 구해내 그들의 혼사를 성사시킨다. 이와 같이 설유란이란 인물은 순직소와 계일지의 결연을 성취할 수 있도록 공헌한다는 점에서 의의를 갖는다.

여기서 주목할 것은 <平山冷燕>과 <紅白花傳>의 두 작품인데 한 작품에 佳人이 두 명이 나타난다. 작품에선 주로 佳人이 주인공이 되어 이야기스토리를 끌고 가는데 그들의 역할은 才子보다 더 주요한 위치에서 작품을 전개한다고 할 수 있다. <平山冷燕>에서의 산대와 냉강설 두 佳人은 작품을 전개함에 있어서 모든 장애를 이겨내고 서로의 才子를 찾아 인연을 맺지만, <紅白花傳>에서의 순직소와 설유란은 작품의 갈등을 해결해 나가면서 한 남자와만 인연을 맺는, 즉 세 사람이 인연을 맺는 것이 <平山冷燕>과의 차이점으로 나타난다.

이와 같이 여성 주인공이 남성 주인공보다 적극적이며 능동적인 모습을 보인다는 점에서 초기소설로 보이는 <洞仙記>도 그 계통을

像, 頭無瓔珞, 若以爲上元夫人之像, 身着俗依, 非步蓮之潘淑妣, 則必待月之崔鶯鶯也.

잇는다고 할 수 있다. 여주인공 동선이가 본부인과 함께 주인공 西門勵을 구하기 위해 온갖 시련을 이겨내어 기생 洞仙이와 인연을 맺고 갖은 고난 끝에 속세를 떠나 편안한 삶을 누리는 내용이다. 서문적이 어려움에 빠지자 본부인이 동선에게 편지를 보내는 등 기생 첩과 본부인 사이가 원만하게 설정된 것이 特徵이다. 역시 여주인공 동선이와 본부인이 작품의 주제가 되어 이끌어 가는데 그들은 처첩사이의 간격을 이겨내고 힘을 합해 주인공을 고난에서 구해내는 등 여성의 재능과 婦德을 강조한다.

같은 맥락에서 <玉嬌梨>의 佳人의 형상을 살펴볼 수 있다. 여기에서는 백현과 오한림이 뛰어난 재주를 가진 백홍옥에게 훌륭한 배필을 정해주기 위해 노력하지만 결국 백홍옥 자신이 스스로 배필을 정하도록 한다. 시녀인 언소가 매우 뛰어난 외모와 재주를 가졌다고 적극 추천하며 전해준 소우백의 글을 보고 자신도 글로 화답하고 혼인을 약속한다. 또한 자신에게 청혼하는 사람에 대해 부모의 뜻에 따르지 않고 자신이 직접 청혼자가 가져온 시나 글씨를 보고 가부를 결정한다. 아버지가 추천하는 이가 자신이 보기에 마땅히 않자 거절하기도 한다.

다른 여주인공인 노몽리는 배필을 정하는데 더욱 적극적인 모습을 보인다.

어제 (누이가) 누상의셔 위연히 인형의 아름다오믈 보고 깁히 수모ᄒ니 소례 그 뜻을 잠깐 알고 인형을 만나 뭇고져 하더니 인형이 임의 정둔 곳이 이시니 원이 어디 못홀디라. 이러모로 니르디 말고져 ᄒ미니 오늘날 보든 일이 일믈 ᄇ라미오. 타일의 못봄은 일이 미의 이디 못ᄒ야시니 다시 면목을 듸호매 비록 형이 일롯버 웃디 아니하나 소례 홀로 ᄆ음애 붓그럽디 아니ᄒ랴.[83]

위 장면은 노몽리가 소우백에게 청혼하는 장면이다. 누각에서 우연히 본 소우백에게 반한 노몽리는 남장을 하고 그의 앞에 나타나 자신을 노몽리의 쌍둥이 오빠라고 소개한다. 그리고 자신의 누이, 즉 자신이 전날 우연히 소우백을 보고 반하게 되었으므로 그 마음을 소우백에게 전하여 혼인을 이루게 하고 싶다고 청한다. 즉, 노몽리 자신이 상대 남성에게 사랑을 고백하는 것이다. 이렇게 노몽리가 소우백과 인연을 맺는 모습은 그녀가 남장했다는 것을 감안하더라도 매우 적극적이고 당돌한 모습이라고 할 수 있다.

이외에 <玉嬌梨>의 백홍옥, <平山冷燕>에서의 산대, 냉강설은 뛰어난 글 솜씨로 이름이 널리 알려져 많은 남성들이 이들과 혼인하기 위해 자신의 재주를 내세운다. 그러나 이들의 재주는 웬만한 남성들보다 뛰어나기에 구혼하러 온 이들을 직접 시험하여 조롱하거나 구혼을 거절하기도 한다. <好逑傳>의 수빙심과 <玄氏兩熊雙麟記>의 윤소저는 자신들에게 혼인을 강요하는 남성들을 피하기 위해 기지를 발휘하는데, 이들의 지혜와 상황 판단 능력은 매우 뛰어나 위기를 훌륭하게 극복한다.

궁극적으로 볼 때 남성이 뛰어난 능력을 가지고 있고 이를 마음껏 펼치는 모습은 중국이나 한국의 才子佳人小說에서 공통적으로 나타나는 모티프이다. 그러나 여성이 자신의 재주와 지혜를 발현하는 것은 조선조보다 중국 측 才子佳人小說에서 더 적극적으로 나타난다.

3) 調和와 和諧의 追求

초기소설인 <韋敬天傳>이나 <嬌紅傳>에서 남녀주인공이 서로

---

83) 〈玉嬌梨〉 권지이.

상대에 대해 독점적이고 폐쇄적이며 일부일처제 일편단심의 관계였다면, 중기소설의 <紅白花傳>이나 <玉嬌梨> 같은 작품에서는 보다 서사적 편폭의 확대와 함께 다양한 모습을 보이는데 두 사람만의 폐쇄적인 공간에 또 다른 하나의 인물이 등장하여 삼각구조를 형성함을 볼 수 있다. 앞장에서도 볼 수 있듯이 한국의 <雲英傳>, <韋敬天傳>, <相思洞記>이나 중국의 <嬌紅傳>, <賈雲華還魂記> 등에서 남녀 한 명씩을 주인공으로 하여 해피앤딩이나 비극적인 결말의 구조를 가지고 있었다면, <紅白花傳>, <白雲仙翫春結緣錄>, <玉嬌梨>, <宛如約> 등에서는 한 남주인공에 두 여주인공으로 비록 문벌의 차이는 있지만, 佳人으로써 처와 첩의 관계로서가 아니라, 모두 정처의 자격으로 혼인하는 삼각구도를 볼 수 있다. 이들은 서로가 지기로서 상합한 후에 남주인공을 섬기는데 두 여인사이의 관계를 없앰으로써 조화를 이루는 공통점을 갖고 있다.

앞에서도 언급했지만 才子佳人小說에서 재자와 가인의 사이의 역할은 누가 행위의 주체냐에 따라 그 역할이 달라지지 않는다. 작품에서 가인이 재자의 역할을 담당할 수도 있고, 또 재자가 가인의 인물성격 경향으로 가는 경우도 있다. 이런 才子佳人小說에서는 남녀가 동등한 역할을 수행하여 조화를 이뤄 균형을 잡는다.

재자와 가인의 관계뿐만 아니라 가인과 가인과의 관계에서도 의도적으로 균형을 맞추고 있는 것을 볼 수 있다. <紅白花傳>에서의 설유란은 계일지에게 시집가기 전에 남장한 순직소와 먼저 결혼을 한다. 才子佳人小說 중 일부이처를 그린 많은 작품들에서 가인들은 사촌자매간이거나 친한 친구, 혹은 남장한 가인이 다른 가인과 결혼한 이른바 '가짜 부부'사이로 결정됨을 볼 수 있다. <紅白花傳>의 경우 그 목적은 才子佳人小說과 다소 다르다. 순직소는 부친이 여방언과 혼인을 정하려 하자 계일지와의 약속이 지켜지지 못함을 고민하다가 자기 대신 재색을 갖춘 다른 가인을 계일지에게 시집보내기 위해 먼저 자신이 설유란에게 접근하여 그녀와 혼인한 것이다. 그러나 목적이 어떠하든 가짜부부나 자매, 친구 사이였던 두 가인이 한 남자를 섬기게 된다는 이러한 구도에서 두 가인 사이의 균형과 평등은 이미 전제되어 있는 것이며, 두 아내 사이의 서열은 있을 수가 없었다. 이렇게 <紅白花傳>에서는 재자와 가인, 가인과 가인 사이의 팽팽한 균형을 유지하고 있을 뿐만 아니라 조화로움을 이룬다. 뿐만 아니라 순직소 뿐 아니라 설유란 역시 주체의 역할을 수행하고 있으며 셋의 혼인을 이뤄내는 과정에 있어서 두 가인의 역할은 경중을 판단할 수 없을 정도이다. 즉 두 가인은 완벽하게 평등하고 동등하게 대우받아야 하며 이것이 바로 이 작품이 추구하는 균형의 미학이었다. <玉嬌梨>의 두 가인 백홍옥과 노몽리는 외사촌 자매간이며, 그들에게는 갈등이 있을 수 없으며, <飛花艶想>의 두 가인도 마찬가지이다. <駐春園>, <白圭志>, <巧聯珠>, <生化夢> 등에서 가인들은 매우 친한 친구 사이가 되어 함께 한 남자에게 시집가기로 뜻을 모은다. 특히 <紅白花傳>에서는 혼인식 장면에서도 두 가인에게 동등한 대우를 해주기 위해 골몰하다가 두 사람의 첫날밤 순서를 나이로 정한다. 즉 연장자에게 더욱 대접을 해준 것일 뿐 두 아내 사이의 본질적인 신분에는 전혀 차이가 없음을 강조하기 위한 것이다. 다음 장면에서 나타나듯이 두 가인의 평등함의 조화를 보여주는 혼인의 한 대목이다.

　　예를 마치고 세 사람은 함께 동방으로 들어가 자리를 놓고 앉았다. 순소저의 아름다운 자태는 다시 깜짝 놀라 바라볼 만한 특별한 미모였고 설낭자의 고운 자태는 다른데서 옮겨온 무리 중의 새로운

얼굴이었다. 계한림은 왼쪽을 봤다가 오른쪽을 봤다가 했다. …… 두
소저는 모두 같은 나이이나 순소저가 반달이 나이가 많아서 언니가
되고 설소저가 동생이 되. 다. 계한림은 이날 밤은 순소저와 함께 잤
고 다음날 밤은 설소저와 즐거움을 나누었다. 옛 정은 더욱 친밀해
지고 새로운 기쁨은 더욱 돈독해졌다. 남녀가 생긴 이래 즐거운 일
과 남녀의 합하는 것에 있어 이들과 비교될만한 일은 없었다.[84]

이와 같이 인물의 형상과 역할에서의 균형은 바로 중국의 <玉嬌
梨>에서도 다를 바가 아니다. 두 명의 가인과 한 명의 재자가 동시
에 신방에 드는 혼례장면은 <玉嬌梨>에서도 나타나는데 <紅白花
傳>과 별 차이가 없다.

예를 마치고 북소리가 신랑신부를 동방으로 이끌었다. 밖에는 蘇
어사가 白公, 吳翰林, 張軌如, 蘇有德을 모시고 술을 마셨다. 방에는
세 개의 술자리가 마련되어 있어 소우백은 두 소저와 함께 마셨다.
화촉 아래서 蘇右白은 白소저를 훔쳐보니 정말로 물고기가 숨고 기
러기가 떨어질 정도의 미모였으며 달도 꽃도 부끄러워할 용모였으
니 정말로 명성이 헛된 것이 아니어서 마음속으로 잔뜩 기분이 좋
았다. 다시 盧소저를 한 번 모니 盧夢梨와 완연히 얼굴이 비슷해서
마음속으로 놀랍기도 하고 기쁘기도 했다. 마음속으로 남매가 이렇
게 닮다니 라고 생각했다. …… 원래 내실에는 방이 두 칸 있어 좌
우로 마주보고 있는데 왼쪽이 白소저, 오른쪽이 盧소저였다. ……
백소저가 한 살이 많아서 이날 밤에는 먼저 白소저와 방에서 결합
하였다. 정말로 젊은 才子佳人이었고 서로 탐하고 사랑하여 얼마나
즐거운지 몰랐다. …… 다음 날 …… 이날 밤에는 盧소저 방에서

---

84) "禮畢, 三人共入洞房列席而坐. 荀小姐嬋姸之態, 驚見別俊之芳容, 薛娘子娉婷
之質, 移來簇子之生面, 桂翰林左眄右顧…兩小姐盖同年而荀小姐爲一日長, 故
荀爲姐; 薛爲妹矣. 桂翰林是夜與荀小姐共寢, 翌夜與薛小姐同樂, 舊情愈密新
歡更篤, 自有男女以來, 快樂之事, 會合之期, 無此之比矣."〈紅白花傳〉第10回.

그녀와 결합하였다.[85]

이 작품에서는 형식적으로나 실질적으로나 모두 두 여성이 동등한 비중으로 다루어지고 있으며 세 사람이 세 개의 축을 이루고 있는 균형적인 인물 구도를 이루고 있다. 이와 같은 구도는 <紅白花傳>의 구도와 같은 맥을 이루면서 '調和와 和諧'라는 이상주의와 매우 관련이 깊다고 볼 수 있다. 이렇게 한 명이 아닌 두 명, 아니 그 이상의 여성을 부인으로 맞이하더라도 일부다처제를 공인했던 봉건사회에서는 전혀 문제될 것이 없었다. 하지만 두 명의 여성이 모두 정처가 되고, 동시에 이들이 조화롭게 공존하는 모습은 작자가 유교적 이상사회를 꿈꾸는 낭만적인 설정이라고 본다. <紅白花傳>이나 <玉嬌梨>는 이런 면에서는 맥을 같이 한다고 볼 수 있다. <玉嬌梨>에서 소우백과 결연하는 백홍옥과 노몽리는 이종사촌으로서 서로의 재능을 칭찬하며 한 명의 지아비를 섬기자고 약속을 하였으니 두 사이에는 갈등이 있을 수 없었다. 또한 첫날밤을 보낼 때도 홍옥이 한 살 많기 때문에 먼저 동침했을 뿐이다. <紅白花傳> 역시 반달 차이로 순소저가 언니가 되어 첫날밤을 보내고 설소저는 다음날 계일지와 동침한다. 이러한 구도는 갈등의 은폐를 위한 작자의 의도적인 배치로서 처첩간의 모순, 일부다처의 갈등의 해소 또는 은폐를 위한 和諧적인 장치라 할 수 있다. 이러한 특징은 중기 才子佳人

---

85) "禮畢, 鼓樂迎入洞房. 外面是蘇御史陪着白公, 吳翰林, 張軌如, 蘇有德飮酒. 房裏是三席酒, 蘇右白與二小姐同飮. 花燭之下, 蘇右白偸眼將白小姐一看, 眞個有沈魚落雁之容, 閉月羞花之貌, 可謂名不虛傳, 滿心快暢. 再將盧小姐一看, 宛然與盧夢梨一個面龐相似. 心下又驚又喜, 暗想姉妹們有這等相像的…原來內裏廳樓二間, 左右相對, 左邊是白小姐, 右邊是盧小姐…因白小姐長一歲, 這一夜就先在白小姐房中成親. 眞是少年才子佳人, 你貪我愛, 好不受用. 到次日…這一夜就盧小姐房中成親." 〈玉嬌梨〉 第20回.

小說들에서 흔히 볼 수 있는 모티프인데 남녀간의 만남에서 오는 모든 갈등도 차단되었던 것이다. 이런 갈등의 차단은 문제의 해결보다 은폐적인 수단으로서 작품의 구성을 이루는 과정에서 어떠한 갈등이나 고통도 따르지 않는다. 오히려 작가는 본질적인 문제를 해결하는 것보다 그 갈등을 은폐함으로서 화해의 목적을 이루고자 한다.

이와 같이 화해의 목적을 이루는 작품은 중기 才子佳人小說의 가장 기본적인 모티프로서 초기소설에서 흔히 볼 수 없었던 특징으로 나타난다. 여기서 다시 살펴보게 되는 것은 갈등과 굴곡이 별로 나타나지 않은 구성으로 인해 才子佳人小說이 천편일률적이라는 비판을 피면할 수 없었던 것 같다.

第3節 後期 小說의 發展系譜와 多樣한 變貌樣相 比較

1. 發展系譜

한국은 18ㆍ19세기 즉 조선조후기에 들어와서 소설 창작이 더욱 활발해지면서 그 전성기를 누리게 되었다. 18ㆍ19세기는 전쟁 같은 대격동은 사라졌지만 대신 그런 것들로부터의 충격이 내면화되어 사회의 구조적 변동과 의식의 변화가 활발하게 진행되었다. 이로부터 사상적ㆍ사회적인 분열과 대립, 현실에 대한 관심의 고조, 자아각성의 심화 등 근대에로의 이행기적 진통이 가중되었다. 따라서 중세적 이념과 질서를 둘러싸고 그것을 해체하려는 근대지향적 의지와 그것을 수호하려는 복고적 태도가 팽팽히 맞서면서 사회적인 문제의식이 일반화되고 심화되었다. 그것은 소설의 창작과 수요를 자극하는 사회적 요인으로 작용했다. 그리고 이 시기에 서민계층이 성장하여 소설의 향유 층으로 부상하면서 상업의 발달과 함께 買册店이 성행하게 되고, 목판본 소설을 찍어내는 방각업소가 많이 생겨났다. 그밖에 소설이 상품화한 징표로 소설낭독자인 傳奇叟가 출현하게 되었다. 소설이 서민계층에 점차 수용되면서 서민예술인 판소리의 성장에 힘입어 판소리계소설이 나타났다. 판소리계소설은 판소리를 소설화한 관계로 판소리 사설의 문학적 특성이 거의 그대로 전이되어 있다. 그 문장은 律文體이며, 당대 서민층이 쓰던 생활어로 이루어져 있어서 서민계층의 소설이라고 할 수 있다. 판소리계소설의 출현은 소설이 서민계층에 뿌리를 깊이 내렸다는 것을 의미한다. 이러한 상황에 따라 소설의 대량 보급이 가능해지고 마침내 소설시대는 그 전성기를 누리게 되었다. 소설이 전성기를 맞이하게 됨에 따라 남녀의 애정, 혼인 문제를 다루는 애정소설도 크게 성행하게 되었다. <春香傳>, <淑英娘子傳>, <玉丹春傳>, <白鶴扇傳> 등 작품들이 이 시기에 나왔는데, 이 가운데 <春香傳>은 한국 고대애정소설뿐만 아니라 전반 한국소설중의 백미라고 할 수 있다. 조선후기에 와서 애정소설 속에 등장하는 남녀관계는 더욱 다양한 형태로 변이되기 시작하는데, 그 가운데서도 양반남성 중심의 사회에서 인간적 욕구를 제대로 실현하지 못하는 비천한 신분인 여주인공의 상황과 그것을 극복하려는 주인공의 의지가 주된 문제로 되어 '기녀신분 갈등형 애정소설'이 애정소설 흐름의 핵심을 이루게 된다. 조선 후기의 애정소설은 임병양란을 겪은 후 신분제도의 동요와 밀접한 관련이 있다고 볼 수 있다. 뿐만 아니라 이 시기에 남성주인공의 여성편력을 구성으로 한 애정행각을 중심으로 다루는 영웅소설이 등장했는데 <九雲夢>은 전형적인 보기가 되겠다. 이런 才子佳人小說적 특색을 지니고 있는 英雄小說의 출현은 남녀의 애정을 통속적으로 그리고 있는 중국 통속영웅소설의 영향이 매우 크다. 그간 중국 통속영웅소설과 관련해서는 주로 <三國志>, <水滸傳> 등의 작품에 대한 내용이 많이 거론되었다. 어떤 의미에서는 才子佳人小說에 英雄小說的 요소를 접목시킨 것으로 영웅에 미인이라는 식을 반복함으로써 才子佳人小說의 일회적이고 단순한 애정모티프의 확장을 가져오는데 일조하고 있다. 그리고 양란이후 嫡庶系譜를 정리함에 따라 발생한 전통양반과 신생양반 간의 반목 등으로 문란해진 신분기강과 사대부의 권위회복을 위해 윤리기강의 재건과 가문창달이라는 사회적 분위기를 몰고 왔다. 그리하여 '家禮'와 '女訓' 등으로 자녀교육에 힘쓰게 된 것이니 운문으로는 家門世德歌類가 창작되었고 산문으로는 선대의 행장을 꾸며 문집을 간행하고 가전을 꾸며서 조상의 사적을 미화시키는 소설까지 만들어 출가하는 딸들에게까지 정통가문임을 철저하게 교육시켰다. 이러한 배경이 바로 가문소설 생성, 발전의 추동력으로 되었다. 다시 말하면 가문소설은 유교적인 윤리도덕을 생활의 기간으로 삼은 조선시대에 있어서 당파·문벌·가문내적 결속을 강화시키는 역할을 했다. 가문소설의 대표적 작품으로는 <彰善感義錄>, <蘇賢聖錄>, <韓康賢傳> 등을 꼽을 수 있다. 이런 가문소설은 조선조후기 才子佳人小說 창작에 영향을 주면서 가문소설적 장편화 경향을 초래하고 있다. 동시에 한편 18세기 후반에 오면 중국의 음사소설로 일컬어지는 <肉蒲團>과 함께 <桃花影>, <豆棚閑話>, <濃情快史>, <杏花天>, <姑妄言>등의 외설적 艶情小說이 喜奇的 취향의 문인들 사이에 상당히 많이 전래되고 읽혔음을 각종 기록을 통해 알 수 있는데 이런 음사소설은 조선의 문인들에게도 약간한 영향을 주어 <烏有蘭傳>, <鐘玉傳>, <裴婢將傳> 등 소설들도 생성하게 되었다.

이외에 才子佳人小說이 조선후기에 유행할 수 있었던 원인은 이러한 사회적 배경 및 문학내적 원인과 더불어 중국 才子佳人小說의 유입을 고려하지 않을 수 없다. 조선조후기 才子佳人小說이 중국 才子佳人小說의 일방적 영향이나 모방에 의해 이루어진 것은 물론 아니지만, 형성의 여러 요인 중 하나임이 분명한 것은 틀림없다.

한편 중국은 명나라 후기에 자본주의 맹아가 싹트기 시작해서 생산력의 발전에 따라 시민계층이 급속히 늘어나고 소설이 이미 대중화된 상태에서 소설 작품에 대한 수요도 증가했다. 동시에 인쇄업의 발달로 인하여 서적의 출판, 간행량이 급증되어 소설의 보급과 상품화에 자극을 가했다. 이것은 소설 창작을 위하여 좋은 풍토를 조성하였다. 시민 계층의 성장은 소설의 흥기와 밀접한 관계가 있다. 도시 인구의 증가에 따른 시민 계층의 성장은 소설의 소비량을 증가시켰다. 영화나 TV가 없었던 그 당시에 소설과 희곡은 사람들의 주된 소일거리가 되었을 것이다. 그리고 교육의 발전에 따라 식자층의 대폭 증가는 소설의 보편화에 중요한 역할을 했다. 경제의 발전과 소설에 대한 수요량이 나날이 늘어나는 추세에 따라 방각업과 서적 대여업도 발전되었다. 才子佳人小說 창작의 후기에 해당하는 청조 중기, 말기에 들어서 이러한 경향은 더 했다. 강회 26년(1687) 刑科給事中인 劉楷가 황제에게 상주한 문서를 보면 "신이 본 한 두 곳의 書肆에서 만든 외부에 빌려주는 소설의 목록만 해도 위에 열거할 백 오십 여종이나 됩니다"라고 하였다.[86] 또한 『生涯百頴』卷一

______

86) 王利器, 『元明淸三代禁毁小說戲曲史料』, 上海古籍出版社, 1981, p.24.

‘租書’條에 보면,

> 장서가 구태여 많을 필요가 있는가. 《西遊》·《水滸》가 서가에
> 꽂혀 있으니 빌려줄 때 祗 하나도 받지 않지만 돌려받을 땐 돈을
> 받는다. 남의 기억력이 좋지 못하다는 것을 바쁘게 생각하거늘 어
> 제 보고 내일 다시 빌려간다. 詩書가 과연 나를 저버리지 않으니
> 이 책 한권만 가지고도 배불리 먹을 수 있다.[87]

라는 기록이 있다. 위의 글을 통해서 청대에 소설의 상품화와 세
책업이 어느 정도 발달했는지를 대체로 짐작할 수 있다. 방각업과
세책업의 발전은 경제여유가 없는 사람들도 소설을 볼 수 있도록 독
서 기회를 제공했다.

상업의 발달과 매책업소의 출현, 또한 시민계층 혹은 市井人 내
지 중간계층의 성장은 소설의 보급과 상품화되어 가는 과정에 중요
한 역할을 해서 중국 소설 더 나아가서 才子佳人小說의 창작을 추
진하는 외재적 원동력이 되었다. 이러한 점을 감안할 때 서민계층의
성장과 상업의 발달, 그리고 방각업소 및 매책업소의 출현에 따른
소설의 보급과 상품화는 중국이나 한국의 소설창작을 위하여 좋은
풍토를 조성했다고 할 수 있고, 이것은 韓·中 才子佳人小說의 발
흥의 외재적 요인, 또는 ‘大環境’이라고 할 수 있다.

또한 明末淸初 시기는 중국역사에 있어서 불안정하고 어지러운
시기라고 할 수 있다. 여진족이 정권을 잡은 후에 통치자들은 새로
건립된 정권을 공고히 하기 위하여 문화통제를 강화하였다. 그러다
가 강희 이후 잔혹한 士禍[88]현상은 나날이 심해졌다. 다른 한편으

---

87) 周建渝, 『才子佳人小說硏究』, 北京社會科學院博士論文, 1990, p.53.
88) 여기서 士禍는 주로 明末淸初 시기의 ‘文字獄’현상을 일컫는 말이다.

로 통치자들은 경제·정치의 발전추세에 따라 문화정책에 대해서도 끊임없이 조정을 하였다. <金瓶梅>가 나온 다음에 艷情小說이 범람하게 되었고, 이는 사회적 윤리도덕에 부정적 영향을 끼쳤다. 그래서 明末淸初時期에 정부에서는 律令을 반포해서 ‘小說陰詞’를 금지하였다. 예컨대《欽定大淸會典則例》卷二十 ‘吏部文禁’ 중 乾隆 3년의 한 조목에는 坊律內 일체의 小說淫辭를 금지하며, 그 판본과 책을 없애버리라는 내용이 기재되어 있다. 康熙帝도 여러 번이나 ‘瑣語陰詞’를 재판하고 인쇄하는 사람을 처벌하는 금령을 반포하였다. 또한 일부 독자 및 문인들도 艷情小說에 대해서 반감을 표시하였다.[89] <金瓶梅>를 비롯한 ‘誨淫’소설 외에도 청왕조를 위해하는 내용이 있는 작품과 <水滸傳>과 같은 영웅소설도 그 당시에 금지되어 있었다. 하지만 이러한 시대배경에도 불구하고 ‘淫詞’소설과 같은 내용으로 <肉蒲團>, <桃花影>, <繡榻野史> 등 鴛鴦蝴蝶派小說과, 연이어 일어나는 국가적 전란에 왕권의 수호와 존립, 또는 개개인의 일상생활의 생존을 위해 싸우는 영웅소설 <雪月梅傳>, <平山冷燕>, <兒女英雄傳>, <野叟曝言> 등과 같은 작품이 성행하였다. 다른 한편 己亥禮訟, 甲寅禮訟, 庚申換局, 甲戌換局을 거치며 사대부계급은 상호 배타적으로 당파·문벌·가문 내적 결속을 강화시켜 간다. 가문의식은 이러한 시대적 배경에 기인하여 가문소설 또한 이 시기의 사대부계급의 세계관에 酬應하여 가문을 계승하려는 의식을 <聘聘傳>, <賈雲華還魂記> 등 작품을 통하여 반영시켜 가문소설의 대대적인 발전을 보였다. 중국의 후기 才子佳人小說은 바로 이런 음사소설, 영웅소설, 가문소설의 영향을 받아 내용적으로 깔끔하던 才子佳人 사이에 색정적인 요소가 등장

---

89) 向楷,『世情小說發展史』, 浙江古籍出版社, 1998, pp.195-196.

하게 되었고 남녀주인공, 특히 여성주인공의 영웅적 활약상이 돋보였으며 才子佳人결연 후의 가정생활의 부연을 보게 된다. 그리고 형식상에서는 單型體가 장형체로 나아갔다. 이런 것은 조선조 才子佳人小說의 후기 변형과 비슷한 경향을 나타냈다. 한마디로 말하여 한국과 중국의 후기 才子佳人小說은 일종 파격, 변형의 특징을 나타내고 있다.

이상 韓·中 才子佳人小說의 발전계보를 종합적으로 놓고 볼 때 韓·中 才子佳人小說類는 모두 남녀의 애정혼인문제를 다루는 소설로서 애정소설의 특수한 부류라고 할 수 있는데 그들의 발생·발전 그리고 성행의 요인을 볼 때 일정한 공통점이 있으면서도 변별성을 보이고 있다. 이로부터 발전계보별 비교도 충분히 가능함을 보여주고 있다.

2. 多樣한 變貌樣相 比較

본 절에서는 才子佳人小說에서 변이형성 된 英雄小說이나 家庭·家門小說, 艶情小說의 전개양상을 비교하면서 살펴 볼 것이다. 다루게 되는 것은 주로 후기才子佳人小說에서의 변이형으로서 전체의 문학사에서 이르는 문학장르가 아니다. 이들 소설 장르의 형성이 明清, 혹은 조선시대라는 점을 감안할 때 시기적으로 그리 멀리 떨어져 있지 않을뿐더러, 한 장르의 형성이 어느 한 장르의 일방적인 영향보다 상호연관성이기 때문에 이들 장르에 끼친 才子佳人小說의 영향을 받지 않았다고 절대적으로 주장할 수는 없다. 실제로 잡식성인 通俗小說의 속성상, 家庭·家門小說에는 신화에서부터 중국 通俗小說, 전대 한문소설이나 儒家의 禮論書 등 다양한 흔적들이 발견된다.

才子佳人小說과 이들 장르와의 관계는 다만 일부 문장이나 표현의 유사성이 아니다. 이들은 才子佳人小說에서 변이되어 형성된 소설로서 英雄小說이나 家庭·家門小說, 艶情小說들에서는 장르에서 매우 중요한 부분인 남녀 주인공의 인물형상이나 남녀의 결연 방식이 才子佳人小說과 유사한 것만은 당연한 것이다. 중국 소설사에서 그러한 속성을 보이는 일부 작품의 경우, 才子佳人小說에 포함시켜 논의를 진행하고 있는 데서도 그 연관성을 찾을 수 있다.

이절에서는 後期 才子佳人小說에서 문학 갈래로 변이형성 된 그 원인과 배경을 찾고 家門小說, 英雄小說 및 艶情小說(鴛鴦胡蝶)90) 등에 관계되는 작품요소들을 비교하면서 작품들을 살펴볼 것이다.

1) 家門小說的 變貌

남녀의 만남 그 자체에 주목하여 다양한 서사적 전개를 보이지 않던 傳奇小說과 달리, 才子佳人小說은 그 만남의 과정에 얽힌 갈등과 결연까지의 우여곡절을 세밀하게 그림으로써 독자들의 소설적 관심을 불러일으켰다. 그러나 才子佳人小說은 지나치게 이상화된 인물형과 결말 구조는 또한 상투적이라는 비판을 면할 수 없었

---

90) 중국의 才子佳人小說의 발전사를 보면 후기 才子佳人小說에서 다양한 형태로 나누는데 그 가운데의 하나가 鴛鴦胡蝶派小說로서 淫詞小說이라고도 한다. 이런 소설은 색채가 짙은 소설로서 필자는 艶情小說이라고 일컫는다. 따라서 한국의 경우 역시 愛情小說, 艶情小說, 淫詞小說이라는 여러 개념으로 일컬어지는 가운데 필자는 그래도 중국의 艶情小說과 가까운 개념을 사용한다.

다. 그러나 한문으로 쓰여지던 才子佳人小說은 국역됨으로써 남성뿐만 아니라 다수의 여성까지 독자층으로 흡수하였는데, 그 결과 才子佳人小說은 후기에 와서 내용면에서 많은 변화를 거치게 된다. 그 중 하나가 결연 이후 가정 내에서 일어날 수 있는 여러 사건에 대해 관심이 확대된 것인데, 이러한 관심의 이동에 따라 才子佳人小說은 家庭·家門小說的 傾向을 띠게 되었다. 즉 才子佳人小說은 남녀의 결연이후 一夫多妻에 내재된 처첩 갈등이나 그로 인한 繼後문제를 심각하게 부각시킨 家庭·家門小說的 경향을 보이게 되었다.91) 그러나 역시 조선후기 모든 家庭·家門小說이 才子佳人小說의 관심 이동에 의해 출현했다는 뜻은 아니다. 조선후기 소설사는 才子佳人小說과 별도로 家庭·家門小說이 한 축을 이루고 있었음은 분명하지만, 소설사적 흐름을 염두에 둘 경우 才子佳人小說이 家庭·家門小說과 교섭하고 삼투해 들어갔던 소설사적 정황을 유추해낼 수 있을 것이다.

조선조의 <彰善感義錄>은 중국 명나라를 배경으로 충효사상과 권선징악을 강하게 풍기고 있는 가문소설이라고 할 수 있다. 영조 때 김도수가 지었다고 하기도 하고, 숙종 때 조성기 또는 정준동의 것이라 하기도 하지만 이 또한 분명하기 않다. 규장각 도서 목록에

---

91) 양승민은 "才子佳人小說이 애정 서사로부터 출발해 혼인 서사로 끝을 맺는다면 가문소설은 혼인 서사와 직간접으로 관련 있는 수다한 양식들을 물고 들어온 형국을 보여 준다."(「17세기 전기소설의 통속화 경향과 그 소설사적 의미」, 고려대 박사학위논문, 2003, p.205)고 하여 才子佳人小說의 유형적 변화로 가문소설과의 관련을 지적했다. 논자는 17세기 후반기에 才子佳人小說이 가문소설로 전환되어 가던 실상을 〈聘聘傳〉, 〈玉嬌杏〉, 〈玉環聘〉에서 찾을 수 있으며, 이들은 才子佳人小說 내지 형성기 가문소설로 규정할 수 있다고 하였다. 비록 才子佳人小說에 대한 명확한 개념 규정은 없으나, 전기소설과 가문소설사이의 공백을 설명하는 도구로서 才子佳人小說에 대한 지적은 매우 온당하다.

는 김도수를 저자로 밝혀 놓기도 했고, 순조 때 사람인 조재삼의 《松南雜識》의 기록에 따라 조성기를 저자로 보기도 하는데, 조성기를 저자로 보는 견해가 비교적 우세한 편이다.

　이본으로는 <彰善感義錄(彰善感義錄)> · <彰善感義錄(昌善感義錄)> · <彰善感義錄(創善感義錄)> · <感義錄> · <冤感錄> · <花珍傳> · <花門忠孝錄> · <和氏忠孝錄> · <花荊玉傳> 등이 있다.

　이 소설은 다른 작품과는 달리 등장인물이 50여명이나 이른다. 인물의 유형은 여타 고전 소설들처럼 선인과 악인으로 분류되고 있지만 몇몇 인물의 경우 개성이 부각되고 있어 다른 소설들과 뚜렷한 차별이 되고 있다. 특히 작품의 구상과 묘사사 치밀하여《謝氏南征記》에 버금가는 소설로 꼽히기도 한다.

　작품에서 병부상서 화욱에게는 심부인 · 요부인 · 정부인 등 부인이 셋이 있다. 그중 요부인은 딸 태강을 낳고 일찍 죽었고, 정부인이 낳은 아들 진은 매우 영특하였으나, 그가 장성하기 전에 정부인이 죽는다. 심부인이 낳은 아들 춘은 이복형제 가운데서도 가장 맏이지만 사람됨이 용렬했다. 더구나 화욱이 진을 편애하여 심부인과 춘의 불만이 매우 심했다.

　조정에 간신이 득세하는 것을 보고 벼슬자리에서 물러나 고향으로 돌아온 화욱은 맏아들 춘을 성혼시키지만, 딸 태강과 아들 진을 성혼시키기 전에 죽는다. 화욱이 죽은 뒤 심부인과 춘은 갖은 방법으로 진과 그의 안내를 학대한다. 정부인이 낳은 진은 과거에 장원급제한다. 그러나 동생의 출세를 시기하던 춘은 불량배와 결탁하여 진을 모함하여 진은 귀양가게 하고, 진의 아내도 누명을 씌워 내쫓는다. 그러나 화진은 물론 그의 아내도 심부인과 춘에 대하여 조금도 원망하기 않는다. 유배지에서 도사인 곽공을 만나 병서를 배우던 화진은 해적이 변방을 소란스럽게 하고 노략지를 일삼자 백의종군하여 해적을 토벌하여 공을 세운다. 화진의 능력을 인정한 조정에서는 그를 정남대원수에 봉해 남방의 어지러움을 모두 평정하게 한다. 이에 화진이 남방을 평정하고 개선하고, 이를 치하한 천자는 그에게 진국공의 봉작을 내린다.

한편, 심부인과 화춘도 개과천선하여 착한 사람이 되고, 화진의 아내도 돌아와 심부인을 지성으로 섬겨 가정의 화목을 이룬다.

이 작품에는 조정을 중심으로 한 권력의 쟁탈이나 변경에서의 전쟁 등의 사건도 등장하지만 내용의 중심 무대는 화진의 집안이다. 이에 따라 효 사상이 강하게 강조되는 한편 형제간의 우애와 국가에 대한 충성도 엿보인다. 이 작품에 등장하는 화진은 큰어머니 심씨와 춘이 터무니없이 자신을 모함해도 변명하지 않는다. 즉 자기가 변명하여 사실을 밝혀 심씨와 춘이 화를 당하게 하기보다는 차라리 자신이 누명을 쓰는 쪽을 택한다. 이와 같은 견해는 작품의 서두에 "인생은 남녀의 귀천을 막론하고 충효로써 근본을 삼고 여타의 다른 덕행은 모두 이에서 나온다"고 적고 있는 부분을 통해 알 수 있다. 이로써 보면 당시의 전통 관념을 중심으로 한 도덕 소설로 보는 면도 있다. 앞에서 밝혔듯이 충효와 권선징악을 말했다는 점에서 도덕 소설이라는 주장이 있지만, 화씨 일가의 가정 사건에 중심을 두었으므로 가정·가문소설이라는 것이 더 타당할 것 같다.

<彰善感義錄>에는 화진과 화춘 사이의 가정 내 갈등과 더불어 화진의 결연담이 또 하나의 축으로서 작용하고 있다. <彰善感義錄>에는 이들에 의한 계후 갈등 외에 다양한 사건들이 치밀하게 구성되어 있는데, 그 중 남녀가 결연하는 부분은 才子佳人小說적 만남의 방식과 매우 유사하다. 화춘과 남채봉, 윤옥화의 이상적이고 조

화로운 결연 방식이나, 진채경과 윤여옥의 풍류스러운 결합, 유성희와 안남왕의 딸 아양공주, 그리고 아양공주의 시녀 이팔아와의 결연 등은 <九雲夢>이나 <紅白花傳> 등에서 보던 것과 다르지 않다. 특히 진채경이 남장을 하고 백소저를 만나 자신을 윤여옥이라 속이고 정혼한 것은 才子佳人小說에서 흔히 보았던 바, 佳人이 남장을 하여 才子와의 결연을 주선하던 방식이다. 즉 <彰善感義錄>은 가정 내의 갈등을 형상화하되, 부분적으로 才子佳人小說적 방식을 차용해 남녀 주인공의 만남을 풍류才子와 佳人의 만남으로 형상화하였다. 전체적으로 선악의 대결구도로 이루어진 <彰善感義錄>에서 才子와 佳人의 풍류스러운 만남은 작품의 갈등을 다소 이완시켜 줄뿐만 아니라, 때때로 해학적 재미마저 주기 때문에 소설을 더욱 흥미롭게 만들어 준다.

<彰善感義錄>이 남녀의 결연에서 才子佳人小說적 요소를 부분적으로 지니고 있다면, <聘聘傳>은 才子佳人小說이 家庭·家門小說的 변모를 어떤 모습으로 띠고 있는가를 여실히 보여 주는 작품이라 할 만하다. <聘聘傳>은 중국 청대의 才子佳人小說 <賈雲華還魂記>를 개작한 것으로, 전체 5권 5책의 낙선재 소장 한글본이 현전하다. <聘聘傳>은 《中國歷史繪模本》에 비슷한 성격의 문언소설인 《剪燈叢話》·《艷異編》·《文苑楂橘》 등과 함께 기록되어 있어서 적어도 1762년 이전까지는 국역된 것으로 보인다. 권지일 앞부분에서는 <賈雲華還魂記>의 번역이라 할 만큼 일치하나 1권 후반부 이후로는 많은 차이를 보여주고 있다. 이 때문에 <聘聘傳>은 <賈雲華還魂記>에서 등장인물과 기본 줄거리를 빌어 백화로 부연한 제자佳人 소설이라고 볼 수 있다.

<聘聘傳>은 <賈雲華還魂記>라는 明代 單型體 才子佳人小說

에 위붕이 여러 아내를 얻은 뒤, 첫째 부인 오씨의 질투로 인해 일어나는 가정내 분란의 갈등을 확대 부연했다는 점에서, 才子佳人小說의 가정소설적 변모가 확인된다.

家庭·家門小說인 <聘聘傳>은 <賈雲華還魂記>를 바탕으로 했지만 이미 권 1에서부터 원전과 많은 차이를 보이는데, 위붕과 빙빙을 연결해주는 邊嫗의 역할이 강조된 다거나 빙빙의 모친이 위붕의 방탕함을 탓하며 혼사를 거절하고 빙빙을 이한헌이라는 선비와 결혼시키려 하는 등의 내용이 길게 부연되었다.

<賈雲華還魂記>는 모친의 반대로 결국 빙빙이 죽은 후, 다른 여인의 몸을 빌어 환생한 후 위붕과 결혼하여 부귀영화를 누리며 해로하는 내용이다. <聘聘傳>은 여기서 더 나아가 위붕이 빙빙과 결연하기 전에 막부인의 양녀인 오씨와 결혼하고 名唱 해춘, 侍婢 대붕과 관계를 맺는 내용이 대폭 첨가되었다. 그 속에서 첫째 부인 오씨가 위붕과 관계 맺는 여인들을 질투하여 온갖 패악을 부린다거나 막부인이 위붕과 빙빙의 결연을 반대하여 딸인 빙빙을 유폐시키는 등의 갈등 요소가 첨가되는 등, <聘聘傳>은 이미 원작과는 비교도 안 될 정도로 줄거리가 복잡해지고 통속성과 소설적 흥미가 강화되었다.

<聘聘傳>은 원나라 연우 년간 찬정 위문신은 아들 위붕을 낳고 세상을 뜬다. 어머니인 소부인은 전당의 가평장과 막부인을 찾아가게 한다. 위붕은 태어나기 전부터 그 집 딸인 가운화(빙빙)와 혼인을 약속한 상태였다. 그러나 막부인은 계속 둘을 혼인시킬 생각을 하지 않는다. 위붕은 그 집에서 과거공부를 하면서 빙빙의 미모와 글재주에 반해 사랑하게 된다. 그러던 중 막부인의 양녀인 오씨와 공교롭게 정혼하게 되고 위붕은 과거급제를 하게 된다. 그러나 소부

인은 아들의 정혼을 섭섭하게 생각한다. 위붕이 부임지로 가던 중 빙빙을 만나지만 서로 애태울 뿐이었다. 한편 위붕은 소주에서 名娼 해춘을 얻게 되고 이에 불만을 품은 오씨는 결국 집안에서 혼란을 일으키다 쫓겨난다. 이어 위붕은 계속 벼슬이 높아가고 결국 빙빙이 둘째부인이 된다. 이어 막부인의 권유로 위붕은 김씨를 셋째 부인으로 삼는다. 그러나 오씨와 빙빙 사이에 갈등은 계속되고 오씨가 투옥되기도 하지만 결국 서로 화해한다. 그 후로 집안이 편안해지고 잔손이 번성하게 된다.

즉 <聘聘傳>은 전체적인 서사틀은 <賈雲華還魂記>를 빌려왔지만, 원작보다 훨씬 다양한 인물과 갈등 관계를 첨가하여 혼전혼인후의 이야기도 다양하게 전개된다. 이 작품은 才子佳人小說에서 확장되었으나 이미 통속적 가정소설의 영역으로 넘어간 작품이라 하겠다. 이 점은 17세기 소설인 <彰善感義錄>, <蘇賢聖錄> 등 소설들에서도 여실히 볼 수 있다. <九雲夢>에서는 혼인 전의 이야기가 많이 나타났다면 <彰善感義錄>이나 <蘇賢聖錄>에는 혼인 후 家庭·家門에서 일어나는 갈등이 더 지배적으로 자리하고 있다.

<蘇賢聖錄>은 작자·연대 미상의 국문필사본으로서 여러 종류의 이본이 전하는데, 국립중앙도서관 소장본은 1권 6책, 서울대학교 도서관 소장본은 26책, 규장각 소장본은 21책, 고려대학교 도서관 소장본은 1책이다. 이본들의 내용은 대동소이하다.

내용은 송나라 태종 때 8대독자인 처사 소광은 부인 양씨에게 늦도록 자식이 없어서, 석씨와 이씨를 후실로 맞이한다. 그런데 뒤늦게 양부인이 잉태하여 월영과 교영 두 딸을 낳고, 셋째아이를 잉태했는데 소처사가 병을 얻어 세상을 떠난다. 양부인은 유복자 현성을 낳아, 1남 2녀를 맹자 어머니와 같이 기른다.

　월영과 교영은 출가를 했는데, 교영의 시가가 간신의 참소로 역적으로 몰려 일가가 죽음을 당하는 화를 입고 교영은 서주로 유배된다. 천성이 방자한 교영은 유배지에서 유장이란 사람을 사귀어 3년간 동거한다. 교영의 부정을 알게 된 양부인은 교영에게 사약을 주어 자살하게 함으로써 가문의 명예를 지킨다.

　현성은 과거에 장원급제하고 평장사 화연의 딸과 혼인한다. 현성은 효성이 지극하여 모친을 극진히 모시나, 천성이 여색을 좋아하지 않아 화부인과의 금실은 좋지 않다. 화부인이 아들을 낳은 뒤에도 현성이 여전히 화부인을 냉대하므로, 석씨는 친질인 석상서의 딸을 다시 맞아들이게 한다. 이에 화부인이 혼절하는 등 투기를 하나, 현성이 화씨와 석씨 두 부인을 공평하게 대하고, 가사를 화부인에게 전임하니, 화부인의 투기심이 누그러진다. 이때 추밀사 여운이 예부상서로 있는 소현성을 사위로 삼고자 황제를 움직여 소상서에게 삼취하게 한다. 소상서는 세 부인을 고루 잘 다스리고, 화부인은 석부인의 현숙함을 보고, 크게 깨달아 화목하게 지낸다.

　그러나 여부인은 석부인의 자색을 질투하여 석부인을 모해한다. 또 改容丹을 먹고 석부인으로 변신하여 남편에게 교태를 부리며 욕정을 돋우니, 소상서는 크게 노하여 꾸짖고 태중인 석부인을 본가로 보낸다. 여부인은 석부인을 내쫓았는데도 남편이 자기를 멀리하므로, 다시 개용단을 먹고 화부인으로 변신하여 외당에 나가 남편을 원망하기도 하고 유혹하기도 하니, 소상서는 이후부터 화부인을 멀리한다.

　하루는 소상서가 친지들로부터 개용단의 이야기를 듣고 모든 것이 여부인의 음모임을 알게 되자, 여부인을 본가로 내보내고 석부인을 다시 데려온다. 이때 자기 딸이 내쫓기는 것을 한하던 여추밀은 소상서를 황제에게 모함하여 강주안찰사로 보내게 한다. 현성이 소란한 민심을 수습하고 사방의 적의 무리들을 평정하니 황제는 현성에게 예부상서 겸 참지정사에 홍문관 태학사를 제수하고 상경하게 한다. 태조가 죽고 태종이 등극한 뒤 현성은 승서가 되어 화·석 양부인과 함께 화락하게 살았다.

이 작품은 새로운 유형의 가정소설이다. 주인공 소현성은 삼부인을 취하는데, 이는 그가 여자를 밝혀서가 아니라, 주위의 권고와 여건, 그리고 모친을 평안하게 해드리려는 마음에서 석부인과 여부인을 취한 것이다.

이것은 다른 작품에 있어서의 주인공들의 재취동기나 그 과정과는 전혀 다른 새로운 구성이다. 즉, 이 작품은 남주인공 소현성이 삼부인을 취하고, 이부인·삼부인과의 관계를 표현해 놓은 가정소설임에는 틀림이 없으나, 다른 가정소설과 같이 一夫多妻 생활에서 야기되는 가정의 비극을 통한 권선징악에다 주제를 두고 있지는 않다.

이 작품의 주된 의도는 남편을 잃고 1남2녀를 맹자 어머니와 같이 키워 출가시키고, 유복자를 키워 삼취까지 시키며, 복잡한 가정을 위로부터 통솔해 나가는 양태부인의 엄숙한 치가지법을 보여주려고 한 것 같다. 부정한 딸에게 사약을 내려 자살하게 함으로써 가문의 명예를 지키려고 한 것에서 그것은 잘 나타난다. 또한, 남주인공 소현성의 齊家之道와 유복자를 낳은 모부인에 대한 출천한 효도, 그의 생활지덕, 또 석부인의 현숙한 부덕 등을 보이고자 한 것으로 파악된다.

따라서, 이 작품은 다른 가정소설들의 경우처럼 권선징악을 주제로 하지 않고 새로운 가정소설의 모랄을 제기했다고 할 수 있다. 주인공이 셋째부인 여씨를 왕명에 의해 마지못해 취했고, 또한 여부인의 음모가 탄로 나서 쫓겨난 뒤에 다른 작품에서와 같이 개과천선하게 하여 시가로 다시 데려오지 않고 화씨와 석씨 두 부인만을 데리고 화락하게 살도록 끝을 맺고 있다는 점이 그것을 잘 말해준다.

<蘇賢聖錄>은 17세기에 유통되던 작품으로 장편대하소설의 초기 양상을 살피는 데 중요한 작품이라 할 것이다. 이 작품은 소씨 가문의 이야기를 다룬 것으로 주인공 소현성과 아들 운성, 운명을 중심으로 사건이 진행되고, 이외에 다른 소씨 가문의 인물들의 이야기들이 첨가되어 있다.

부부 갈등이나 옹서 갈등은 혼인 후의 이야기를 거의 언급하지 않는 才子佳人小說에서는 나타나지 않는 것은 물론, 17세기 소설에서도 미약하게 나타나다가 18세기소설에 이르면 부부 갈등과 옹서 갈등이 작품 내 갈등의 거의 대부분을 차지할 정도의 중심 갈등으로 자리 잡게 된다. 또한, 一夫多妻 모티프는 才子佳人小說이나 한국소설에서 모두 나타나지만 一夫多妻로 인한 葛藤, 즉 妻妾葛藤이나 계모가 전처소생을 박대하는 이야기 등은 才子佳人小說에서는 등장하지 않는다. 이 역시 혼인 후 새롭게 맺어진 가문, 가족들이 화합, 화락하는 문제에 대해 고민하게 되는 당대의 모습을 반영한 것이라고 할 수 있다.

이렇게 한국소설에서는 가족, 가문을 중시하고 있기 때문에 자연히 개인보다는 집단을 중시하게 되고, 인물들 또한 개인의 慾望보다는 가문의 명예를 위하여 움직인다. 그 대표적인 예가 인물들의 애정 발현과 관련한 사건들로, 특히 남성 인물들이 자신이 원하는 사람과 인연을 맺는 과정에서 갈등을 겪는 경우가 발생한다. 17세기 소설에서 남성들의 애정 발현은 긍정적으로 인식되고 스스로 一夫多妻를 희망하기도 한다. 이러한 모습은 才子佳人小說에서 才子들의 모습과도 유사하다. 그러나 才子佳人小說이 계속 이러한 형태로 진행되는 반면, 한국소설에서는 시간이 지날수록 그들의 애정이 부정적으로 받아들여지는 모습이 발견된다. 비록 연연을 맺을지라도 벌을 받거나 어느 정도의 고난을 겪는 모습이 자주 등장하는 것이다. 뿐만 아니라 여성 인물들의 애정발현은 이보다 더 부정적으로 나타난다. 17세기 소설에서는 표면적으로나마 여성들이 먼저 애정을 발하더라도 그것을 긍정적으로 바라보는 시각이 있었지만, 18세기 소설에 이를수록 여성들의 애정 발현은 악인이나 어리석은 사람과 같은 부정적인 모습으로 나타난다. 게다가 남성들의 애정 발현이 작은 사건에서 끝나고 이를 가문에서 받아들이는 반면, 여성들의 애정발현은 그 여성이 속한 가문은 물론 더 나아가 나라까지 혼란에 빠뜨리는 심각한 사건으로 발전하는 모습을 보이고 있다. 이렇게 집단의 윤리를 강조하고 개인의 애정을 가로막는 한편, 남성 이데올로기를 강조하는 모습은 17세기 이후 가부장이 중심이 되는 가문을 중시하는 당대의 지배적 이념이었던 주자학적 논리가 소설에 적용되고 있음을 반영하는 것이다.

이렇게 혼인 후의 이야기와 남성 이데올로기를 중요하게 다루는 한국소설의 모습은 중국소설과 한국소설과의 차이를 보여주는 한편, 한국소설에서 추구하는 바가 무엇인지를 극명하게 보여주는 요소라고 할 수 있다. 개인성을 중시하는 것은 才子佳人 소설의 일반적인 특성이다. 才子佳人小說의 인물들은 대개 독자로 설정되어 있어서 개인이라는 상황이 더욱 뚜렷하게 드러난다. 중국의 中期 才子佳人 小說로 불리우는 <平山冷燕>과 <好逑傳>의 才子佳人들도 모두 獨子이고, <玉嬌梨>에서 역시 백홍옥과 소우백이 獨子이다. 노몽리에게는 어린 남동생이 하나 있지만, 작품 내에서는 거의 나타나지 않는다. 형제에 관한 사항이 중요하게 다루어지지 않는 모습도 개인

성을 보여주고 있는 특성임에 틀림없다. 그리고 중국 才子佳人小說
에서의 아버지는 조선조 才子佳人小說하고는 다른 양상을 보인다.
<玉嬌梨>에서의 소우백, <平山冷燕>의 평여형에게는 아버지가 없
으며, 연백함은 아버지가 있으되 그 존재가 전혀 드러나지 않는다.
이런 경우 남성들은 매우 자유롭게 자신의 애정을 표현하고 행동에
옮기고 있으며, 이에 대해 아버지 대신 제재를 가하는 인물도 없다.
다시 말하면, 가정이나 가문의 이데올로기를 강조하고, 어긋난 행동
에 대해 제재를 가할만한 인물인 아버지가 없기 때문에 위에 열거했
던 남성 인물들은 자유롭게 개인의 애정을 추구하고 성취하는 것이
다. 그러나 상대적으로 볼 때 조선조의 才子佳人小說은 아버지의
형상이 분명히 존재한다. 그리고 이런 소설들은 집안의 문제를 거의
다루지 않고, 인물들도 가문이나 집안보다는 개인의 慾望에 더 충
실한다. 여성들도 남성들과 거의 동등하거나 더 뛰어나게 묘사되어
있으며 사고방식이나 행동도 남성들과 큰 차이가 없다. 그러나 조선
조 才子佳人小說의 家庭·家門小說 변모를 보여준 <彰善感義
錄>과 <蘇賢聖錄>, <玄氏兩熊雙麟記>의 경우는 모두 형제를 두
고 있으며, 게다가 그 자손 대에 이르러서는 형제의 수가 월등하게
증가하고 있다. 그리고 아버지도 등장한다. 물론 한국소설도 초기소
설에서는 집안의 문제보다는 개인의 고뇌나 慾望에 더 집중하고,
남성들과 비슷한 여성들의 모습도 긍정적으로 나타난다. 그러나 시
대가 흐를수록 가문의 유지와 영달에 관심을 두게 되고, 소설에서도
이러한 성향이 반영되는 바, 서두에서와 마찬가지로 결말부의 서술
에 따라 소설들이 약간씩 차이를 보이고 있기는 하지만, <平山冷
燕>과 <好逑傳>의 경우는 각자 才子佳人들이 행복한 혼인을 한
것으로 결말을 맺고 그 이후의 자녀담이나 후일담이 서술되지 않았

다. 그리고 <彰善感義錄>이나 <蘇賢聖錄>에서처럼 집안의 문제를 다루면서, 개인을 강조하는 모습과 가문을 강조하는 모습이 공존하여 소설에 나타나기도 한다. 여성들도 자신의 생각을 표현하는 모습과 도덕을 지키며 남성들에게 순종하는 여성의 모습이 함께 나타난다. 그러나 18세기에 이르면서부터는 개인보다는 혼인과 부부의 중요성을 강조하는 성향의 소설이 등장한다. 이 시기의 소설에서는 개인적인 갈등보다는 주로 부부 갈등을 보여주면서, 서로 다른 가문의 사람이 만나 한 가문을 어떻게 유지 발전시켜 나가는지에 대해 초점을 맞추고, 다양한 부부 갈등을 보여주는 한편, 강력한 아버지의 권리를 보여주면서 가문을 유지시키는 이상적인 모습을 보여주는 것이다. 개인보다 집단, 즉 가문을 중시하고, 남성이 중심이 되는 가부장적 이데올로기를 강조하면서, 혼인 후에 일어나는 갈등을 통해 가문의 안정과 영화를 추구하는 문제를 다루는 한국소설의 모습은 중국 才子佳人小說의 변모와 구별되는 독자적인 특성으로 볼 수 있다.

2) 佳人의 烈女化 傾向

한국과 중국의 才子佳人小說類 작품들을 보면 후기로 오면서 여주인공인 佳人의 열녀화의 경향이 뚜렷이 나타난다.

한국의 소설에서 보이는 <王慶龍傳>과 <白鶴扇傳> 두 작품을 보면 여성이 서사의 중심에 있으면서 佳人의 열녀적인 정절을 돋보인 才子佳人小說이다. 그간 이 두 작품의 장르는 주로 애정 전기소설의 변모로 파악되었다. <王慶龍傳>은 중국 話本小說인 《警世通言》의 <玉堂春落難逢夫>에 근원을 두고 있지만, 조선후기 한문소설의 연장선상에서 개작된 것이고 번안된 순간 이미 話本小說에서 벗어났기 때문에 조선 후기 才子佳人小說로 볼 수 있다.

<王慶龍傳> 개작의 방향은 '전기소설화'라고 할 수 있다. <玉堂春落難逢夫>는 話本小說로 入話-正話-篇尾의 3단계 구성과 평이한 백화문 및 설화(각설, 체설), 正是 등의 상투적 어휘 사용 등 話本小說의 전형적인 특징을 지니고 있다. 이것이 <王慶龍傳>으로 개작되면서 백화체가 문언문으로 바뀌었고 원전에 없는 시가 상당히 많이 수록되었으며, 이야기가 남녀 주인공을 중심으로 재편되는 등92) 전기소설적 형태로 변모하였다. 그 외 기생인 옥단이 원래는 양가집 출신으로 조실부모하여 부득이하게 기생집에 의탁하였으나, 마음만은 항상 汝墳의 貞操를 흠모하고 河間의 음란한 행실을 미워하는 節操지녔다는 등의 설명은 改作者가 전기소설적 관습에 상당히 익숙한 이였음을 보여 준다. 이러한 면들은 모두 작가가 작품을 전기소설적 형태로 만들고자 했음을 보이는 부분이다. 그렇기 때문에 이 작품은 한문소설에서 대개 '(통속적)전기소설'로 분류되곤 하였다.93) 하지만 <王慶龍傳>은 전기소설적 형태로 개작되긴 했지만, 이미 전기소설을 뛰어넘는 통속소설이다.

<王慶龍傳>은 기생 옥단에게 빠진 경룡이 기생 어미의 계략에 은자 수만 냥을 잃고 쫓겨나 갖은 고생을 하다가 나중에 옥단과 모의하여 돈을 도로 찾고 과거에 급제한 후, 결국 옥단과 해로한다는 내용으로 되어 있다. 작품에는 재물을 둘러싼 기생 어미의 탐욕과 모의, 위기에서 벗어나고자 하는 옥단의 계략, 조상인 부인과 巫夫의 모략, 경룡의 사건 판결 등 복잡다단한 이야기가 난마처럼 얽혀 있다. 즉 <王慶龍傳>은 남녀를 중심으로 한 하룻밤의 사랑을 그린 전기소설이 아니라, 다양한 인물군상이 자신의 慾望을 갖고 갈등하

---

92) 송하준, 「<王慶龍傳>연구」, 고려대 석사학위논문, 1998, pp.26-44.
93) 김홍규 외, 「한국한문소설목록」, 『고소설연구』9, 한국고소설학회, 2000.

는 국면을 현실적으로 그린 통속소설이다. 원전에 비하면 '傳奇小說的'으로 변모하였다고는 하지만 그것은 상대적인 평가일 뿐이다. 그리고 이 작품의 남녀의 사랑과 이별 후의 남성의 과거 급제, 문제 해결 후의 대단원의 결말이라는 기본 서사를 또한 才子佳人小說의 기본 틀이기도 하다.94)

　<王慶龍傳>은 才子佳人小說 중에서도 여성을 서사의 중심에 둔다. 작품에서 경룡과 옥단의 사랑에 가장 큰 장애물은 재물을 탐하는 기생 어미이다. 기생 어미의 계략에서 경룡을 구출해내고 모든 문제를 해결해 가는 주체는 여주인공인 옥단이다. 그런데 옥단의 신분은 才子佳人小說 여주인공과 달리 '기생'이다. 그런데 바로 이 '기생' 옥단이가 왕경룡에 대한 일편단심의 열녀적인 충성을 바친다. 옥단은 비록 양가집 출신으로 어쩔 수 없이 기생이 된 것이긴 해도, 현실적으로는 하층민에 속한다. 일반적으로 才子佳人小說의 여주인공은 대개 상층 가문출신이며, 상층 여성 외에 시비나 기생이 등장하더라도 이들은 보조적 역할을 할 뿐 작품의 제1의 여주인공은 상층 여성이다.95) 그런데 <王慶龍傳>에는 기생인 옥단이 시종 작품을 주도하고 본처는 작품의 표면에 등장하지 않는다. 또한 옥단과 경룡이 만나는 곳은 바로 녹의홍상이 춤추는 기방이었으며, 그들의 만남은 은자를 매개로 한 통속적 만남이었다. <王慶龍傳>의 이러한 통속성은 모두 원전인 話本小說적 통속성에서 온 것으로, 이 자체는 才子佳人小說의 전아한 만남과 거리가 있다. 하지만 話本小

---

94) 양승민은 17세기 전기소설이 才子佳人小說식 애정 서사를 지향했음을 보여주는 예로 〈洞仙記〉와 〈王慶龍傳〉을 들었다. 양승민, 전게서, pp.199-202.

95) 〈九雲夢〉의 정경패(정사도의 딸)나 난양공주(공주), 〈白雲仙玩春結緣錄〉의 이옥연(상서의 딸), 〈紅白花傳〉의 순직소(병부시랑의 딸), 〈洛東野諺〉의 양애옥(어사의 딸)은 모두 상층 가문에 속한다.

說인 원전과 비교한다면 또한 상대적으로 경룡과 옥단의 만남은 한 층 더 전아해졌으며, 옥단이 기생으로 설정되긴 했지만 높은 기개를 지닌 인물로 그려진다.[96]

조선시대 한문소설에 등장하는 기생 중에는 양가집 출신인 경우가 많은데, 이들은 상황이 여의치 않아 기생이 되었을 뿐 그 정신적 지향만은 상층 여성과 다르지 않은 것으로 그려진다. 특히 옥단은 작품의 제1의 주인공으로서 처한 신분은 기생이지만 그녀의 태도나 시문에 대한 능력, 남주인공이 대하는 태도에 있어 일반 상층 출신의 여성과 다를 바 없다. 물론 그렇다고 해서 옥단의 기생 신분이 변하는 것은 아니다. 도리어 옥단은 시종 자신의 신분이 미천함을 인식하고 있다. 옥단은 경룡과의 만남에서는 일반 여주인공과 마찬가지로 시문을 창화하고 강인한 모습을 보이지만, 기생으로서의 신분은 철저히 인식하고 있다.

작품에서 기생 옥단의 주된 면모는 바로 '烈'의 형상이다. 옥단은 경룡이 기생 어미에게 재물을 빼앗기고 쫓겨나자 북루에 올라 슬피 울며 죽음으로써 절개를 지키는 열녀의 모습을 보인다. 경룡의 재물을 되찾아 준 후에도 수절을 하다가 다시 기생 어미의 계략에 빠져 조상인에게 팔려갔으나 합환을 하지 않고 비단에 수를 놓아 경룡에게 사연을 전하기도 한다.

才子佳人小說에서 여주인공이 情을 표방하던 佳人의 모습에서 '열녀'적 형상을 갖추게 된 것은 바로 여주인공의 신분의 변화와 밀접한 연관이 있다. 즉 여인이 상층 가문출신이던 才子佳人小說에서 남녀의 관계는 수평 관계를 유지할 수 있었다. 때때로 才子의

---

96) 송하준(1998), 전게서, pp.34-35. 원전에서 옥단춘은 경룡의 재물이 많다는 소리를 듣고 나가 그를 맞이한 반면, 〈王慶龍傳〉에서 옥단은 기생 어미에게 속아서 자리에 나오게 된다.

신분이 佳人의 신분보다 낮기도 했지만, 才子는 바로 과거 급제하여 높은 벼슬에 오르기 때문에 才子의 출신은 그리 중요하게 그려지지 않는다. 才子와 佳人은 모두 재모를 겸비한 완벽한 인물들로 그들의 결합은 많은 방해를 받지 않으며, 장애가 있더라도 극한의 상황까지 가지 않는 것으로 그려진다.

수평적 관계가 아닌 수직적 관계로 묶일 수밖에 없다. 그렇기 때문에 옥단은 情이 뛰어난 佳人이 아닌 열녀의 형상을 갖추게 된 것이다. 옥단이 경룡에게 보이는 태도는 佳人이 동등한 차원에서 才子에게 보내는 '信賴'나 '信義'의 수준을 넘어서는 것이다. 남녀의 사랑에서 才子佳人小說 속 주인공들도 상대방과의 결연에 대한 약속을 지키기 위해 끊임없이 노력한다. 또한 才子佳人小說은 가정·가문소설과 달리 공동체의 문제가 아닌 개인적 문제를 다루고 있으며, 부모의 중매가 아닌 남녀의 자유연애를 소재로 하기 때문에, 이들의 행동을 조선후기 형이상학적으로 이념화되어 사회적으로 여성의 삶을 억압하던 '烈'과 결부시키는 것은 다소 무리가 있다고 보여 진다. 그러나 才子佳人小說의 전통에 있으면서도 <王慶龍傳>에 여성의 정절이 강조된 것은 17세기 이후 강화된 가문의식, 경직화 된 유교적 윤리의식의 영향을 무시할 수 없다. 특히 이 시기 문학작품에는 기생의 烈을 다룬 작품이 많은데, 그러한 문학적 경향도 한 요인으로 이해할 수 있을 것이다. <王慶龍傳>의 국문 이본 중 영남대본에는 옥단이 정절을 고수할 뿐만 아니라 현숙하고 婦德있는 여인으로 그려지는데, 이는 문학적·이념적 경향을 더욱 강하게 받고 있기 때문이다.

才子佳人小說 중에서 가인이 제1주인공이 되면서 여성영웅으로서의 忠과 烈또는 孝를 보이는 또 다른 작품으로는 <白鶴扇傳>이

있다. 이 작품에서는 충과 효 열의 다양성을 보이고 있는 전형적인 작품이라고 할 수 있다. 논자들은 <白鶴扇傳>이 전통적 애정전기 소설의 특징들을 관습적으로 계승하면서도 여러 부분 -부정적 인물을 포함한 다양한 인물의 등장, 주인공의 재생이라는 환상적 요소 등에서 현실적인 변모를 보이고 있음을 지적한다. 그런데 바로 이러한 성향은 장르적으로 볼 때, 전기소설의 범주를 넘어서는 것이라고 볼 수 있다.

여기에서의 남 주인공과 여주인공이 겪는 시련을 비교하면 여 주인공이 더 큰 시련을 겪지만 역설적으로 여 주인공에 대한 능력과 우월함을 더 증명해 준다. 시련이 클수록 그 시련을 극복하는 과정에서의 능력은 더욱 확대되고 작품의 곡절적인 다양성을 보여주기 때문이다. 남녀 주인공은 결연 약속 당시의 미숙한 상태, 불완전한 상황에서 한층 진일보된 환경으로 자신을 발전시켜 나간다. 남 주인공에게 출세를 통한 우월한 지위의 확보 또는 出將立功이 나타나는 반면 여주인공에게는 험난한 갈등 속에서 상대에 대한 절의를 다져 여인으로서의 성숙한 모습을 보여주고 있다.

여성의 자아확대과정에서 갈등이 극명하게 나타난 것은 조은하가 출전의 표를 임금께 올림으로서 나라에 대한 忠과 남주인공에 대한 烈을 보인 것과 동시에 또 감옥에 갇인 남주인공의 부모에 대한 효로 볼 수 있다. 그의 출전표에는 다음과 같은 내용이 있다.

> 픽군장 뉴빅노의 쳐 조은하는 돈슈빅비하고 황계 용탑하의 올니
> 느니 딕기 삼강의 웃듬은 주식이 부모긔 효도를 극진이 ᄒ고 그 둘
> 지는 신히 님군긔 츙셩을 다ᄒ고 셋지는 계집이 지아비게 졀를 은
> 젼케 ᄒ미오니 이러므로 스룸마다 두고져 ᄒᄂ 어렵고 향코져 ᄒ나
> 쏘한 어려온지라 미향 효주와 츙신의 문의 츙효녈졀이 나는 고로

봉이 닭을 낫치 아니ᄒᆞ옵고 범이 기를 낫치아흔다 ᄒᆞ오니 신첩의
지아비는 츙효가 ᄌᆞ손이라 엇지 홀노 폐하긔 다다라 츙셩치 아니ᄒᆞ
리이고 지아비 황명을 밧ᄌᆞ와 삼만군을 통솔ᄒᆞ여 만니호지의 나아
가 강젹을 막기의 다다라는 셰궁역진ᄒᆞ민 일년을 샹지ᄒᆞ여 믈너가
지 아니ᄒᆞ오니 그 졀졔ᄒᆞᄆᆞᆯ 가히 알지라 조졍의 츙냥지신이 업셔
군냥을 운젼치 아니ᄒᆞ고 응비지도를 아니ᄒᆞᆫ 연고로 군졸이 쥬린 귓
거시 되고 뉴빅뇌 괴진ᄒᆞ여 도젹의게 싱금ᄒᆞᆫ 빈 되오니 엇지 원억
지 아니ᄒᆞ오며 졔 비록 도젹의 잡혀스나 응당 굴슬치 아니ᄒᆞ여스오
리니 엇지 졍츙듸졀이 아니리잇고 바라건듸 폐하는 져의 픽군ᄒᆞᆫ 죄
를 용셔ᄒᆞ시고 만민소원을 찰납ᄒᆞ소셔 신첩이 비록 규즁 녀지오나
이런 ᄣᅢ를 당ᄒᆞ와 분ᄒᆞ온 마음이 업지 못ᄒᆞ오며 ᄒᆞ믈며 지아비 졍
ᄉᆞ를 싱각ᄒᆞ올진듸 엇지 슬퍼지 아니ᄒᆞ오며 국가 듸ᄉᆡ ᄯᅩᄒᆞᆫ 그릇
되올지라 신첩이 비록 녀지오나 ᄯᅩᄒᆞᆫ 폐하의 신지외니 원컨듸 삼쳔
쳘긔를 빌니시면 가달를 멸ᄒᆞ여 우호로 황샹근심을 더옵고 아리로
지아비를 구ᄒᆞ오리니 만일 그르미 잇거든 지아비와 ᄒᆞᆫ가지로 군법
을 당ᄒᆞ여지이다.[97]

여 주인공이 출전의 이유로서 주장한 것은 황제의 근심을 덜고
나라를 구하며 지아비를 구한다는 것이다. 여성도 황제의 신하이기
에 능력이 있는 여성이라면 마땅히 황제에게 충성할 기회를 주어야
한다는 것인데 은연중에 여성이 사회참여를 요구하는 것이기도 하다.
즉, 전통적 가치관인 三綱의 덕목인 忠과 烈을 내세우면서 다른 한
편으로는 여성의 능력과 사회참여를 긍정하려는 새로운 가치관을 강
조하기도 한다. 丈夫인 남 주인공도 잡힌 전쟁터에서 여성으로서의
출전은 당연히 거부당하기 마련이다. 그러나 조은하는 조금도 움츠
려 들지 않고 재주를 시험받기를 당당히 요구한다. 임금은 조은하의

---

97) 〈白鶴扇傳〉, p.29.

忠節과 그 기개에 감동하여 그를 대원수로 봉하라는 명을 내린다. 임금의 명을 받은 조은하는 女必從夫하는 나약한 여성의 모습에서 벗어나 전쟁터에서 성공하여 재자를 구하고 공을 세워 남주인공의 부모마저 구하는 효도를 한다. 이와 같이 그는 임금 앞에서 당당하게 자신의 소신을 밝히고 목적을 이뤄 적극적이고 진취적인 여성으로 자아를 확대하여 재자도 하기 수행하기 어려운 전쟁터에서 공을 세워 가인의 영웅적인 모습을 보여주고 있다.

<王慶龍傳>과 <白鶴扇傳>의 여주인공이 열녀적 형상을 띠는 것은 가인이라는 신분과 더불어 악인형 인물의 등장과 밀접한 관계가 있다. 이들 악인형 인물은 작품에서 여주인공의 열녀적 면모를 부각시킬 뿐만 아니라 작품을 통속소설적 권선징악의 구도로 만드는 역할도 한다. 주지하듯이 일반적으로 才子佳人小說에는 악인형 인물은 별로 나타나지 않는다. 남녀의 결연을 방해하는 부정적 인물이 존재하기는 하지만 여주인공을 죽음으로 이끌 정도의 악인형으로 그려지지는 않는다. 이는 <王慶龍傳>에서 기생 어미와 조상인 부인 등의 모략과 위협을 통해 옥단의 열녀적 면모가 강조되는 것과 상반되는 부분이다.

또한 이들 작품에 보이는 여성의 열녀적 형상은 이후 통속적 영웅소설이나 가정·가문소설 속 여성 주인공의 다양한 모습으로 재탄생이기도 한다.

뿐만 아니라 인물성격 면에 있어서 단순성과 평면성은 佳人의 기능과 역할의 비중을 상대적으로 두드러지게 하고 있다. 그것은 작자가 才子佳人小說 속에서 佳人의 형상이 보통의 여인들보다 돋보이게 하기 위한 수단이기도 하다. 특히 중국의 才子佳人小說 <雪月梅傳>이나 <蘭花夢>을 보면 잘 알 수 있듯이 작품속의 佳人의 형상들은 보통 여인보다 독특한 성격의 소유자임을 알 수 있다. 중국의 才子佳人小說의 佳人들을 보면 그 출신 자체가 才子들보다 훨씬 우월한 집안이다. 佳人들은 거의 대부분 명문세가의 자제이거나 태어날 때부터 출생에 얽힌 비화를 지니고 있다. 두 쌍의 才子佳人의 이야기가 복합적으로 전개되는 <平山冷燕>의 경우, 여주인공 山黛는 진나라 山巨源의 후예로서 부친은 천자의 신임을 받는 재상이다. 그녀가 출생할 당시 부모가 동시에 꿈을 꾸었는데, 그 내용인 즉 瑤光星이 정원에 떨어지자 山黛의 어머니가 이를 받아 삼켰다는 것이다. 또 다른 여주인공인 冷降雪은 비록 농가출신이지만 출생할 때 정원에 붉은 눈이 내려 이름을 降雪이라고 지었다. 출신 내력이 평범하지 않음은 佳人의 천성이 비범함을 드러내기 위한 작자의 설정으로 볼 수 있다. 이것은 영웅소설에 있어서 영웅의 비범한 탄생과 맥을 같이 하고 있다.

한국 소설사에서 영웅소설이란 1인의 뛰어난 인물이 비범한 출생, 고난과 시련, 수련과 입공의 과정을 거쳐 국가의 위기를 구하는 영웅으로 우뚝 서게 되기까지의 영웅일대기를 중심으로 한 장르이다. 대체로 중편 정도의 길이이고 市井에서 講談師에 의해 구전으로 유행하다가 한글로 필사가 되거나 방각본, 활자본으로 출판되면서 장르적 관습을 완성시켜나갔다. 허구적인 인물이 주인공으로 등장하며 한글 해독층이나 서민층이 주로 향유한 장르이다.

한편 영웅소설이 장르 관습을 완성하고 기층민을 중심으로 대유행하게 되는 18세기 후반에서 19세기 무렵이 되면 한문 교양을 지닌 계층에까지 파급되는 양상을 보인다. <金銓傳>, <雲香傳>, <蓬萊新說> 등 한문으로 된 영웅소설이 출현하기도 했으며 <玉樓夢>, <六美堂記> 등 19세기 近畿 士族 출신의 작가들에 의해 한문 장

편영웅소설로 변형되기도 했다. 이들 작품은 기층민의 장르인 영웅
소설을 한문 교양을 지닌 계층의 구미에 맞추기 위해 문체나 세계관
의 측면에서 변형을 가한 경우이다. <金銓傳>, <雲香傳>, <蓬萊
新說> 등은 한시, 上疏文 등 문예문을 대거 삽입함으로써 한문 식
자층에게 익숙한 문체를 선보였고 <玉樓夢>, <六美堂記>는 이런
문체적 특징에 더하여 양반 출신인 주인공이 몰락하여 유리걸식하는
기아화소를 생략하고 있다.[98]

기아화소는 17세기 이후 조선 사회가 자본주의적 근대화 요소가
대두되면서 부의 분화가 이루어지고 잉여자본을 소유하지 못한 서민
의 대부분이 유랑민 혹은 노동자로 떨어진 현실을 반영한 모티프로
볼 수 있다. 서민들 자신이 경험하고 있는 체험적 현실을 여기에 투
영한 것으로 볼 수 있다. 기아화소가 있기 때문에 영웅의 입공은 더
욱 극적으로 느껴지게 된다. 아울러 몰락한 영웅에게 자아를 투영한
향유층은 영웅의 성공을 보면서 더욱 강렬한 대리만족을 경험하게
되었을 것이다. 기아화소는 서민층의 장르인 한글 영웅소설에서 핵
심적인 모티프인 것이다.

반면 중국소설사에서 영웅소설은 대체로 중장편이며 역사적 사건,
인물을 날줄로 하여 허구적 주인공의 이야기를 엮어나간다. 한국 영
웅소설과 비교하면 역사성이 더 강한 것이다. 이렇게 역사적 배경에
기본적인 뿌리를 박고 있기 때문에 허구적 주인공의 이야기도 마치
역사의 일부인 것 같은 착각을 독자에게 주며 사실인 것 같은 신뢰
를 주게 된다. 역사성과 허구성을 교직하는 방식은 다양하다. 역사적
인물에게 허구적인 사건과 설정을 개입시켜 나가는 방식이 그 한 가

---

98) 중편 한문 영웅소설의 작품세계와 장편 한문 영웅소설의 장르적 차이에
    대해서는 「통속적 한문 영웅소설 연구」을 참조하라. (권도경, 이화여대 석
    사학위논문, 1999.)

지라면, 허구적인 인물을 역사적 소용돌이 속에 떨어뜨려놓는 것이 다른 한 방식이다. <三國志>나 <武穆王忠節錄>, <北宋演義>가 전자에 속한다면 <仙眞逸事>, <水滸傳>, <後水滸傳> 등은 후자로 분류할 수 있다. 그런데 전자의 경우도 <三國志>에서 <武穆王忠節錄>, <北宋演義>로 갈수록 허구성이 더 강화되는 양상을 보여준다.

3) 艶情小說적 趨向

才子佳人小說은 그 본연의 의미에 있어서 색정여부에 따라 艶情小說과 구별된다. 그런데 한국이나 중국은 才子佳人小說의 변모에 있어서 艶情小說적 특색을 지내게 된다.

먼저 한국 艶情小說의 개념에 대해 살펴보도록 하자. 한국에 있어서 艶情小說에 대해 학자에 따라 艶情小說[99], 情艶小說[100], 戀愛小說[101] 등 다양한 명칭으로 쓰이고 있다. 다양한 명칭만큼 艶情小說의 개념에 대해서도 많은 학자들의 규정이 있어왔다. 김태준이 아무런 개념 규정 없이 '艶情小說'이란 명칭을 사용한 이래 김기동[102]은 '애정문제를 표현하고 애정관계의 비중을 중시한 것'으로, 조윤제[103]는 주로 '남녀의 사랑과 그 생활을 묘사한 작품'으로, 정주동[104]은 '남녀간의 애정을 제1주제로 내세운 작품'으로 보았으며, 조동일[105]은 '애정의 문제를 긴요하게 다룬 것'으로 艶情小說의 개

---

99) 김태준, 조윤제, 정주동, 소재영 등이 대표적인 학자이다.

100) 주왕산, 『조선고대소설사』, 정음사, 1931.

101) 우리어문학회, 『국문학사』, 신흥문화사, 단기 4283, p.138.

102) 김기동, 『韓國古典小說研究』, 교학연구사, 1983, p.149.

103) 조윤제, 『韓國文學史』, 探究堂, 1979, p.313.

104) 정주동, 『古代小說論』, 螢雪出版社, 1986, p.280.

105) 조동일, 『한국문학통사』3권, 지식산업사, 1984, p.503.

념을 각각 규정하여왔다. 이러한 선학들의 艶情小說에 대한 규정은 의미상 명칭과 개념에 있어 커다란 차이는 발견할 수 없다. 다만 명백한 것은 艶情小說이란 남녀 간의 애정을 그린 작품을 지칭하는 것이다. 보다시피 이 개념에는 색정적인 요소가 별로 강조되지 않은 것으로 才子佳人小說과 많이 통하는 바가 있다.

조선조는 유교를 국시로 삼았기 때문에 남녀 간의 사랑이 엄격히 규제되어 이를 소재로 한 작품이 비교적 드물고 규중 여인과의 연정담이 아닌 기녀와의 이야기가 주류를 이루었다. 이는 곧 당시의 유학자들이 도덕적인 사회를 건설하고자 하는 시대조류에 편승한 결과로 나타난 것이다. 그러나 임·병양란을 계기로 서민의식이 싹트기 시작하였고, 영·정조대를 전후해서 실학사상과 중국소설이 소개되면서 유학자들의 반대와 저주에도 불구하고 인간본능을 진솔하게 표현한 艶情小說이 활발히 창작되었다.

그 형성원인을 보면,

1) 엄격한 유교윤리의 제약아래 현실적으로 남녀 간의 애정에 대해 엄격한 구속과 봉쇄를 당한 당시인들이 그러한 현실에 반발하여 백일몽의 욕구를 오히려 꿈의 세계와 이상향에서 만족 받으려는 경향을 나타내고[106],

2) 임병양란을 기점으로 대두된 실학사조와 중국 艶情小說의 영향을 받은 당대인들에게 내면의 자각이 일기 시작하고 인간의 참다운 모습을 찾아보려는 의도[107]였으며,

3) 19세기를 전후로 소설의 상업적인 유통과정이 이루어지고 하층

---

106) 김용숙, 「고소설에 나타난 애정관」, 『아시아여성연구』제3집, 숙명여대 아시아여성연구소, 1974, pp.64-72.
107) 정주동, 전게서, p.281.

독자의 사회의식이 각성되면서 현실의 문제를 구체적으로 받아들여 개척하고자 하는 의지108)에서였다. 따라서 艶情小說은 조선조시대를 거쳐서 개화기까지 꾸준히 창작되었고, 독자층에 있어서도 지속적으로 많은 비중을 차지하고 있었기에 그 연구는 가치 있을 뿐만 아니라 비교학적으로 볼 때 더욱 더 큰 가치가 있다.

중국에서의 艶情小說 개념은 한국의 艶情小說에 비해 조금 차이가 있는 듯하다. 중국에서의 艶情小說은 鴛鴦胡蝶(艶情小說 혹은 淫詞小說이라고도 함)소설로서 才子와 佳人의 연애를 농후한 색채로 그린 것으로 후기 才子佳人小說의 한 변모로 볼 수 있다. 주로 남녀사랑을 위주로 하지만 그 사랑묘사에 있어서 노골적이고 적나라하게 표현한다.

봉건제도하에서 청춘남여의 자유로운 결합이란 상상조차 못하는 것이지만 唐代에 이르러는 그 환경이 좀 달랐다. 상업사회가 대두하고 낭만주의사상이 흥기하여 각 개인의 개성을 존중하고 애정이 奔放하게 됨으로써 봉건적인 제도와 예교를 벗어나려 하던 시기였다. 이러한 시대적 환경 속에 생산된 염정류는 그 소재를 일상생활에서 취하여 남녀 간의 곡진한 사랑과 결별을 다룬다. 작자는 대개 뛰어나고 묘한 글 솜씨로 애처롭고 안타까운 艶情을 표현하는데, 사건은 비극적인 것이 많고 글은 哀艶한 것이 많아 사람의 마음을 감동시킨다.

한국에서의 艶情小說은 여주인공의 신분에 따라 양가의 규수가 주인공으로 등장하는 귀족적 艶情小說과 기녀나 시녀가 주인공으로

---

108) 조동일, 전게서, pp.503-504.

등장하는 庶民的 艶情小說로 나누어진다. 貴族的 艶情小說로는 <淑英娘子傳>, <淑香傳>, <權益重傳>, <梁山伯傳> 등이 있다. 이들 소설의 공통적인 특성을 보면, 남녀주인공은 모두 귀족 출신으로 특히 여주인공은 무남독녀이거나 승상, 상서들의 귀한 딸로 설정되고 있고, 사건전개에 있어서 대체로 비현실적이고 전기적인 요소가 많으며, 공간적 배경은 대부분 중국에 두고 있다.

庶民的 艶情小說로는 <柳綠傳>, <玉丹春傳>, <李進士傳>, <彩鳳感別曲>, <芙蓉相思曲>, <裵裨將傳>, <烏有蘭傳>, <春香傳> 등이 있다. 이들의 공통점을 살펴보면, 庶民的 艶情小說에는 대부분 기녀와의 사랑을 말하는데, 이는 당시의 사회질서에 대한 도전으로서 서민들의 신분상승에의 의지와 신분을 초월한 사랑의 열정을 보여주는 것이다. 그리고 여주인공으로 등장하는 기녀들은 본래 양반이었으나 불행한 일을 당하여 기녀로 전락한 인물들이다. 이는 곧 신분이 천생적인 것이 아님을 보여준다. 기녀는 모두가 재색을 겸비하고 절개가 곧으며 뛰어난 시재를 지닌 인물로 묘사되어 있다.

여기서 주목하고자하는 것은 귀족적이든 서민적이든 만남이후의 과정인데 이들의 사랑의 클라이막스를 보면 결국 육체적 사랑에 가떨어지고 만다. 이를테면 이선은 기쁘게 숙향의 옥 같은 손을 잡고 침소로 가서 피차 사모하던 정을 달게 탐하였다고 표현하고 있으며, 과거 길에 오른 백선군은 숙영을 일각이 여삼추로 사모하던 나머지 도중 객사에서 몇 번이고 돌이켜서 부모 몰래 담장을 넘어 衾枕속에 몸을 던지고는 낭자와 더불어 종야토록 정을 풀었다 하면서 선군은 낭자의 손을 끌어 잡고 침실로 들어가서 마침내 운우지락을 이루었는데 그 절절하고 황홀한 쾌락은 측량할 수 없었다고 표현하고 있으며, 백노와 은하의 결합도 화촉을 밝힌 첫날밤에 신랑 신부가 운우지락을 이루니 그 정이 산같이 높고 바다같이 깊었다고 표현하고 있으며, 강필성과 김채봉은 밤이 깊도록 이야기를 한 뒤 등촉을 물리고 금침 속으로 들어가니 원앙이 綠水에 깃들임과 같더라고 표현하고 있다.

이러한 사랑행위의 묘사는 <春香傳>에서 더 노골적으로 표현된다.

> 춘향의 섬섬옥슈 바드드시 검쳐잡고 으복을 공교하게 벽기난듸, 두 손길 셕 놋턴이 춘향 가은 허리을 담숙 안고,
> "나상을 버셔라"
> 춘향이가 쳠음 이릴 쑨 안이라, 북그러워 고기을 슈겨 몸을 틀 졔, 이리곰슬 져리곰실 녹슈에 홍연화 미풍 맛나 굼이난듯, 도련임 초민 벅겨 졔쳐노코 바지 속옷 벽길 젹의 무한이 실난된다. 이리굼실, 져리굼실 동희 쳥용이 구부를 치난듯,
> "아이고 노와요! 좀 노와요!"……삼승이불 춤을 추고, 싀별 요강은 장단을 맞추워 쳥그릉, 징징 문고리난 달낭달낭, 등잔불은 가물가물, 마시 잇게 잘자고 낫구나.[109]

라고 대담한 표현을 한다. 이와 같이 인간의 절실한 慾望을 표현한 경우가 있는가 하면 또한 인간의 慾望이 현실적으로 실현이 불가능할 때 인간의 성을 통해서 그러한 慾望을 분출시키고 해탈감을 만끽하는 경우도 있다. 이들은 비속적 표현이거나 은어적 표현 등을 사용함으로서 性에 대한 표현을 노골적으로 나타냈다. <烏有蘭傳>에 보면 이생이 김감사에게 음식을 빼앗아 먹으러 갈 때 오유란의 계략에 걸려 裸身으로 나서는 장면을 보면 알 수 있다.

> 축 드리워진 金莖은 두 방울 사이에서 끄덕끄덕하고, 주먹반만한

---

109) 설성경 역주, 『한국고전문학전집』12, 고려대학교 민족문화연구소, 1995, p.76.

銅柱는 양다리 사이에서 달랑달랑하니 대낮에 보는 사람 쳐 놓고
웃지 않을 수 없었다.(列垂金莖, 低昻於雙肘之脈, 半券銅柱, 擾揮於
兩股之際, 白晝所視, 孰不堪笑.)110)

또한 어사출두로 인해 경황이 없는 상황에서도 김감사는 동침하던
기생 계월과 서로 弄을 주고받는데

사또께서는 승자하시오 벼슬이 더 올랐었니까? 어찌 그리 화신
이 튀튀어 나왔으며 큼직하십니까?(使道, 陞資致位否? 何火賢之出
班表顯耶?)111)

이러한 표현 속에는 신체를 통해 감추어진 성의 세계를 드러냄으
로서 웃음을 자아내게 하려는 작가의 의도가 나타나기도 하며 이러
한 음담과 외설은 우리에게 악의 없는 웃음을 자아내게 한다. 또한
이런 노골적인 표현을 통해서 상층계층과 하류계층의 신분도 보아낼
수 있다. <裵裨將傳>에서도 그것이 잘 드러나는데

나리님 兩脚山中朱將軍 ××반만 베어주오.

애랑이 정비장의 재물을 다 빼앗은 뒤 신체 일부까지도 요구하게
되는 장면이다. 이처럼 상류계층의 육체의 표현은 외설적인 감각을
문자로 둔화시키고 있으나 그 모습의 적나라함은 여전히 드러나고
있는데 그 이면에는 단순한 性戱的 요소의 차원을 넘어서 양반인
지배계층의 허울을 벗기고 서민들과의 동등위치에 놓으려는 작가의

---

110) 송원기서, 〈오유란전〉, 한국학중앙연구원, 왕실도서관 장서각디지털 아카
     이브, 1934, pp. 15a-15b.
111) 송원기서, 〈烏有蘭傳〉, 전게서, 1934, pp.17a.

평등의식이 작용한다고 볼 수 있다.

한편 이러한 肉談的 표현은 <변강쇠전>에서 특히 더 많이 나타나는데 상류계층의 색정적 표현과는 달리 더욱 노골적이고 직설적임을 볼 수 있다.

> 1) 이상히도 생겼네 맹랑히도 생겼다. 늙은 중의 입일는지 털은 돋고 이는 없다. 소나기를 맞았는지 언덕지게 파이었다. 중략
> 2) 이상히도 생겼네. 맹랑히도 생겼네 前部使令 서렸는지 쌍걸랑을 늦게 차고, 五軍門군노던가
> 3) 어허 인심이 흉악하다. 황평양도 아니며는 살 곳이 없겠느냐 삼남 ×은 더욱 좋다두고
> 4) 속곳 아구리에 손길을 풀숙 넣어 여인의 ×× 쥐고 우드득 힘 주더니 불끈 일어나 우뚝 서매 중략[112]

1, 2는 각각 남녀의 성기를 익살스럽게 그린 표현이고, 3은 옹녀가 황평양도에서 쫓겨나며 4는 죽으면서 까지도 그의 호색성이 드러난 장면이다. 옹녀와 변강쇠가 보인 성행동은 강한 사디즘인 경향을 보이는데 성충동의 보다 강력한 표현이라고 해석할 수 있다. 옹녀와 변강쇠가 보인 성행동은 그들이 살았던 그 시대의 산물이기도 한 것이다. <변강쇠전>내용 중 '임진왜란 팔년간에 어떤 부자가 피난하자 이 집을 지었던지……'란 내용과 강쇠가 辛己年 괴질병으로 죽은 것으로 되어 있는 것을 토대로 작품 배경을 추정해 볼 수 있는데 대략 영조 1761년쯤으로 추정한다.

이 무렵의 생활은 자연재해, 饑饉, 전염병 그리고 혹심한 지방의 토호와 관리들의 횡포로 많은 백성들이 생활의 기반을 잃고 流民되

---

112) 김태준, 『한국고전문학전집』, 연강학술도서, 고려대학교 민족문화연구소, 1995, p.255.

어 떠돌아 다녔다. 강쇠와 옹녀 그리고 많은 주변인물들은 하나같이 유랑걸식의 무리들인 것이다. 이들은 소외계층으로 性은 자연 그들의 갈등 해소의 한 방안이었던 것이다. 그들은 지배계층보다 배운 것이 없고 또한 떠돌이 생활에서 지쳐 우아하거나 유식한 말은 나올 수가 없었을 것이고 거친 행동이나 언어들로 표현함으로써 잠시나마 정신적 육체적 즐거움을 찾았을 것이다. 이와 같이 성의 정태적 표현은 신체를 통해 나타나는데 사대부들의 성의식은 문자와 상징을 통해 은폐적인 이율배반적 모습을 보이고 서민들의 성의식은 적나라하고 노골적이고 직설적임을 알 수 있다. 특히 서민들의 이러한 직설적인 표현은 양반층 지배계급의 위선을 벗기고 서민들과의 평등의식을 찾으려는 작가의 노력으로 보아진다.

위와 같이 정적 표현을 언어나 정신적으로 나타났다면 동적으로 나타나는, 즉 행위를 통해 은폐된 성의식을 살펴볼 수 있다.

앞의 작품들의 남주인공은 한결같이 위선적 도덕군자들로서 貞男임을 자처하면서 스스로 가치를 올리는 위선자들임을 볼 수 있다. 이들은 오히려 성에 대한 집착을 강렬하게 나타낸다. 특히 <裵裨將傳>에서 배비장은 그 대표적 인물이라 하겠다. 배비장은 소임을 맡아 색향인 제주도로 떠나게 되는데 부인이 주색에 빠져 돌아오지 못할까 걱정하자,

> 그일은 염녀마오 이팔가인톄사슈하니 요간장금참우부라 슈연불견인두락이나 암리초군골슈구라ㅎ텃스니 뒤장부쯧을 흔번세은후에 웃지요마흔녀즈에게 신셰를 밧초릿가 쭘딍을 ㅎ오리니 아무쪼록 방심ㅎ고 어마님게 효양ㅎ오.(二入佳人體似醜 腰間長劍斬愚夫 雖然不見人頭落 暗裡招骨髓求.)[113]

---

[113] 우쾌제, 『舊活字本古小說全集』3, 仁川大學校 民族文化硏究所. 1983, p.437.

이 대답은 여색을 가까이 하지 않겠다고 호언장담하는 배비장의 도덕적 태도와 학덕을 보여주고 있는 듯 하지만 도저히 도덕군자라고 할 수 없는 배비장의 위선적 이중성을 여지없이 드러내고 있다. 다만 적나라한 섹스묘사가 어려운 한자어로 둔화되었을 뿐이다. <鐘玉傳>에서도 노골적인 성 표현의 둔화를 엿볼 수 있는데

> 종옥이 향란의 손을 잡고 잠자리에 들어 초당으로 洞房을 삼고 西燈으로 華燭을 삼아 서로 끌어안고 서로 즐기니 그들의 마음이 어떠하겠는가 물에 노는 원앙도 꽃을 따르는 봉접도 그 기쁨이 이에서 넘지 못하리.114)

이는 두 사람의 애정행각을 미적으로 승화시켰다. 이런 외설적인 감정을 미적으로 승화시킨 표현들을 심심치 않게 찾아 볼 수 있다.

> 이생이 오유란을 별당으로 불러 들여 잠자리에 드니 공작이 붉은 하늘에서 날고 원앙이 푸른 물에서 노는 것과 같았다.(同入別堂, 夜深就衾, 孔雀比於赤青, 鴛鴦遊於綠水.)115)

지배계층은 인간의 본능마저도 위장하여 왔다. 性은 인간성정의 진솔한 표현으로서 인간이면 누구나 성에 대한 동경과 욕구와 향락을 누릴 자격이 있다. 그럼에도 불구하고 그들은 상층의식에 기인한 은폐된 성을 한자어와 비유를 통해 풂으로써 나름대로 은밀한 즐거움을 즐긴 듯하다. <春香傳>에서의 다음과 같은 표현도 이런 경우와 일맥상통한다고 볼 수 있다.

---

114) 김기동·전규태, 『한국고전 100선』, 서문당, 1994, p.102.
115) 송원기서, <烏有蘭傳>, 전게서, 1934, pp.5b.

> 춘향이가 枕衾 속으로 달려든다. 도련님 왈칵 좇아 드러누워 저
> 고리를 벗겨 내어 도련님 옷과 모두 한데 다 돌돌 뭉쳐 한편 구석
> 에 던져두고 둘이 안고 마주 누웠으니 그대로 잘 리가 있나 骨汁낼
> 때 三升 이불 춤을 추고 샛별 요강은 장단을 맞추어 청그렁 쟁쟁,
> 문고리는 달랑달랑 등잔불은 가물가물 맛있게 잘 자고 났구나. 그
> 가운데 律律한 일이야 오죽하랴 ……116)

이처럼 양반들의 생활은 형식적 권위를 앞세운 이율배반적인 세계로 나타난다. 그러나 평민문학은 평민들의 유교적 교양의 부족도 있지만, 즉흥적으로 그들의 진솔한 감정을 드러낸 것이 많아서 인간성을 해방하고 享樂, 醉樂, 好色, 艶情, 別恨 또는 사회악에 대한 항거 등의 내용으로 나타나 있다. 특히 평민들의 문학에는 性에 관한 내용이 빈번하게 등장한다. 그러므로 그들의 문학 속에는 성적 표현이 리얼하고 적나라하며 여과 없이 드러낸 것이 많다. 문학 작품이 작가나 그 시대인들의 공통적인 慾望충족을 대변한다 할 때 <변강쇠전>도 이러한 맥락에서 파악해 볼 수 있는 대표작이다. 특히 <변강쇠전>에는 전체적으로 볼 때 적나라하고 노골화된 성 표현이 두드러지게 나타난다. 이것은 그들이 살았던 특정한 시대와 사회의 윤리, 도덕적 규범에 의하여 인간의 행동이 제한을 받게 되는 유랑인인 강쇠와 옹녀의 역동적이며 거침없는 성행위로 나타난다. 이것은 바로 그러한 제도와 윤리 규범을 벗어난 민중의식의 자유로운 性을 통하여 표출된 것으로 볼 수 있다. 앞의 <鍾玉傳>, <裵裨將傳>, <烏有蘭傳> 등 양반중심의 호색인물로 부터의 대리만족과 은폐성의 해학으로부터 서민 자체가 주체가 되어 성을 통한 해방감과 쾌락을 추구하고 있는데 이것은 일반 독자들에게 보다 큰 만족감을

---

116) 閔濟, 『對校 春香傳』, 同和出版公社, 1976.

준다고 볼 수 있다. 물론 인간에게는 욕구지향과 도덕지향이 있다. 그러나 강쇠와 옹녀는 그 시대의 가장 소외된 계층으로 삶의 속박으로부터 벗어나 육체를 통해서나마 갈등을 해소하고 위안을 받고 구원을 받으며 즐겁게 살고 싶었을 것이다. 그러므로 <변강쇠전>에서의 등장인물들의 행동은 바로 민중의식의 발현이며 그러한 민중의식이 충동적이고 해학적으로 표출되었다는 것은 부정할 수 없다.

마찬가지로 중국의 경우 역시 명청대 사회풍조와 남녀관계를 반영하고 있는 대부분의 세정소설이 당시 사회의 남녀의 성생활, 성풍조를 표현하기 위해서 부분적으로 노골적인 성 장면을 묘사하고 있다. 예를 들어 명 중엽 음란한 성 풍조를 반영한 것으로 평가되는 <金瓶梅>의 노골적 성 묘사 경향을 직접적으로 계승한 대표적 작품인 <肉蒲團>, 그리고 明代 이래 세정소설 창작경험의 완성작으로 평가되는 <紅樓夢>에는 모두 빠짐없이 성 장면이 등장한다. 이외에도 성묘사가 적나라한 <繡榻野史>나 <浪史>에도 역시 농염한 묘사로 일관된다. 괄목할 것은 여기에 동성애적인 묘사도 적지 않다는 것이다.

<肉蒲團>類의 음사소설은 남성의 性的 환상을 그리고 있긴 하지만, 비참한 현실을 그대로 보여 준다는 점에서 才子佳人小說과 구별된다. 음사소설에서 주인공은 최대한의 쾌락을 누리지만 결국 패가망신하거나 죽음으로 내몰리는 극단의 경험을 한다. 게다가 대부분 음사소설의 환몽구조는 인간의 방종이란 비극적 결말을 불러올 뿐이므로 절대로 추구해서는 안 된다는 각성을 촉구한다. 따라서 음사소설에서 才子佳人의 만남이나 부귀영화의 추구는 전혀 긍정의 대상이 되지 않는다. 또한 꿈속에서 겪은 비참한 결말이 현실이 아니라 꿈이었다는 몽유구조를 통해 자신이 처한 현실에 만족하며 순응하게 하는 태도를 보이도록 한다.

이외에도 <肉蒲團> 제12회에서 <痴婆子傳>·<繡榻野史>·<如意君傳> 三書를 거론하고 있는데 <如意君傳>은 명 가정 연간 혹은 그 전에 창작된 것이며 <痴婆子傳>는 그것이 어느 시기에 나왔는지가 명확하지 않으며 <繡榻野史>는 만력 25년을 전후해서 나온 작품이다.117) 청대 강희 연간의 목각활자본에는 '情痴反正道人編次'라고 題가 되어 있으며, 일본 寶永 乙酉(강희 44년: 1705)간본에는 '情隱先生編次'로 題가 되어 있으나 작자의 원명은 알려져 있지 않으며, 대개 明末 淸初인이라고 추정하고 있다. 청 강희 연간의 劉廷琪는 이 작품의 작자가 李漁일 것이라고 보고 있으며118). 魯迅도 "…疑想頗似李漁"라고 하고 있다.119) 보다시피 작자 문제는 이론의 소지가 많다. 이어는 자가 謫凡, 號가 天徒 혹은 笠翁이며, 蘭溪人으로써 명 신종 만력 39년(1601)에 태어나 강희 19년에 卒하였다. 그는 '覺世稗官'이라는 필명이 있으며, 또한 '新亭樵客'·'隨庵主人'·'笠道人'·'湖上笠翁' 등의 號가 있으나 '情隱先生'이라는 호가 있었는지는 다시 연구하여 보아야 할 문제이다. 만약 <肉蒲團>이 이루어진 시기를 숭정 6년으로 보고 그의 나이를 추정하여 본다면 그의 나이 22살에 이 작품을 쓴 셈이다.

아래에 <肉蒲團>의 故事를 잠간 보면, 元 致和年間에 書生 未央生은 빼어난 용모로 인해 풍류를 즐기고 여색을 탐하여 공부와 공명을 뒤 전으로 하고 '要做世間第一个才子'로 '要聚天下第一位佳人'을 하려고 한다. 括蒼山의 孤峰禪師(布袋和尙)는 그에게 이러한 헛된 생각을 버리고 정도로 살 것을 권하면서 '淫人妻女而

---

117) 蕭相愷, 『珍本禁毁小說大觀』, 中州古籍出版社, 1992, pp.120-121.
118) 劉廷幾 『在園雜志』卷一: "李笠翁, 漁, 一代詞客也. 著述甚伙, 有傳奇十種, 〈閑情偶寄〉〈無聲戲〉〈肉蒲團〉各書, 造意創詞, 皆極尖新."
119) 魯迅, 『中國小說史略』, 華正書局, 1990, p.245.

不報者, 古今幷沒有一个'라 하나 듣지를 않자, '請抛皮布袋, 去
坐肉蒲團. 須及生時悔, 休差已蓋棺.'이라는 偈語 四句를 짓고
홀연히 떠난다. 방탕한 생활을 하던 그는 도학자인 鐵扉道人의 딸
인 옥향의 미모에 반해서 그녀의 집에 데릴사위로 들어간다. 옥향이
비록 빼어난 자태와 용모를 지니고 있다하나 엄한 가정에서 자란 그
녀는 남녀지간의 오묘한 즐거움을 알지 못하고 있었으니 미앙생은
春書나 淫書 등을 구해와 그녀와 보면서 즐거움을 찾는다. 그러나
장인의 엄함과 잔소리 등에 싫증을 낸 미앙생은 공부를 한다는 핑계
로 장인의 집을 떠나 山寺나 廟 등에 머물면서 아름다운 여인을
탐문탐색하며 그녀들을 손에 넣을 기회만을 호시탐탐 노리고 있었다.
이러던 중에 자칭 의적이라고 칭하는 賽昆侖을 만나 서로 의기가
투합하여 의형제를 맺는다. 새곤륜은 미앙생에게 여자를 손에 넣고
행복하게 만족시켜 주는 법, 房術에 있어서 여인들을 기쁘게 해주
는 방법 등을 가르쳐 주고 또한 미앙생의 남성이 작다하여 그것으로
는 여인들을 만족시킬 수 없다면서 미앙생으로 하여금 남성 확대수
술을 받게 만든다. 이렇게 모든 것을 갖춘 후에 미앙생은 평소에 눈
독을 두고 있던 비단상 權老頭의 처 艶芳을 유혹하여 육체관계를
갖고 그것도 부족하여 온갖 궤계를 꾸며 권노두로 부터 120냥의 은
자를 주고 그녀를 사서는 자신의 첩으로 삼는다. 후에 억울하게 자
신의 부인을 빼앗긴 것을 알게 된 권노두는 복수의 칼을 갈고 있
던 중에 미앙생이 집을 떠나 외지로 간 사이에 노복으로 假裝을 하
여 그의 집에 머물다가 결국은 옥향을 꼬여 내어 경성으로 끌고 가
娼家에 팔아넘긴다. 이러한 사실을 모르고 미앙생은 염방과 즐거운
나날을 보내던 중에 그녀가 아이를 갖자 옆집에 있던 네 명의 여인
즉 香雲, 瑞香, 瑞玉, 花晨을 차례로 꼬여 그녀들과 관계를 맺는

다. 사실 이 여인들은 미앙생이 일찍 공부를 한다는 핑계로 廟에 머물면서 그곳에 찾아와 제사를 지내는 여인들 중에서 아름다운 여인들로 몰래 점찍어 기록해놓았던 것이다. 이렇게 몽매에도 그리던 여인들을 자기의 옆집에서 찾았으니, 향운은 옆집 수재의 측실이었으며 서향, 서운은 그녀의 사촌이고, 이들 여인의 남편들은 경성으로 가서 과거를 준비하고 있었으며 화신은 향운의 고모로써 나이 젊은 과부였다. 미앙생이 이들 여인과 음악을 즐길 때에 경성의 妓院으로 팔려간 옥향은 주인에게서 손님들을 접대하는 특별교육을 받은 후에 손님을 접대하며 생활을 하던 중에, 경성의 국자감에 와서 공부를 하고 있던 향운의 남편 軒軒者, 서향의 남편 臥雲生, 서옥의 남편 倚雲生 등을 만나 그들과 같이 기거를 하면서 그녀 역시 淫行과 快樂을 즐긴다. 후에 세 사람이 고향에 돌아와 그들의 부인들에게 경성에서 있었던 일들을 이야기 해주면서 경성에 천하절색의 명기가 있음을 이야기해 주니 여인들은 이러한 사실을 미앙생에게 전해준다. 경성에 천하의 명기가 있다는 말을 전해들은 미앙생은 호기심을 이기지 못하고 길을 재촉하여 기원에 도착한다. 자기를 찾는다는 부름을 받고 나온 옥향은 바로 자기의 남편인 줄을 알고서 부끄러움과 수치스러움을 이기지 못하여 목매어 자살한다. 옥향을 죽였다는 억울한 누명을 쓴 미앙생은 여러 사람들에게 죽도록 얻어맞고 기원에서 쫓겨난다. 이러한 일을 겪으면서 그는 크게 깨닫는 바가 있어 뒷일을 새곤륜에게 부탁하고 포대화상을 찾아가 출가한다. 한편 염방은 자기 집에 온 화상을 따라 도망을 쳤다가 새곤륜에게 붙잡혀 맞아 죽는다. 후에 새곤륜 역시 인과응보를 크게 깨닫고는 괄창산에 가서 출가한다.

　이 <肉蒲團>은 '음란함을 알리는 것'으로 인해서 그 이름이 나

있다. 작자가 작품의 앞부분에서 명백하게,

　　이 소설을 지은 사람은 원래 약간의 노파심이 있어 세상 사람들을 위하여 말하려고 하고 있다. 慾望을 적게 하라고 권하는 것이지, 욕심대로 하라고 권하는 것이 아니며; 음란함을 비밀스럽게 하라고 권하는것이지, 음란함을 알리는 것이 아니니 사람들은 그의 뜻을 오해하지 말라.(做這一部小說的人原具一片婆心, 要爲世人說法: 勸人息欲, 不是勸人縱欲; 勸人秘淫, 不是勸人宣淫, 看官不可認錯他的主意)

라고 하여 이 작품의 요지가 '勸人息慾', '勸人秘淫'에 있는 것 같으나 실제상 전 작품에 성에 대한 묘사가 아주 섬세하면서도 대량으로 남녀교합의 세세한 동작을 자연스럽게 묘사하고 있으니 그 효과는 작자의 宣言과는 정반대의 '勸人縱欲', '勸人宣淫'에 있다 하겠다. 그렇다면 문제는 작자가 도대체 무엇 때문에 이처럼 세세하면서도 생동감 넘치게 남녀지간의 일을 묘사하였는가? 작자는 이에 대해

　　근일의 인정은 聖人의 일들을 말하기를 두려워하나, 稗官野史는 즐겨보니 바로 패관야사속에서는 충신·효자·절개·의로운 일이나, 음란하고·사악하고·황당한 일들을 즐겨 들을 수 있기 때문이다. 색욕의 일로써 그를 즐겁게 하여 그가 기분 좋은 때를 기다려 갑자기 몇마디의 따끔한 말을 하여 그로 하여금 두렵게 한다. …… 그가 인과응보를 널리 알리는 곳을 볼 때를 기다려 가볍게 몇마디의 말을 해줌으로써 그로 하여금 분연히 크게 깨닫게 한다.(近日的人情, 怕講聖經賢傳, 喜看稗官野史, 就是稗官野史裏面, 又慶聞忠孝節義之事, 喜看淫邪誕妄之書, …… 就把色慾之事去欣動他, 等他看到津津有味之時, 忽然下幾句針砭之語, 使他惧然, …… 又等他看到明彰報應之處, 輕輕下一點化之言, 使他幡然大悟.)

라 하고 있으니 이것이야 말로 맹자가 말하는 바의 '就事論事, 以
人治人之法'이라 하겠다.

　소위 '음서'의 작자는 대개 자기의 '淫書'가 말하는 바의 '懲戒'
는 단지 '淫'을 그리기 위한 허울에 불과할 뿐이다. <肉蒲團>의 작
자의 辯도 이 범주를 벗어나지 못하고 있다고 보여진다. 특히나
<肉蒲團>의 작자는 '色慾'에 관하여 독특한 견해를 가지고 있으니
즉 그는 女色을 인삼에 비유하여 인삼이 아무리 좋은 약이라고 하
지만 그것을 적당히 먹으면 補가 되지만 過하게 취하면 害가 된다
고 이야기를 하면서 (只宜長服, 不宜多服, 只可當茶, 不可當飯,
……長服卽有陰陽交濟之功, 多服卽有水火相克之弊.), 여색도 이
와 마찬가지로 과도하게 여색을 탐해서는 안 된다고 경고하고 있다.
그러나 이와 같은 경고의 말이 있음에도 불구하고 이 작품은 그 표
현의 노골적인 이유 등으로 인해서 몇 차례의 禁毁를 당하게 된다.
<肉蒲團>은 <金甁梅>이후, 노골적인 성 묘사에 치중한 일련의 소
설 가운데 가장 문학적 가치를 인정받는 작품이다.

　중국의 艶情小說에는 동성애도 두드러지게 눈에 띈다. 고대중국
에서 동성애는 그 기원을 황제에게서 찾을 정도로 오랜 역사를 가지
며[120], 동성애에 관한 기록은 중국의 고대 역사저작 속에서 어렵지
않게 찾아 볼 수 있다. 무엇보다도 흥미로운 것은 기록 대부분이 동
성애를 적극 비판하기 위한 입장에서 쓰인 것이 아니라 상당히 중립
적이라는 점이다. 이러한 고대 중국사회의 동성애에 대한 인식을 張
在舟는 중립적 반대태도라고 설명하기도 한다. 그는 동성애에 대해
반대하는 태도는 주로 법률적 제재나 도덕적 책망의 형태로 드러나

---

120) 『閱微草堂筆記』卷十二에 인용된 "變童始於皇帝"라는 『雜說』의 언급에
　　근거한다.

기는 했지만 극단적으로 엄격하지는 않았기 때문에 비교적 관용적이었다고 말한다.[121] 비판적 입장을 드러내더라도 약간의 비판적 입장, 특히 동성애 자체에 대한 불만이라기보다는 제왕의 동성애 관계로 인해서 형성되는 권력의 집중과 그로 인한 폐해에 대한 비판인 경우가 많다. 고대에서 明淸代에 이르는 동성애현상의 변화과정을 보면 초기에는 동성애가 황실을 중심으로 성행했으나 점차 문인계층 내부로, 이후에는 서민층으로까지 확대되어 갔음을 알 수 있었다.

　明淸 이전의 작품 가운데 『詩經』의 詩, 魏晉時代의 詩, 宋元戲曲 등에서 동성애를 확인할 수 있다. 그러나 본고는 동성애 자체에 대한 인식이 뚜렷해진 명청대 백화통속소설에 한정하여 동성애를 고찰해보려 한다. 명청대 소설장르의 발전은 歷史, 公安, 英雄, 神魔, 世情 등 다양한 제재의 작품으로 나타났다. 그 가운데 주로 남녀의 애정과 일상생활을 다룬 세정소설은 당시 사회의 자유방임에 가까웠던 성풍조의 영향을 받으며 성을 보다 대담하게 다루기 시작한다. 동성애 역시 晚明時期의 縱欲風潮를 형성한 중요한 요인이었고,[122] 이 시기 탄생한 소설에 많게 혹은 적게 반영되었다. 남성 동성애를 다룬 명청대 소설은 크게 동성애에 대한 부분이 작품 속에 차지하는 경중에 따라 다음의 두 가지 부류로 나눌 수 있다. 동성애가 작품이 주요 주제가 아니라 다른 주제를 드러내기 위한 보조적 장치로서 사용된 경우와 본격적인 작품의 주제로서 다루어진 경우가 그것인데, 여기서는 해당하는 주요 작품의 내용을 간단히 소개한다.

　<肉蒲團>의 동성애는 주로 주인공 未央生에 집중되어 있다. 미앙생은 자신의 성기가 短小해서 외간 여인네를 만족시키지 못할까

---

121) 張在舟, 『曖昧的歷程 - 中國古代同性戀史』, 鄭州, 中州古籍出版社, 2003, pp.19-22.
122) 吳存存, 『明淸社會性愛風氣』, 北京: 人民文學出版社, 2000, p.114.

두려워 확장수술을 감행한 후 갑자기 淫心이 동해서 가까이 있던 하인 書筒와 劍鞘를 여자로 여기고 관계한다. <肉蒲團>에서 동성애는 서사를 이끌어가는 주요 동인이며 주인공이 동성애자인 소설을 말한다면 明代 天啓年間에 나온 <童婉爭奇>는 그 대표적인 소설이 되겠다. 동성애가 성행하면서 번화해진 南院 長春苑을 배경으로 한 이 작품의 출현은 당시 동성애가 상당히 일상적인 성생활중의 하나로 용인되어 가고 있음을 보여준다. 이후 崇禎年間에는 보다 성숙하게 동성애를 다룬 <龍陽逸史>, <弁而釵>, <宣春香質>이 등장하는데 이러한 작품들은 본격적인 동성애소설이라고 부를 만하다.

<龍陽逸史>는 日本 佐伯文庫에 전하며 전20회로 구성되어 있고, 작가로 京江醉竹居士라는 이름이 서명되어 있다. 龍陽군의 이름에서 유래한 동성애 호칭인 용양을 제목으로 삼고 있는데서 짐작할 수 있듯이, 明代 '小官'이라고 불리던 동성애 관계에서 보수를 받고 피동적 역할을 담당했던 소년들의 이야기이다. 대개 미천한 신분이었던 소관들은 고객과 主僕관계를 맺어 남의 집 하인으로 들어가거나, 공개적인 기원이라고 할 수 있는 南院에서 賣淫을 하기도 했다. <龍陽逸史>는 바로 이러한 소관들의 생활면모와 당시 동성애를 즐기던 사람들의 동성애에 대한 인식이 반영되어 있다. 가난한 집안형편으로 소관이 된 소년들의 불행한 결말, 남성임에도 오락의 대상으로서의 복종과 굴종으로 상징되는 여성적 역할을 해야 했던, 남성도 아니고 여성도 아닌 제3자로서의 고달픈 삶과 동성애에 대한 당시 사회의 이중적 시선 등이 묘사되어 있다.

뿐만 아니라 <弁而釵>는 4집 20회로 구성되어 있고 醉西湖心月主人이라는 이름이 서명되어 있다. 集名은 情貞, 情俠, 情烈, 情奇이며, 각각 5회씩 구성되어 있다. 4개의 集名에서 모두 '情'을

사용하고 있는데서 작가는 동성애도 '情'의 범주 안에 포함시키고자 했음을 알 수 있다. 당시 사회에 존재하는 다양한 동성애관계, 이를테면 친구, 同窓, 主僕, 師生간의 동성애 이야기가 수록되어 있으며 이 가운데에는 자못 감동적인 것이 적지 않다. 동성애관계인 두 사람 간에 이루어지는 사랑의 고백과 맹세, 상대방의 死後에도 이어지는 양육과 수절 등에서 작가가 동성애를 성의 유희가 아니라 진정한 감정으로 받아들이고 있음을 짐작케 한다.

<宣春香質>는 <弁而釵>와 체재와 풍격이 거의 일치하여 동일한 작가의 작품으로 추정된다. <弁而釵>와 마찬가지로 4집 20회로 이루어져 있으며, 風, 花, 雪, 月을 集名으로 하는데, 매 集마다 한 小官의 일생이 5회 분량으로 서술된다. 비천한 집안 출신이나 재색을 겸비한 미소년이었던 소관이 學塾, 私塾에서 문인들과 동성애관계를 갖는 과정, 혼란한 사회변동에 얽힌 곡절 많은 삶이 묘사되는데 어떤 이야기는 前生과 後生으로 이어지기도 한다.

동성애를 부분적으로 묘사한 상당수 明淸 소설에서는 대개 작중인물의 음란성을 강조하기 위해 동성애를 이용하는 경우가 많다. 예를 들어 <肉蒲團> 제8회에서 미앙생이 성기확장수술을 받은 후 갑자기 음심이 동해서 곁에 있던 남자 하인과 관계한다든가, <金瓶梅>의 淫夫들이 여색과 남색을 가리지 않는 것으로 묘사한 것은, 모두 작가들이 동성애행위를 주인공의 음란성을 드러내는 차원에서 비판적으로 접근하고 있음을 드러낸다.

전반적으로 볼 때 중국의 艶情小說은 다음과 같은 면에서 한국의 경우와 변별성을 갖고 있다. 이를테면, 우선 艶情小說이라는 개념에서부터 그 변별성을 찾아볼 수 있다. 한국의 艶情小說은 주로 남녀의 애정을 주제로 한 작품을 말하지만, 중국에서의 艶情小說은 순수한 애정보다 농염한 이야기 스토리를 말한다.

다음 한국에서의 艶情小說은 그 성적인 묘사가 극히 은밀하고 완곡적인 표현을 하지만, 중국에서의 艶情小說은 보다 노골적이고 직설적인 묘사로 작품에 표현된다.

마지막으로 중국의 艶情小說은 동성애를 다룬 작품이 많지만, 한국의 경우는 극히 적거나 또는 거의 없다.[123]

결론적으로 말하면 중국의 艶情小說이 艶情小說 그 자체로 남았다면 한국의 艶情小說은 보다 많이 才子佳人小說에 근접한 양상을 나타내고 있다.

---

123) 한국은 조선후기인 18세기 〈赤壁歌〉 등 판소리계열소설에서 일부 동성애적 요소를 보이다가 근대에 들어서면 〈방한림전〉 같은 본격적인 동성애소설들이 나오기 시작한다.

第4章 基本 모티프 樣相比較

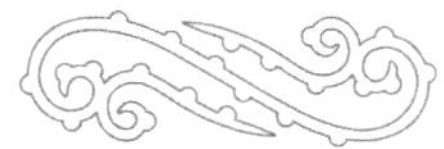

　韓·中 才子佳人小說은 그것이 才子佳人小說이라는 질적 규정성 차원에서 볼 때 많은 비슷한 모티프들이 나타난다. 그러나 좀 구체적으로 따져보면 조선조와 明淸이라는 나름대로의 사회환경 및 민족적 성향 때문에 부동한 양상도 눈에 띤다. 그럼 아래에 주로 異人異界 모티프, 勒婚 모티프, 一夫多妻 모티프 차원에서 부동한 양상들에 대해 구체적으로 살펴보도록 하자.

第1節 異人異界 모티프

　동서양을 막론하고 중세소설에서 異人異界는 보편적인 모티프로 등장한다. 그러나 그 구체적 양상은 다른 줄 안다. 韓·中 才子佳人小說만 놓고 보아도 異人異界가 개입하고 있는 구체적인 양상은 좀 다르다.

　중국의 <玉嬌梨>에 등장하는 異人을 보면 점을 매우 잘 치는 것으로 유명한 채신선이라는 인물이 등장한다. 소우백은 여정 중에 채신선의 뛰어난 예언 능력을 우연히 알게 되고 자신의 앞날을 알아보기 위해 가던 길을 멈추고 그를 찾아 예언을 듣는다. 채신선은 조선조 才子佳人小說에서 등장하는 도사들과는 성격이 약간 다르다. 조선조 才子佳人小說에서 도사는 도술을 사용하거나 신비한 재주가 있어, 앞날을 예언하고 위기에 처한 주인공을 도와주는 역할을 수행하는 반면, 채신선은 점을 통해 앞일을 예연하고 있다. 조선조 才子佳人小說에서만큼 적극적이지는 못하지만 채신선도 소우백에게 앞으로 갈 길을 알려주어 소우백이 좀 더 빨리 佳人들과 인연을 맺을 수 있도록 도와주는 것이다. 그러나 도술로써 주인공을 살려주거나 앞일을 예언하는 조선조 才子佳人小說에서의 도사들에 비해 채신선의 모습은 매우 현실적인 才子佳人小說에 걸 맞는 異人의 모습이라고 할 수 있다. 그리고 한국의 경우 才子佳人小說에 있어서 전란으로 인한 才子佳人의 離散의 모티프124)가 자주 등장하는데 離散된 才子佳人들을 다시 결합시키는데 원혼들의 제한부적인 환생이나 꿈에 異人의 계시가 중요한 구성 구성요소로 등장한다. <李生窺墻傳>에서 전란으로 죽은 최랑은 冤魂이 되어 저세상으로 가지 못하고 떠돌다가 환생하여 이생과 못 다한 사랑을 다 하고 저세상으로 갔다. 여기서 冤魂관념 및 冤魂의 解冤은 다분히 한국의 전통적인 무속신앙에 기초한 것으로 영혼의 존재 및 그것의 활동에 의한 이색적인 색채가 진하다. <周生傳>이나 <崔陟傳>에서는 주인공이 꿈에 나타난 도선적인 異人의 계시에 따라 사랑하는 사람을 찾아 나선다. 물론 중국의 才子佳人小說에서 이런 요소가 나타나지 않은 것은 아니다. 특히 초기 일부 비극적인 才子佳人小說에

---

124) 이것은 한국의 일종 비극적인 역사적 현실의 한 반영에 다름 아니다.

이런 요소가 잘 나타난다. 그러나 그것은 <嬌紅傳>의 경우처럼 죽은 남녀주인공의 환영이 여주인공의 계모 같은 제3자의 눈에 비쳤을 뿐으로 필수불가결의 중요한 요소로 등장한 것은 아니다.

異界는 조선조 才子佳人小說에서는 자주 등장하는 모티프이다. 異界를 설정하고, 도술이나 환술을 통해 작품의 흐름에 영향을 주는 모습은 조선조 才子佳人小說에서 더욱 적극적으로 나타난다. 이 점은 <九雲夢>에서 가장 집중적으로 보게 되는데 '연화도량'에 살던 성진이 꿈에서 다른 삶을 살았다가 깨어나는 <九雲夢>의 환몽구조는 이 작품의 가장 큰 틀이자 중심이다. 이 구조는 다른 작품에서 異界의 개입이 사건의 전개나 해결에만 영향을 미치는 것과는 달리 작품 전체의 주제와 사상에까지 영향을 주고 있으므로 매우 적극적으로 異界가 개입한다고 할 수 있다. 보다시피 <九雲夢>에서는 아예 주인공이 仙界의 사람이라고 서두에서 설정해 놓고 있다. 이 설정 때문에 성진이 양소유로 화하여 인간세상에서 지내고 있을 때에도 異界가 끊임없이 개입하고 있으며, 이것을 작중인물이나 독자 모두 자연스럽게 받아들이고 있다. <洞仙記>의 경우도 보면 남녀 주인공 서문적과 동선이 운명적 결연을 맺으나 전란과 악인의 중첩된 애정장애로 혹독한 시련을 겪고 나서 仙界로 숨어들고 만다. 이 작품은 道仙적 제재를 전면적으로 활용한 작품이란 점에서 특징적인데 이로 인해 적강형 애정소설로 보아 손색이 없을 정도이다. 이 작품에서 서문적은 呂洞賓의 幻身이고 동선은 적강 선녀로서 둘의 운명이 천상계의 질서에 의해 선험적으로 규정되어 있는 것으로 나타난다. 둘의 결연에 천상계의 논리가 개입하는가 하면, 마찬가지로 천상계의 질서에 따라 쓰라린 역경 끝에 함께 선계를 밟는다. 주인공 남녀의 모든 현실적 삶은 예고된 운명이자 속죄의 과정이라고 할 수 있다. 때문에 전란과 악인이라는 중층적 애정장애요소가 두 주인공의 삶을 매우 강도 높게 짓누르는 양태로 전개되지만 그것은 어디까지나 주인공의 애정을 돋보이게 하는 장치에 불과하다. <雲英傳>도 보면 김생이 몽유자 유영에게 자신은 지금 삼청궁에 올라 운영과 함께 옥황상제의 향안을 모시고 있다는 요지의 말을 들려준다. 여기서 애초 수성궁의 운영과 김진사는 천상에서 적강한 신선계 인물이었고 사후에도 신선이 되어 선계로 복귀했음을 알 수 있다. 그리고 궁녀들이 浣紗 장소를 두고 신경전을 벌일 때 "우리 열 사람은 필시 삼청궁의 선녀였는데 <황장경>을 잘 못 읽어 인간세상에 적강했을 게야"125)라고 한 紫鸞의 말로 미루어, 나머지 아홉 명의 궁녀들도 적강 선녀들임을 알 수 있다. 보다시피 <九雲夢>도 좋고 <洞仙記>, <雲英傳>도 좋고 한국 才子佳人類 小說에서 異界는 현실적 삶의 역정이 천상질서에 의해 선험적으로 규정되는 액자형 소설의 특성을 나타내기도 한다.

그러나 중국 才子佳人小說에는 異界, 혹은 환상적이거나 초월적인 공간이 거의 설정되어 있지 않다. 환상적이거나 초월적인 모습이 간혹 나타나기는 하나 그것은 예언이나 점괘, 꿈 등으로 才子와 佳人의 만남이 예언되는 정도일 뿐, 실제로 사건이 일어나고 진행되며 해결되는 공간은 철저하게 현실 그 자체이다. 도사나 스님 등으로 구현되는 비범한 능력, 혹은 도술이나 환술을 가진 인물도 거의 등장하지 않고, 설혹 등장한다고 해도 그 역할은 매우 미미하다. <平山冷燕>과 <好逑傳>에 등장하는 승려들은 예언 능력조차 없는 일반적인 스님으로 작품의 조연에 불과하다. <平山冷燕>에 등장하는 보혜화상은 山府 근처에 사는 승려로 연백함과 평여형이 산대를 찾으러 가

---

125) 紫鸞曰, "… 吾徒十人, 必是三淸仙女, 誤讀黃庭經, 謫下人間."

는 중에 山府와 연관이 있는 보혜화상의 절에 잠시 머물게 된다. 이 때의 인연 때문에 후에 조정에서 연백함과 평여형을 수배할 때 보혜화상은 그들의 얼굴을 안다는 이유로 조정에 붙잡혀 두 사람을 찾아 다니던 중 그들을 발견하여 조정에 넘긴다. 이 정도, 즉 지극히 사실적인 행각이 보혜화상이 작품에 관여하는 정도이며 후에 그가 어떻게 되었는지에 대해서는 나타나지 않는다. <好逑傳>에 등장하는 독수화상도 역시 평범한 스님으로 철생을 위기에 빠뜨리고자 하는 지현에게 부탁을 받고 철생을 배탈이 나게 하여 자신의 산사에 가두는 역할을 한다. 독수화상의 등장은 이것이 처음이자 마지막이며, 보혜화상과 마찬가지로 그 후 독수화상의 행적이나 후일담은 언급되지 않는다.

이것은 중국에는 오래전부터 본격적으로 귀신과 신비한 일들을 다룬 소설이 성행하고 있었기에 굳이 才子佳人小說에서 이를 다룰 필요가 없었던 것이 아닌가 여겨진다. 노신에 따르면 육조시대에 이미 귀신과 신비한 이야기에 관한 이른바 志怪小說이 크게 유행하였는데, 이는 당시 사람들이 사람이나 귀신이 모두 실재한다고 생각했기 때문에, 기이한 일을 서술하는 것과 인간 세계의 일상사를 기록하는 것에 대해서 진실과 허망함의 구별을 두지 않은 데 기인하는 것으로 해석하고 있다. 才子佳人小說이 성행하던 시기와 더불어 神魔소설이 유행하였는데, 대표적인 작품으로는 명나라 초기의 <平妖傳>을 선두로 하여, <西遊記>, <奉神傳>, <三寶太監西洋記> 등이 있다. 이 작품들에는 귀신, 요괴 등이 등장하여 싸움을 하거나, 법술을 사용하여 외국을 쳐부수는 등의 현실과는 동떨어진 이야기들이 펼쳐지고 있다. 즉, 明代 초기부터 청대 초기까지 중국의 소설은 異界에서 벌어지는 일을 기록한 것과 인간 세상에서 벌어지는 일을 기록한 소설로 양분화 되어 주류를 이루었기에 구태여 才子佳人小

說에서까지 異界의 일을 다루지 않은 것임을 짐작할 수 있다.

궁극적으로 중국의 소설이 才子佳人小說과 신마소설로 나뉘어져 본격적으로 각자의 영역을 구축했던 것과는 달리, 조선조 才子佳人류 小說은 굳이 이렇게 나눠지지 않고 혼재되었던 것으로 보인다. 조선조 시기 중국의 神魔小說과 才子佳人小說은 거의 동시에 유행하던 것인바, 조선조에서 才子佳人小說이 창작될 때 한 작품에서 중국 소설들의 여러 유형의 모습이 나타난 것으로 볼 수 있다.

第2節 勒婚 모티프

勒婚이란 혼인을 맺을 때, 어느 한쪽에서 권력이나 재물 등의 힘을 가지고 혼인을 강요하여 혼사가 성립되는 것을 말한다. 이때 당사자나 그 가문은 혼사를 원하지 않거나 반대하지만, 상황에 의해 어쩔 수 없이 혼인하게 되고 이로 인해 갈등이 일어나기도 한다. 사회학자들의 연구에 의하면 이런 勒婚적 혼인요소는 일찍 원시종족시대에 종족의 순결을 지키기 위하여 자아 종족 내에서만 혼인을 강요한데까지 거슬러 올라갈 수 있다고 한다. 그러나 이런 勒婚은 사실 남녀의 자주적 혼인이 허용되지 않고 '父母之命, 媒約之言'에 의해 그 혼인이 이루어지는 중세봉건사회에 勒婚이 성행한 것으로 볼 수 있다. 특히 상류측, 더 나아가 통치집단 내에서 혹은 국교를 위한 정략결혼은 변상적인 勒婚의 형태로 볼 수 있다. 한국과 중국의 才子佳人小說에서 혼인 당사자들은 대개 상류층의 才子佳人인 만큼, 특히 그 재자가 과거에 급제하고 입신양명하며 정계에 들어서게 되는 대목에 있어서 그 혼인은 당사자의 스스로의 의지에 의해 좌우지되는 것은 아니다.

한국과 중국의 才子佳人小說에서 勒婚은 여러 양상을 보이고 있다. 이 가운데 절대자인 황제에 의해 이루어지는 경우가 많다. 이런 勒婚은 혼인 전부터 심각한 갈등이 야기되어, 한 집안이 몰락할 정도로 큰 위기가 찾아오기도 하고, 작품 내내 이로 인한 갈등과 사건이 끊이지 않는 경우도 있다. 한국의 경우 <九雲夢>에서는 난양공주와의 혼인을 거부한 양소유가 감옥에 갇히는 심각한 상황이 벌어지기도 한다. 중국의 경우 <平山冷燕>에서는 황제가 명령한 勒婚의 상대가 이미 마음에 두고 있었던 상대였기에 갈등이 심각하게 나타나지 않지만 한 바탕의 소란을 피우기는 마찬가지다. 그리고 <好逑傳>에서는 황제가 혼인한 후에도 동침하지 않는 철중옥에 대해 수빙심과 다시 혼인할 것을 명령한다. 이 작품에서 남주인공은 이른바 도덕을 지키기 위해 혼인을 거부했던 것에 황제가 도덕적인 행동임을 인정하고 혼인을 명한 것으로 결국 혼사가 이루어지는 경우를 볼 때 이것은 좀 특이한 勒婚이라고 볼 수 있다.

才子佳人小說에서 勒婚은 왕왕 정치적 세력다툼으로 번지기도 한다. 청춘남녀들의 사랑을 정략적으로 이용하는 것이었다. 이를테면 <玉嬌梨>에서 백현이 양어사의 혼담을 거절하자, 이에 분개한 양어사가 권력을 이용하여 백현을 오랑캐 나라의 사신으로 보내는 사건이 발생한다. 양어사는 당대의 권력가인 왕태감의 편에 있었는데 왕태감은 자신의 권력을 이용하여 이익을 챙기는 간신이었다. 이에 반해 백현, 소어사, 오한림 등은 이런 간신들을 반대하여 정면으로 충돌하는 충신들이다. 보다시피 이 작품에서는 충신과 간신의 충돌 속에 才子佳人의 사랑이 勒婚에 휘말려 들어갔다. <好逑傳>에서도 과기조는 수빙심과 혼인하기 위해 권력을 이용하여 갖은 계략을 쓰고, 勒婚도 해본다. 이것은 수빙심이 철중옥과 혼인한 후에도 계속되지만 결국 수빙심의 재치와 철중옥의 반발에 성공하지 못한다. 상대적으로 놓고 볼 때 중국의 才子佳人小說에서의 勒婚이 정치적 색채를 많이 띤다면 한국의 才子佳人類 小說에서는 <王慶龍傳> 같은 데서 보다시피 가족의 부모에 의한 勒婚 요소가 돋보인다. 이것은 일종 한국의 전통적인 독특한 가족주의의 한 표출로 보아 무방할 줄로 안다. 일종 부모들의 사랑과 당사자의 사랑이 빗나간, 그러면서도 그 내면에는 혈연의 사랑으로 끈끈히 연결된 아이러니를 빚는 양상을 나타내고 있다. <王慶龍傳>에서 왕경룡과 정실부인과의 관계는 전적으로 부모들의 '勒婚'에 의해 유지된다. 그렇다보니 그것은 名存實亡의 형식적 부부관계에 불과하였다. 왕경룡이 부모들의 勒婚을 뿌리치고 사랑의 기선을 자기도 모르게 옥단춘에게 돌리는 데서 <王慶龍傳>의 사랑이야기는 한층 더 감칠맛이 난다.

한국과 중국의 才子佳人小說에서 勒婚 모티프는 필요불가결의 요소는 아니지만 이야기가 끝나 듯 하다가 서사의 새로운 국면을 조성하고 이야기의 폭을 넓히며 흥미를 유발하는 장치로 효과적으로 작용하고 있다.

第3節 一夫多妻 모티프

一夫多妻를 그린 才子佳人小說의 공통점을 꼽는다면 才子가 여러 명의 아내를 두는 것에 대해 의문을 품거나 질투를 하는 佳人은 없다는 것이다. 도리어 才子를 위해 재주 있는 다른 여자를 물색하곤 한다. 가령 그 여자가 자기보다 더 재주 있고 미모가 뛰어나 여성 본연의 질투심이나 경쟁심보다는 오히려 기뻐하고 자신이 주선하여 한 남자를 섬기자고 제안까지 한다. 통계적으로 보면 才子佳人小說에 있어서 한국은 100%프로에 가까울 정도로, 중국 명청의 경우도 <平山冷燕>과 <好逑傳>을 제외한 거의 모든 작품에서 一夫多妻의 모습을 나타내고 있다.

물론 한국이나 중국을 막론하고 才子佳人을 제외한 기존의 문학 작품에서 一夫多妻제를 그린 소설이 없는 것은 아니다. 그러나 그 것은 남성중심의 가족 관계의 틀 속에서 어쩔 수 없이 그래서 고통 받는 여성들의 분란과 갈등의 모습을 종종 표출했다. 한국의 <謝氏南征記>는 분명 사정옥이 스스로 달갑게 교채란을 끌어들인다는 점 에서는 才子佳人小說과 비슷한 점이 있다. 그러나 사정옥이 임신 이 되지 않는 상황 하에서 '無后'가 축출의 가장 큰 징크스로 되고 있는 당시 유교적 분위기 속에서 그가 소실로 교채란을 천거함은 어 쩔 수 없는 선택으로 보아야 할 것이다. 이 점은 才子佳人小說에 서 佳人들이 애초에 적극적으로 一夫多妻제를 수용하여 갈등이 생 길 여지 자체가 차단되어 있다. 그래서 처첩들이 화기애애하게 지내 는 양상과 비슷한 점이 있다. 한국의 <九雲夢> 등 작품들에서 妻 妾들 사이를 보면 葛藤이 일어나기는커녕 자매 혹은 친구 사이로 가장 친절하게 지내는 모습을 보여준다. 이들은 타의에 의한 一夫 多妻가 아니라 자신들이 한 남자의 아내가 되기를 원한, 능동적인 一夫多妻의 모습을 보인다. 이것을 중국의 <玉嬌梨> 등 작품들에 서는 기껏 두세 명의 여인이 함께 한 남자를 섬기며 아내가 되기를 바라는 경우와 비교해볼 때 一夫多妻, 妻妾 간의 조화로운 모습은 조선조의 才子佳人小說에서 그 도가 더 높다.

그러나 이런 一夫多妻의 화기애애한 모습이 一夫多妻제의 강압적인 倫理道德적 배경하에 여자들이 내면의 진실한 욕망을 숨긴 허상에 불과하다. 또는 프로이드 식의 억압된 욕망의 만족으로서 남자들 무의식의 백일몽적인 환상에 다름 아니다. 사실 한국과 중국의 才子佳人小說 작가들을 보면 남성의 세계에서 소외된 남성 작가들로서 그들은 '才子'와 '佳人'을 통해 자기 확인을 하려 했던 것으로 파악된다. 재주 있으나 여성이라는 이유로 틀 안에 갇힌 것을 억울해 하는 佳人을 통해 자신의 소외의식을 보여주는 것과 동시에 완벽한 佳人의 묘사 및 원만한 一夫多妻制의 사랑이야기로 여성에 대한 남성들의 기대의식을 표출했던 것으로 볼 수 있다.

사실 <謝氏南征記>에서 교채란의 사랑妬忌, 그리고 모성애에 불타는 배타적인 내 새끼 챙기기 등은 어쩌면 여성들의 내면의 가장 진실한 면모일 것이다. 중국의 明淸時期 많은 애정소설에서 複婚 모티프는 심심찮게 있어 왔고 특히 才子佳人小說에서 그것이 하나의 기본 인물구도를 이루는데 가인들이 才子의 신의를 대수롭지 않게 생각하는 것이 아니라 끊임없이 才子의 마음을 시험하고 확신을 요구하는 모습들에서 잘 나타난다. <金雲翹傳>에서 여주인공 王翠翹는 남편 束守의 본부인 宦氏의 지나친 질투로 인해 속수와 생이별하고 노비로 전락하는 등 엄청난 고초를 겪126)는 모습이든가 <金

---

126) 才子佳人小說 중에는 佳人과의 혼인을 요구하던 小人이 그 결과 엉뚱한 여자와 혼인하여 곤욕을 치르는 장면이 종종 묘사된다. 〈定情人〉, 〈好逑傳〉, 〈醒風流〉, 〈宛如約〉 등의 작품에서 그러한 예를 찾을 수 있는데 소인과 결혼하는 여자들은 한결같이 드세고 질투심이 강하다. 〈定情人〉에서는 정체가 탄로 난 가짜 佳人은 오히려 "발에 걸려 공작 넘어지자 그 기회를 타고 공자 몸 위에 걸터 앉고 꽉 누르고 놓아주지 않았다." 결국 소인들은 가짜 佳人들의 위세에 눌리고 가짜 佳人과 결혼함으로 인하여 佳人과 결혼하려던 그들의 시도가 좌절되어 못생기고 질투심 강

瓶梅>에서 처첩들 사이의 아귀다툼도 같은 맥락에서 이해할 수 있다. 그래서 이런 一夫多妻制를 기본 인물구도로 한 일반 애정소설이나 才子佳人小說이 비극으로 끝나는 것이 당연한 생활의 논리일 것이다. <金瓶梅>에서 처첩들 간의 모순 등으로 결국 서문경의 온 가정이 풍비박산이 되는 비극으로 끝나는 것은 사실주의문학의 진정한 면모를 잘 보여주고 있다.

그러나 한국도 좋고 중국도 좋고 才子佳人小說에서는 이런 사실주의적 비극을 낭만주의적 희극으로 뒤집고 있다. 이른바 해피엔딩이 그것이다. 물론 한국이나 중국의 애정소설 내지 才子佳人小說에서 비극으로 끝난 작품이 없는 것은 아니다. 한국의 경우 김시습의 《金鰲新話》에서 <萬福寺樗蒲記>, <醉遊浮碧亭記>은 그만 두고라도 才子佳人小說에 가장 근접한 <李生窺墻傳>만 놓고 보더라도 여주인공은 전란에 죽어 원혼으로 떠돌다가 결국 저세상으로 가고 남주인공도 시들시들 앓아서 죽고 마는 비극으로 끝난다. 중국의 경우에는 보다 많이 남주인공의 '負心'에 의한 婚變모티프로 비극으로 끝난다. 명청의 본격적인 才子佳人小說의 前 단계로 볼 수 있는 唐의 傳奇에는 비극이 많다. <霍小玉傳>은 전형적인 보기가 되겠다. 이런 작품에서 '負心'한 남주인공은 비도덕적인 것으로 비난의 대상이 된다. 그래서 <霍小玉傳>의 남주인공은 소옥의 원혼에 의해 不得好死한다. 전반적으로 한국이나 중국의 才子佳人小說을 그 발전계보 상에서 볼 때 분명 비극으로부터 희극으로 흘러간

한 가짜 佳人만으로 만족하게 된다. 그런 반면 才子가 두 명의 여자와 동시에 결혼하는 것이 전혀 문제가 되지 않는데 이는 상당 부분 질투하지 않는 佳人들의 '덕성' 때문이기도 한다. 즉 佳人이 질투하지 않는 것은 그녀가 바로 佳人이기 때문이지만 그렇지 못한 여성들은 남편을 말 그대로 '깔아 뭉개고' 질투심이 강하다는 메시지이다.

양상을 나타내고 있다. 중국의 경우 明末淸初의 才子佳人小說에 이르면 남성의 重婚에 대한 비난이 오히려 여성의 질투에 대한 비난으로 전환된 것은 이것에 대한 좋은 주석으로 된다.

第5章 結 論

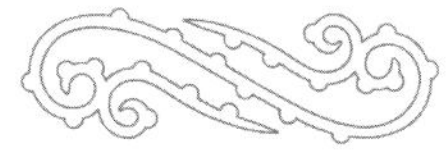

　본고는 韓·中才子佳人小說류를 비교 연구함과 동시에 한국에서의 才子佳人小說 개념입지를 굳히려는 마음에서 출발하였다. 명청 시대는 중국의 소설사에서 상당한 변화의 시기였다. 뿐만 아니라 한국의 소설사에서도 17세기는 才子佳人小說에 대한 명확한 개념규명이 없는 상황에서도 이들의 수용과 더불어 자생적인 부류에 속하는 애정소설이 매우 발달한 시기였다고 할 수 있다. 본고에서 어떤 면에서는 才子佳人小說 형식을 많이 벗어났지만 일단 재자와 가인의 애정을 중심으로 한 작품이라면 그것을 모두 才子佳人小說에 포함시켰기에 범위가 넓다고 할 수 있고 크게 무리하지 않을 것이라 본다. 여기서는 주로 才子佳人小說의 흐름을 타면서 초기, 중기, 후기에서 보이는 비슷한 시기 비슷한 형식의 작품들을 선정하여 비교분석하여 내실을 굳히려고 했는데 생각과는 달리 원천적인 연구에 깊이 들어가지 못했다는 점이다.

　지금까지의 논의를 살펴보면서 韓·中 才子佳人小說을 비교하는 과정에서 나타나는 문제와 그 연구에 대해 아래와 같이 총 정리해 본다.

　제1장은 韓·中 比較文學에 대한 흐름을 간단하게 짚어보고 그

연구 경향에 대한 반성에서 시작하였다. 결과 韓·中才子佳人小說에 대한 비교연구는 거의 없거나 극히 적었다. 그 대안으로 먼저 才子佳人小說에 대한 개념을 정하고 韓·中才子佳人小說류 연구범위를 확정하여 비교연구를 진행하기로 하였다.

제2장 才子佳人小說 개념과 형성과정을 고찰했다. 韓中才子佳人小說은 構造特徵상 1)주인공: 귀족집안의 용모와 재주를 갖춘 미혼 남녀인 재자와 가인. 2)슈제트전개: 재자가인이 一見鍾情하나 소인배의 장애가 뒤따라 파란곡적을 겪되 대개 재자의 입신양명으로 재자와 가인의 혼인이 이루어지고 大團圓으로 끝난다. 3)형식: 20회 정도의 장회체 중편소설이어야 하고, 4)언어: 기본적으로 白話文이나 종종 文言이 곁들어진다. 5)장치: 詩詞 및 가인의 시비가 재자와 가인의 인연에 매우 중요한 매치작용을 했다. 이로부터 중국 才子佳人小說의 표준형 및 그 변이형에 비추어 한국의 才子佳人小說을 개관해봤을 때 물론 한국의 대표적인 才子佳人小說이라고 할 수 있는 한문소설 가운데 <紅白花傳>을 비롯한 중국 才子佳人小說의 번역·번안형에 속하는 표준형도 눈에 띄었지만 보다 많이는 변이형이 눈에 띄었다. 그리고 조선후기 국문 애정소설만을 주목할 경우 애정소설과 才子佳人小說은 서사전개나 인물유형 면에서 유사했다. 임갑낭이 열거한 국문애정소설은 <淑香傳>, <白鶴扇傳>, <淑英娘子傳>, <權龍仙傳>, <尹知敬傳>, <梁山伯傳>, <雙美奇峰>, <彩鳳感別曲>, <洞仙記>, <玉丹春傳>, <李進士傳>, <月下仙傳>, <南原古詞>, <靑年悔心曲>, <紅白花傳> 등 18편은 그 보기가 되는데 이것으로 才子佳人小說을 규명지어도 무방하다고 보았다.

제3장에서는 才子佳人小說 발전계보와 제 양상들을 3단계로 나

누어 살펴보았다. 우선 초기才子佳人小說 중에서 재자와 가인의 결연과정에서 다양한 갈등양상을 보인 <嬌紅傳>, <韋敬天傳>, <周生傳>, <霍小玉傳> 등을 비교하면서 살펴보았는데, 여기서 주로 남녀주인공들의 믿음과 배신에 대해 주목하였다. 탐구해 결과 배신으로 인한 결말은 당연한 비극적인 결과로 나타났지만, 믿음으로 인한 결말 역시 배신과 같은 비극적인 결과를 보였다. 또한 남녀 애정에 있어서 유교윤리와 갈라놓을 수 없었다. 이것 역시 당시의 혼인에 있어서는 큰 장애요소로 되었다. 초기소설에서 보면 주요하게 남성은 비교적 소심하며 즉흥적이고 호색적으로 나타나고, 여성은 대부분 적극적이고 순정적으로 묘사되어 있다. 다음 전란으로 인한 갈등 또한 빼놓을 수 없는 비극을 초래할 수 있었던 것으로 나타났다. 그러나 제2절에서 중기소설에 들어오면서 이러한 비극적인 결말이 다소나마 극복되고 해피엔딩의 결말을 보이고 있다는 것이 그 주요 특점으로 되는데 그것들을 대표하는 작품이 바로 <平山冷燕>, <白鶴扇傳>, <紅白花傳>, <玉嬌梨> 등이다. 여기서 주로 재자들의 혼인관인데 이들은 부귀영화나 출장입상에는 관심이 없고 가인을 만나 아름다운 인연을 맺는 것만을 인생의 목표로 두고 있다. 대다수의 재자가 色, 才, 情 삼자가 일치되는 혼인관을 제시하고 있으며 그 중에서도 특히 정을 강조하고 있다는 것이다. 반면, 才子佳人小說에서 가인 역시 한몫 차지하는 주요인물로서 가인으로서의 형태를 벗어나 재자로서의 성격을 소유했다는 점이 한 특징으로 되겠다. 才子佳人小說에서의 가인들의 역할은 여성으로서의 역할과 자신의 삶의 근거를 떠나 남성으로서도 도달하기 어려운 기능의 역할을 한다는 것이 그 특점이다.

제3절 후기소설에서는 가문소설적 변모, 가인의 열녀화로의 변모,

艶情소설적 추향을 비교하면서 살펴보았다. 이 시기의 소설에서는 개인적인 갈등보다는 주로 부부 갈등을 보여주면서, 서로 다른 가문의 사람이 만나 한 가문을 어떻게 유지 발전시켜 나가는지에 대해 초점을 맞추고, 다양한 부부 갈등을 보여주는 한편, 강력한 아버지의 권리를 보여주면서 가문을 유지시키는 이상적인 모습을 보여주는 것이다. 개인보다 집단, 즉 가문을 중시하고, 남성이 중심이 되는 가부장적 이데올로기를 강조하면서, 혼인 후에 일어나는 갈등을 통해 가문의 안정과 영화를 추구하는 문제를 다루는 한국소설의 모습은 중국 才子佳人小說의 변모와 구별되는 독자적인 특성으로 볼 수 있다. 또한, 한국과 중국의 才子佳人小說류 작품들을 보면 후기로 오면서 여주인공인 가인의 열녀화의 경향이 뚜렷이 나타난다. 한국의 경우 <王慶龍傳>과 <白鶴扇傳> 두 작품을 보면 여성이 서사의 중심에 있으면서 가인의 열녀적인 정절을 돋보인 才子佳人小說이다. 중국의 才子佳人小說 <雪月梅傳>이나 <蘭花夢>에서도 보면 잘 알 수 있듯이 작품속의 가인의 형상들은 보통 여인보다 독특한 성격의 소유자임을 알 수 있다. 이러한 여주인공의 모습은 '美貌, 超等天分, 長於詩詞, 博學, 足智多謀, 情幽柔貞順, 不妬한' 일반적인 가인과 매우 다르다. 이러한 여성영웅소설에서는 가인들의 역할이 자신의 삶의 근거를 떠나 남성으로서도 도달하기 어려운 영웅의 역할을 한다는 것이 그 특점이다. 다음, 염정소설은 그 개념부터 차이가 있다. 중국에서의 염정소설 개념은 한국의 염정소설에 비해 조금 차이가 있다. 중국에서의 염정소설은 후기재자소설의 한 갈래인 鴛鴦胡蝶(염정소설 혹은 음사소설이라고도 함)소설로서 재자와 가인의 연애를 농후한 색채로 그린 것으로 후기 才子佳人小說의 한 변모로 볼 수 있다. 주로 남녀사랑을 위주로 하지만 그 사랑

묘사에 있어서 노골적이고 적나라하게 표현했다. 그러나 한국의 염정소설은 애정소설을 포함한 모든 남녀의 사랑을 주제로 한 작품을 일컫는다. 한국에서의 염정소설은 여주인공의 신분에 따라 양가의 규수가 주인공을 등장하는 귀족적 염정소설과 기녀나 시녀가 주인공으로 등장하는 서민적 염정소설로 나눠지는데 그 차이성을 보여주었다. 중국의 염정소설에는 동성애도 두드러지게 눈에 띄었다. 고대 중국에서 동성애는 그 기원을 황제에게서 찾을 정도로 오랜 역사를 가지며, 동성애에 관한 기록은 중국의 고대 역사저작 속에서 어렵지 않게 찾아 볼 수 있었다. 중국의 염정소설은 바로 이런 면에서 한국의 경우와 변별성을 갖고 있다. 이를테면, 우선 염정소설이라는 개념에서부터 그 변별성을 찾아볼 수 있다. 한국의 염정소설은 주로 남녀의 애정을 주제로 한 작품을 말하지만, 중국에서의 염정소설은 순수한 애정보다 농염한 이야기 스토리를 말한다. 다음 한국에서의 염정소설은 그 성적인 묘사가 극히 은밀하고 완곡적인 표현으로 씌어 있었지만, 중국에서의 염정소설은 보다 노골적이고 직설적인 표현으로 작품에 나타났다. 마지막으로 중국의 염정소설은 동성애를 다룬 작품이 많았지만, 한국의 경우는 극히 적거나 또는 거의 없다. 결론적으로 말하면 중국의 염정소설이 염정소설 그 자체로 남았다면 한국의 염정소설은 보다 많이 才子佳人小說에 근접한 양상을 나타내고 있다는 것이 특점이다.

　제4장 기본 모티프 양상비교에서는 韓·中才子佳人小說의 才子佳人小說이라는 질적 규정성 차원에서 비슷한 모티프들을 비교하여 고찰하였다. 조선조와 명청이라는 나름대로의 사회환경 및 민족적 성향으로 부동한 양상으로 이루어진 異人異界 모티프, 勒婚 모티프, 一夫多妻 모티프를 살펴보았는데 결과 중국의 소설이 才子佳

人小說과 신마소설로 나뉘어져 본격적으로 각자의 영역을 구축했던 것과는 달리, 조선조 소설은 이러한 요소들이 굳이 나뉘지 않고 혼재되었던 것으로 보였다. 조선조 시기 중국의 신마소설과 才子佳人小說은 거의 동시에 유행하던 것인바, 조선조에서 才子佳人小說이 창작될 때 한 작품에서 중국 소설들의 여러 유형의 모습이 나타난 것으로 볼 수 있었다. 또한, 勒婚의 모티프에서 보면 才子佳人小說에서의 勒婚은 황제에 의해 이루어지는 경우가 많은데 이 때문에 혼인 전부터 심각한 갈등이 야기되어, 한 집안이 몰락할 정도로 큰 위기가 찾아오기도 하고, 작품 내내 이로 인한 갈등과 사건이 끊이지 않는 경우도 많았다. 勒婚의 갈등뿐만 아니라 일부다처 역시 才子佳人小說 내에서 一夫多妻가 용인되는 이상, 妻妾葛藤은 당연히 거론되게 마련이다. 一夫多妻의 모티프를 보면, 아내들끼리 친구처럼 보내는 경우가 있는가 하면 또 처첩간의 질투로 심각한 모순으로 보이는 경우도 있었다. 才子佳人小說에서의 一夫多妻制는 남성의 세계에서 소외된 남성 작가들이 '才子'와 '佳人'을 통해 자기 확인을 하려 했던 것으로 파악되었다.

본고는 韓·中 才子佳人小說類의 작품들을 사회학적, 문화적 등 다양한 시각 및 방법론을 유기적으로 결합시켜 비교연구를 시도해 보았다. 이러한 연구 방식은 그간 韓·中 才子佳人小說의 본격적인 비교가 없었던 연구 현황을 고려해 볼 때 나름대로의 의의가 있다고 생각하면서 연구학자들에게 작은 도움이나마 되기 바란다.

〈嬌紅傳〉과 〈韋敬天傳〉의
敍事構造 比較研究

I. 머리말

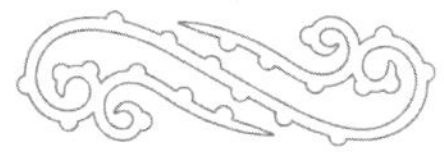

   중국에서 才子佳人小說은 말 그대로 '재능 있는 남자와 아름다운 여자의 만남'으로 이루어진 소설을 말한다.

   才子佳人小說의 흥성 시기는 대체로 <金瓶梅>가 출현한 明 萬曆 연간으로부터 <紅樓夢>이 출현한 淸 乾隆 이전까지를 말한다.127) 이 시기는 대체적으로 명말청초에 해당하는데 중국의 봉건사회가 후기로 접어드는 변혁기였다. 이 시기 경제성장은 사회전반에 변화를 일으켰을 뿐만 아니라 문단에 까지 영향을 주어 才子佳人小說이 흥성할 수 있는 여건을 조성하였다.128) 특히 이때 남녀들의 연애·혼인을 주제로 한 才子佳人小說이 많이 나타났는데, 이것은 人情小說의 한 유파를 이루었다. 이러한 才子佳人小說에는 "청춘남녀들이 시를 매개로 그 재간을 사모하고 추구하다가 나중에 사랑하여 백년가약을 맺는데, 그 과정에 부유하고 권세가 있는 집안

---

127) 김정숙, 「조선후기 재자가인소설 연구」, 고려대 박사학위논문, 2004. 양승민, 「17세기 통속화소설의 경향과 소설사적 의미」, 고려대 박사학위논문, 2003. 김근태, 「조선 초기 소설의 갈래 교섭 양상」, 숭실대 박사학위논문, 1997. 강상순, 「전기소설의 해체와 17세기 소설사적 전환의 성격」, 『어문논집』36, 97, 9, 고려대학교국어국문학연구회, 등

128) 최수경, 「淸代才子佳人小說의 硏究」, 고려대 박사논문, 2001. pp.23-63.

과 소인의 간계로 헤어졌다가, 갖은 곡절과 풍파를 이겨내고 마침내 대단원을 이루는” 것을 주요내용으로 하고 있다. 그리고 많은 작품들이 <金甁梅>를 모방하여 주인공의 이름을 따서 작품명으로 하였는데, <玉嬌梨>, <平山冷燕>, <嬌紅傳>, <金云翹傳>, <春柳鶯>, <雪月梅>등은 그 보기로 되겠다. 그리고 대개 16회로부터 20회 章回小說129)이고 10만 좌우의 漢字로서 現代中篇小說의 편폭에 해당한다. 司馬師130)의 관점을 참조로 할 때 才子佳人小說의 특징으로는 재자와 가인의 一見鍾情, 私定終身, 壯元及第, 大團圓이라는 키워드로 집약할 수 있다. 이것은 한국애정전기소설의 구성요소와 비슷한 형태를 나타내고 있다.

　한국 애정전기소설은 소설의 내용상 유형을 나누는 용어라고 할 수 있다. 이런 애정전기소설은 남녀주인공이 당사자 간의 상호 믿음을 바탕으로 하여 자신들에게 닥친 극복하기 힘든 난관을 뛰어 넘어 사랑을 성취해 나가는 서사적 이야기를 말한다. 이러한 애정전기소설은 한국 고소설사에서 상당히 중요한 위치를 획득해 왔는데 그것은 김시습의 《금오신화》로부터 시작하여 <춘향전>의 형성 전후를 전성기로 하여 전개되어 왔다. 이러한 애정전기소설은 세 가지 구성요소를 갖추어야 하는데 첫째, 남녀 주인공의 자연스러운 만남이 있어야 하며 둘째, 장애요인이 반드시 등장해야 하고 셋째, 종국에는 사랑을 성취하여야 한다.131) 보다시피 이는 중국 才子佳人小說의 구성요소와 비슷하다.

---

129) 김정숙은 재자가인소설을 형식적인 기준에 따라 ‘單型體 才子佳人小說’과 ‘章回體 才子佳人小說’로 분류하였다. 자세한 것은「조선후기 재자가인 소설 연구」, 고려대 박사논문, 2004. 참고.

130) 최수경, 상계서에 자세히 설명되어 있음.

131) 박태상,『조선조애정소설연구』, 태학사, 1999. 참고.

<嬌紅傳>은 원나라 송매동의 작품으로서 申純과 嬌娘의 사랑을
그렸다. 여주인공 嬌娘의 이름과 이 작품에 매개인물로 등장하는
飛紅의 이름을 따서 <嬌紅傳>이라 한 것이다. <嬌紅傳>은 한국에
16세기 《전등신화》를 비롯한 서적들과 함께 유입되었다.

전교하기를 《전등신화》, 《전등여화》, 《효빈집》, <嬌紅記>, <서상
기>등의 책을 사은사에게 구입해 오도록 하였다. …(중략)… 《전등
신화》, 《전등여화》등을 인출하여 올리라 하였다.[132]

《연산군일기》12년 4월조에 보면 이보다 더 구체적인 내용이 기
록되어 있다.

<聯芳集>및 기타 눈여겨 볼만한 책을 燕京에 가는 사람을 시켜
구입해 오도록 하였다. 승정원에서 <香臺集>, <游藝錄>, <麗情集>을
적어 올리자, 전교하기를, '이들 책은 어떻게 알아 서계하는가?'라고
하였다. 승지 등은 '<香臺集>, <游藝錄>은 《剪燈新話》에 실려 있는
것이며, <麗情集>은 姜渾이 들은 것을 적어서 아뢰었습니다'고 서계
하였다. 전교하기를, '<麗情集>을 널리 찾아서 구입해 오라'고 하였
다. 일찍이 《重增剪燈新話》를 보셨는데, 난영과 혜영이 서로 화답한
시 백 수가 있어 이를 <聯芳集>이라고 하고, 당시 호걸들이 많이
전하여 암송하였다는 것을 보시고, 이에 구입해 오라고 한 것이다.
또 '魏生이 일찍이 방을 비운 사이에 娉娉이 侍姬 蘭苕를 데리고
들어와 <嬌紅記>한 책을 보았다'하였는데, 지금 내린 책이 바로 이
책이다. 앞서 하교에 '으슥한 집 竹窓이 아직도 예와 같네'란 싯구
도 또한 여기에 실려 있는데, 다만 사이에 한어가 있어 해석할 수
없는 데가 많으므로, 문자로 주해를 달아 간행하였다.[133]

---

132) "傳曰: <剪燈神話>, <剪燈餘話>, <效顰集>, <嬌紅記>, <西廂記>等, 使謝恩
　　使質來, …(중략)… <剪燈新話>, <餘話>等書印進"

작품은 이종사촌간인 신순과 왕교랑의 사랑이야기인데, 부모의 반대와 주변 인물들의 방해 등으로 이루어지지 못하고 결국은 상사병으로 죽어서야 만남을 이루는 내용이다. 신순과 왕교랑은 한 집에 살지만 만남이 쉽지 않았고 계속해서 어긋나며, 친척간이라는 이유로 부모의 반대를 맞기도 하고 기생과의 관계로 의심받기도 하였으며, 제3자 중매쟁이와의 엇갈리는 복잡한 과정에서 그들의 사랑은 끝내 이루어지지 못하고 만다. 이에 교낭은 부친이 무리하게 수사(帥使)의 아들과 혼인을 강요함에 신순과의 언약을 지켜 식음을 전폐하고 시름시름 앓다가 끝내 죽는다. 이것을 안 신순은 비통하여 자결하려다 실패하자 역시 상사병에 걸려 앓다 죽는다. 부모들은 너무도 애통하고 후회되어 죽은 후에라도 인연을 맺어주기 위해 합장하기로 하였다. 실로 "살아서는 거처가 달랐으나 죽어서 같은 곳에 묻힌다(穀則異室, 死則同穴)는 격으로 비극적인 이야기라 안할 수 없다.

<韋敬天傳>은 石洲 權韠(1569-1612)이 지은 한문 애정전기소설이다. 이 작품은 1948년에 이명선의 작품연표에 의해 『조선문학사』에 처음으로 소개되었다. 그러나 연표에서 이 작품이 소개되어 있는 《古談要覽》이 실종되어 문학사에서 작품명으로만 알려져 왔다. 최근 《古談要覽》을 林榮澤이 발굴하면서 학계에 소개되어 그 모습을 드러내기 시작했다. <韋敬天傳>은 남녀의 아름답고 슬픈 비극적 사랑을 그리고 있는데, 공간배경은 중국으로 하고 시대배경은 임진왜

---

133) 《연산군일기》12년 8월조, "〈聯芳集〉餘他可見書, 令赴京人質來, 承政院以 〈香臺集〉, 〈游藝錄〉, 〈麗情集〉書啓, 傳曰:, '何所據而書啓耶?' 承旨等啓, 〈香臺集〉, 〈游藝錄〉, 則載 在《剪燈新話》, 〈麗情集〉, 則姜渾以所聞書啓.' 傳曰: '〈麗情集〉廣索以入.' 嘗覽重刊《剪燈新話》, 有蘭英·惠英, 相與唱和, 有詩百首, 號〈聯芳集〉. 當時豪士, 多傳誦之, 故令質來耳, 且魏生嘗出室, 娉携侍姬蘭茗, 見〈嬌紅記〉一冊云云. 今下乃此集也. 前敎 '竹窓幽戶尙如初'之句, 亦在于次, 但間有漢語多不可解, 其以文字注解開刊."

란이 일어난 임진년 당시로 설정하고 있다. 대부분 한문애정소설이 해피앤딩으로 끝나는 통상적 구성을 벗어나 비극적 종결구조로 씌어져 같은 시기에 나온 <雲英傳>, <周生傳>과 함께 한문소설 작자층과 독자층의 변모된 세계인식을 엿볼 수 있게 하는 작품이다.[134]

본고는 중국 재자가인소설의 형성과 발전에 있어서 원류작품인 <嬌紅傳>과 한국에서의 상응한 애정전기소설로 볼 수 있는 <韋敬天傳>을 비교대상으로 삼았다.

중국의 <嬌紅傳>이 재자가인소설의 原形적 틀을 이루고 또한 그것이 조선시기 연산군조에 유입된 상황을 감안할 때, 한국의 <韋敬天傳>이 그것의 직접적인 영향을 받았음을 상정해볼 수 있다. 실제로 이 두 작품은 주제, 인물 및 구조에 있어서 서로 많이 닮아 있다. 이 두 작품은 시대환경설정이 비슷하고 서사구조 면에서도 비슷하다. 두 작품은 모두 長回體[135] 소설과는 달리 동일 유형의 短型體이다. 즉 만남의 과정, 한눈에 정이 들었다는 점, 그리고 봉건혼인제도와 근친상간의 혼인금지에서 오는 갈등관계의 설정에 있어서 두 작품이 비슷하다. 또한 결말부분에서 해피앤딩으로 끝나는 통상적 재자가인소설이나 애정전기소설의 구조를 벗어나 비극적인 만남으로 끝난다는 것이 이 두 작품의 한 특색을 이루고 있다.

보다시피 <嬌紅傳>과 <韋敬天傳>은 충분한 비교의 가능성을 확보하고 있다. 특히 직접적인 영향연구가 우선 되어야 할 줄로 안다. 그럼에도 불구하고 학계에서는 비교연구가 제대로 이루어지지 않고

---

134) 林榮澤, 「전기소설의 연애주제와 〈韋敬天傳〉」, 동양학 제22기(1992.10), 참고

135) 김정숙은「조선후기 재자가인소설 연구」(고려대 박사논문, 2004)에서 재자가인소설을 형식적인 기준에 따라 '單型體 才子佳人小說'과 '章回體 才子佳人小說'로 분류하였다.

있는 실정이다. 하여 본고는 일단 구조주의방법으로 서사구조를 중심으로 한 두 작품에 대한 수평연구를 시도하여 앞으로의 영향연구에 한 단서를 마련하도록 한다.

II. 敍事構造 比較

중국의 재자가인소설이나 한국의 애정전기소설에서 남녀사랑의 형식은 "만남 → 이별 → 대단원"의 구조를 이루는데, 이것은 구조주의적 방법론[136]으로 볼 때 "열림 → 막힘 → 열림"의 서사구조와 맥을 같이 한다고 보아도 무방할 것이다.

주지하다시피 봉건사회는 폐쇄된 윤리와 신분제도로 꽉 막혀 있는 닫힌사회다. 따라서 이러한 닫혀 진 公的[137]인 사회제도와의 모순 속에서 私적인 사랑은 이뤄질 수가 없었고 더욱이 젊은 청춘남녀들의 열린 자유로운 혼인이란 희생을 전제로 한 사랑으로밖에 나타날

---

136) 움베르토 에코는 기호학에서 열림의 발생과 이론화 과정, 그리고 그 가능성에 대해서 장황설로 이론을 펼쳤다. 그는 열린 작품에 대해서 많은 이론을 전개했고 따라서 에코 기호학의 비판에 대한 박상진 역시 열린 텍스트와 닫힌 텍스트로 에코의 이론에 대한 확장을 전개하였다. 본고는 이들의 거시적인 방법론에 의하여 미시적인 방법론으로 하나의 텍스트 내에서 열린 문학과 닫힌 문학의 구조를 도입해보려 시도한다.

137) 公과 私에 대한 개념은 시기마다 또 나라마다 의미가 다르게 사용되는데 정확하게 정의한 것은 없다. 본론에서 말하고자 하는 公은 군주나 관부 등 지배기구에 관련된 개념을 말하고, 私는 인간의 마음을 말하는데 개인의 소유욕, 물질욕을 말한다.

수 없었다. 봉건사회에서 公적인 사회제도와의 모순 속에서 봉건윤리예교를 이겨내고 행복한 私적인 사랑을 이뤄내는 사랑도 없지 않아 있었지만, 公적인 봉건혼인제도의 희생물로 되어 비극적인 사랑으로 전락된 私的인 슬픈 사랑이 비일비재했다. 그러나 작가는 이러한 비극적 현실 속에서나마 작품 속에서 열린 세계로 향하며 예술적 승화를 가져오고 있다.

1. 닫힌 구조 속에서의 열린 세계

중국의 재자가인소설이나 한국의 애정전기소설은 남녀 간의 사랑 이야기답게 남녀 간의 만남이 시작되고 사랑의 문이 열림과 함께 작품의 서두가 시작된다. 고대 중국에서 가족이익, 재산계승, 사회지위 확보는 남녀혼인과 매우 중요한 연관성을 가진다. 이런 공리성적인 혼인제도는 봉건사회의 한 특징이기도 하다. 이런 폐쇄된 사회제도 구도 속에 갇혀있는 청춘 남녀들은 봉건예교의 속박 속에서 벗어나고자 몸부림친다. 이것의 가장 리얼하고 전형적인 표출이 바로 자유로운 사랑에 대한 추구로 나타난다. 이로부터 남녀의 말릴 수 없는 열렬한 사랑이 이루어진다. 이런 열렬한 사랑은 동서고금문학사에서 보편적으로 보게 되는 로맨스에 다름 아니다. 남녀사랑의 시작은 몸 그 자체로서 그것은 春氣가 가득한 욕망이 내부보다는 바깥을 향해 열려있기 때문이다. 주자학에서 선천적으로 善한 도덕이 인간의 내면에 완비되어 있다고 했듯이, 선천적으로 才德이 뛰어난 재자가 春氣가 가득한 절기에 바깥의 정기를 마음껏 흡수하고자 명산대천에로의 유람의 여정을 밟는 것은 당시 재자가인소설에 나타나는 하나의 패턴으로 볼 수 있다. 유람의 여정에서 풍류의 情은 대체로 樂과 詩, 그리고 酒의 흥으로 나타난다. 이 세 가지 흥에 만취될 무렵, 날은 알맞게 저문다. 재자는 만취 속에서 춘기에 휩싸인 가운데 어느 은은한 노래 소리와 시에 이끌리게 된다. 이로부터 십중팔구 아름다운 소녀를 만나게 된다. 그리고 만남의 첫 시작에서 대개 한눈에 정이 드는 통상적인 구조로 표현되는데, 이것은 일련의 재자가인소설 <嬌紅傳>, <定情人>, <玉嬌梨>, <平山冷燕>과 17세기 애정전기소설인 <周生傳>, <崔陟傳>, <韋敬天傳>등에서 보게 되는 공통점인 특색이다.

<嬌紅傳>은 주인공 신순에 대한 신상소개로부터 시작된다. 신순은 여덟 살에 육경을 통독하고 열 살에는 문장을 구사할 수 있었다. 일찍 천성의 자질이 뛰어나서 세간의 모범이 되었으며 사람을 사귀는 데도 운치가 있어서 賢士대부들도 모두 그를 칭찬하여 마지않았다. 그런데 선화 연간에 선발되어 응시하였으나 과거에 낙방되었다. 그래서 심란한 마음 누를 길 없어 이모 집에 놀러갔다가 거기에서 교낭을 처음 만난다.

> 두개로 쪽찌어 올린 머리가 검게 빛나는 것이, 참으로 그림속의 미인의 자태를 빼앗아 온 듯한 요염한 모습이었다. 분도 연지도 바르지 않았건만 자연 그대로의 피부는 너무나 맑고 아름다웠다. …… 신순은 보면 볼수록 절세가인이란 것을 알게 되었고 그 사실을 알자 갑자기 눈이 휘둥그래지고 가슴이 뛰어 자신을 억제하기 어려웠다[138]

---

138) 雙鬟紺綠, 色奪圖畵中人, 朱粉末施, 而天然珠瑩。生起見之, 不覺自失。……
　　　生熟視之, 愈覺絶色, 木搖心蕩, 不能禁制。

누가 봐도 넋이 나갈 정도로 아름다운 교낭의 모습이다. 재자와 가인의 만남은 이로서 시작되고 사랑도 싹트고 마음의 문도 활짝 열리기 시작한다. 이에 신순에게 화답하는 교낭의 시를 보면 알 수 있듯이 그 정 또한 애절하고 은은하다.

이처럼 재자가인소설에서 남주인공의 모습은 대부분 인물과 문장이 뛰어난 신분 높은 재자로 묘사될 뿐만 아니라 여주인공의 모습 역시 외모가 아름답고 문장이 뛰어난 가인으로 설정된다. 재간 있는 남자와 아름다운 여자, 또 문장이 뛰어난 남녀의 만남은 자연히 "한눈에 정이 들(一見鍾情)"어 인연을 맺고 사사로이 혼인을 맺게 되는(私定終身)데 이것은 재자가인소설들인 <好逑傳>, <平山冷燕>, <玉嬌梨>, <定情人>등에 보편적으로 적용되는 패턴이라고 할 수 있다. 재자가인소설뿐만 아니라 동서고금 어디나 있는 재간 있는 남자와 아름다운 여자의 만남은 중세기 소설의 한 패턴이기도 하다. 하지만 봉건예교가 엄격한 상황 하에서 당시 이러한 私적인 맺음과 인연은 나중에 公적인 사회제도 및 신분제도와의 모순에 의해 필연코 위기와 갈등을 겪게 된다. 이런 一見鍾情과 私定終身, 그리고 닥쳐오게 될 갈등과 위기는 재자가인소설의 사랑의 전주곡이 된다.

한국의 애정전기소설에서 재자와 가인의 첫 만남도 재자가인소설과 거의 비슷하게 나타난다. 17세기 애정전기소설들인 <周生傳>, <崔陟傳>, <韋敬天傳> 등의 등장인물들을 보면 역시 문장능력이 뛰어나고 신분 또한 높은 집안의 남주인공과 아름다운 미모에 詩作이 뛰어난 규수양반가문의 여주인공으로 설정되어 있는데 그야말로 천상배필의 한 쌍임을 보여준다. 하지만 그들의 인연은 父母之命, 媒約之言이 아니고, 사사로이 한눈에 정이 들고 인연을 맺었다는데서 당시 윤리제도와 갈등을 빚고 위기를 맞게 된다.

남주인공을 묘사하는 <韋敬天傳>에서의 주인공 위경천을 보자.

　　명나라 만력 연간에 위생(韋生)이라는 사람이 있었는데, 그는 금릉[139] 사람이다. 이름은 岳이고, 字는 敬天이며, 옛날 唐나라때의 현인이었던 위응물[140]의 후예이다. 그는 타고난 자질이 총명하고, 남들이 부러워할 정도로 재주가 빼어났으며, 열다섯 살 때 문장을 이루었다. 시의 韻致는 소주[141]를 본받았으나 맑고 속되지 않음은 그보다 나았다. 이로 인해 위생은 이름을 떨쳐 당대에 그의 자취를 따를 만한 사람이 없었다.

보다시피 위경천은 재가가인소설에서의 재자와 조금도 다름이 없다. 뿐만 아니라 그들 만남의 배경 역시 경치가 아름답고도 화창한 늦봄에 야외에서 술을 마시고 뱃놀이하며 시를 읊는데 멀리서 은은하게 들려오는 피리소리가 매개체가 된다. 남녀칠세부동석의 환경 하에서 사랑이 억압된 젊은 남녀의 만남은 곧바로 사랑으로 직결되기에 족하다. 흥취가 도도하게 오른 재자 위생은 밤이 되자 마음이 싱숭생숭한데 은은한 피리소리에 끌려 배에서 내려 마을에 들어갔다가 거기서 시를 읊고 있는 소녀 소숙방을 만난다.

　　멀리 후원에서 사람 소리가 낭랑하게 들려왔다. 위생이 고개를 빼들고 바라보니 자줏빛 장미꽃 아래에 붉은 연등이 하나 매달려 있고 그 아래에 미인이 한 사람 앉아 있었다. 나이는 17.8세 정도

---

139) 금릉(金陵): 중국의 지역 이름, 현재의 南京을 가리킴. 晉나라 때에는 建康이라 불렀으며, 晉, 宋, 齊, 梁, 陳나라가 모두 이곳에 都邑함.
140) 韋應物: 唐나라 때의 시인. 蘇州刺史를 지내어 韋蘇州라고도함. 성품이 고결하고 시는 담박하였으며, 王維, 孟浩然, 柳子厚와 함께 王孟韋柳라 일컬음. 시집인 《韋蘇州集》10권이 있음.
141) 韋應物을 일컬음.

되었는데, 얌전하고 선녀 같은 자태가 이 세상 사람이 아닌듯 하였
다. 그녀는 손에 한 떨기 꽃봉오리를 꺾어들고 머리를 누각에 기댄
채 시 한수 읊었다.

가인의 아름다움에 더하여 시 또한 애간장을 태운다. 사랑의 소리
가 청각을 자극할 때, 그 소리는 한 순간에 온몸으로 퍼져나간다.
소숙방처럼 선천적으로 타고난 자질이 빼어난 이팔 소녀의 아리따운
목소리에 외로움을 호소하며 낭군을 찾는 은근한 정이 슴배인 詩는
純情에 놀아나는 위생으로 하여금 죽음을 무릅쓰는 "逞情"을 일으
키게 한다. 이 연정은 "자신의 몸을 망칠 수 있는 화(亡身之禍)"일
수 있다. 그러나 純情은 이 禍를 두려운 존재로 여기지 않는다. 사
랑은 눈 먼 것이다. 위생은 이미 "狂心"의 상태에 빠져 "끝내 마음
을 제어할 수 없는 상태(終莫能製)"가 된다. 그래서 대담하게 담장
을 넘어간다. <嬌紅傳>에 나오는 재자 신순보다 더 적극적이면서
파격적인 행동을 보인다.

소숙방의 입장에서 보면, 무단침입을 단행한 위생의 첫인상은 "蕩
子"이자 "狂暴"한 性情의 逍遊者임에 틀림없다. 그러나 위생이 자
신의 狂心에서 유발된 행위를 소숙방에게 들려주자, 소숙방은 위생
의 狂心을 "溫雅詞氣"로 보게 되어 인위적인 경계심은 사라지고
본능적인 춘정은 걷잡을 수 없는 상태가 되었다. 이로부터 위생과
소숙방의 春情은 봄물이 터지 듯 넘쳐흐른다. 그래서 클라이막스의
정사까지 치른다. 여기서 흥미로운 점은 정사 후 소숙방의 심정 고
백이다. 이 고백은 이미 소숙방이 춘정을 그리는 시에서 은근히 내
비치기도 했다. 즉 "인간 세상의 즐거움이 깊은 규방에까지 이르지
않더니, 제가 세상에 태어나 오늘에야 비로소 보게 되었"다고 위생
에게 고백한다. 성적 쾌락을 솔직히 고백하고 있다. 여기에는 당시

성 억압이나 성도덕으로 대변되는 순결이데올로기가 존재하지 않는다. 여기서 남자보다 적극성을 나타내는 한국 고대소설에 있어서 여주인공의 특성이 소숙방에게도 그대로 나타난다. 소숙방은 정사에 대한 욕망의 적극성과 탐닉성을 보인다. "오늘 저녁은 어떤 저녁이기에 이렇듯이 좋은 분을 해후하고 서로 만나서 제 소원을 이루게 되었는지요? 머리가 흴 때까지 즐거움을 함께 할 것을 당신께 맹세합니다." 이와 같은 춘정의 적극성과 탐닉성은 위생이 새벽빛이 흘러들어오고 닭이 울자 규방에서 나오려 할 때, 소숙방이 일어나 손으로 병풍을 잡아당겨 紗窓을 가리고 "동방이 밝은 것이 아니라 달빛이 떠오른 것"이라는 말로 그녀가 위생을 말리는 장면에서도 여실히 나타난다.

여기서 억압된 젊은 남녀의 성적인 욕망에 대한 갈망을 볼 수 있다. 재자가인소설이나 애정전기소설에 있어서 남녀주인공의 만남과 사랑은 물불을 가리지 않는 정열적인 것으로 대개 첫눈에 사랑을 느끼고 그 사랑에 들떠서 바로 그날 밤에 정사로 골인을 하고 있다. 그런데 이런 사랑이 일사천리로 원만하게 이루어지지는 않는다. 남녀 주인공의 사랑은 곧 바로 시련에 부딪치게 된다. 재자가인소설에서 보면 우선 가족적인 장애가 나타난다. 이를테면 가인가족에서 원하는 남성의 경우는 정통가문의 자제로서 용모가 준수하고 詩才에 능하며, 과거에 급제했거나 급제가 능한 자로 이른바 '입신양명'의 잣대로 재자를 잰다. <嬌紅傳>의 경우 바로 입신양명이 남성위주의 봉건전통사회에서 남성에게 부과된 최고 가치로 부상된다. 반면에 재자가족에서는 정통적인 관료가문의 용모가 빼어나고 女德을 갖춘 규수라야 이상적인 여성으로 간주한다. 그런데 남성의 입장에서는 부귀와 미모, 시재를 놓고 볼 때 부귀보다는 미모와 시재요, 시재보다는 미모가 우선인 경우가 많다. 그리고 여성의 입장에서는 부귀와 미모, 시재를 놓고 볼 때 미모나 시재보다도 입신양명으로 대변되는 부귀를 더 선호하는 경우가 있다. 이런 私的인 감정과 公的인 가족 관념 사이에는 모순이 생기기 십상이다.

재자가인소설이나 애정전기소설에서 첫눈에 반해 사사로이 혼인을 맺는 남녀의 私的인 사랑은 바로 사회의 公的인 메카니즘에 의해 제동이 걸린다. 이로부터 이런 열린 세계의 사랑이 닫힘의 세계로 전락되기 마련이다.

2. 葛藤으로 인한 닫힌 離別의 현실

재자가인소설이나 애정전기소설에서 장애요인은 작품에서 다양하게 나타나는데, 이를테면 정치권력, 신분제도, 봉건예교, 원한관계 등을 꼽을 수 있다. 이런 장애요인들은 재자가인소설과 애정전기소설에서 부동하게 나타난다. 여기서 두 가지 장애요인으로 나누어 살펴보기로 한다.

우선 정치권력으로부터 오는 객관적 갈등요인을 보도록 하자. 평화시기 전쟁 및 비상시기 전쟁은 모두 정치권력의 行使형태로, 재자가인소설이나 애정전기소설에서 남녀 사랑파탄을 가져오는 주요 모티프의 하나로 등장한다. 이러한 정치권력이라는 객관적 요인으로부터 문제 삼은 대표적인 재자가인소설들로는 <好逑傳>, <雪月梅>, <兒女英雄傳>, <蘭花夢>등이고, 애정전기소설들로는 <周生傳>, <韋敬天傳>, <雲英傳>, <崔陟傳>등을 꼽을 수 있다. 이런 소설들은 중세적 정치권력이 남녀주인공의 사랑의 장애가 됨을 통해

반인륜적인 측면을 보여주고 있다.

　다음 신분제도와의 모순에서 오는 갈등요인을 보도록 하자. 재자가인소설이나 애정전기소설에서 주요 모티프의 하나는 주로 남녀 주인공들이 신분제도하에 겪는 사랑의 갈등이다. 이런 면에서 <嬌紅傳>은 전형적인 보기가 되겠다. <嬌紅傳>에서 장애요인은 소인의 방해를 곁들인 복합적인 다양한 양상으로 나타나는데, 주로 신분제도에 의해 작품은 풀릴 수 없는 갈등, 즉 닫힌 세계 속의 갈등으로 치닫는다. 처음에 신순과 왕교랑의 혼사에 장애로 나선 것은 왕교랑 아버지의 시녀 비홍인데, 그는 신순을 마음에 두고 있다가 뜻대로 되지 않자 여러 번 방애를 한다. 그러나 나중에 그들의 마음이 변하지 않음을 감지하고 또 왕교랑의 진심어린 관심과 노력에 감복하고 두 사람의 혼인을 적극 주선해준다. 이렇게 첫 번째 갈등이 풀리자 두 번째 장애요인이 등장하는데 그것은 신분제도에 의한 갈등인 것이다. 신순은 과거에 응시했으나 급제하지 못하고 울적하게 나날을 보내고 있는 한 평범한 양반가문의 자제였다. 이에 못마땅함을 느낀 왕교랑의 부친은 근친상간혼인금지라는 조정의 법을 구실로 중매인을 회피한다. 두 사람의 사랑은 여기서 또 한 번 신분제도와의 갈등을 이루면서 애정의 문이 닫혀버린다. 하지만 신순형제가 노력 끝에 과거에 급제하고 신순이가 갑방(甲榜: 진사의 별칭)에 들어 양주의 사호직을 제수 받아서 공명을 이루자 왕교랑의 부친은 흡족하여 두 사람의 혼인을 허락하게 된다. 이로서 닫혔던 그들의 사랑의 문이 조금씩 열리기 시작한다. 그런데 好事多磨라고 그들의 사랑이 그렇게 쉽게 열릴 수 있었던 것은 아니다. 帥使의 아들이 왕교랑의 미인도를 보고 마음에 들어 왕통판의 집에 중매를 보낸다. 이때 왕교랑의 부친 왕통판은 전임되어 보직자리를 기다리고 있던 차라 이것을 기회로 帥使는 재삼재사 위세까지 동원하여 조여오고 뇌물공세까지 하여 끝내 왕통판으로 하여금 허락하게 만든다. 이것을 안 신순과 왕교랑은 또 한 차례의 허물어 버릴 수 없는 단단한 장벽의 압력을 느꼈지만 그들의 사랑의 정은 더욱 깊어만 간다. 하지만 그들의 참담한 심정은 억누를 길 없었다.

이렇게 私는 公의 세력에 의하여 이별을 맞게 되며 두 사람의 사랑은 끝내 비극적인 운명을 맞는다. 私가 하나하나의 公과의 갈등을 이겨내고 겨우 맺은 인연에 또다시 넘을 수 없는 公적 신분 및 권력의 지배하에 영영 이별하지 않으면 안 되게 되었다. 동시에 기미를 보이던 그들의 사랑은 또 닫히기 시작한다. 이러한 닫힌 혼인장애물은 남녀 두 주인공이 죽어서야 완전히 해결된다. 이와 같이 그들의 죽음은 봉건사회의 신분제도와 예교의 속박으로부터 삶의 자유를 얻고자 하는 저항적 의미를 지니기도 한다. 여기서 〈嬌紅傳〉이 〈好逑傳〉이나 〈雪月梅〉와 다른 점이라면 애정의 파탄을 전란과 연계시키지 않고 사회 내부에 지속적으로 존재하는 신분제도나 예교와 같은 사회적 장벽을 구체적으로 문제 삼고 있다는 점이다.

〈嬌紅傳〉에 비해 〈韋敬天傳〉은 전란이라는 장애요인으로 갈등을 설정한 대표적인 예가 될 수 있다. 〈韋敬天傳〉은 임진란이라는 현실적 장애요인으로 두 사람사이에 헤어지지 않을 수 없는 갈등을 빚게 된다. 〈嬌紅傳〉의 갈등은 복합적인 장애요인이지만 주요하게 신분적인 장애요인에 의하여 기인된 것이라면 〈韋敬天傳〉은 전란이라는 장애요인에 의하여 두 사람의 갈등이 빚어진 작품이라 할 수 있다.

〈韋敬天傳〉에서 위경천과 소숙방은 일시적 결합을 한 후 굳은 언약을 맺는다. 위경천은 타고난 자질과 총명, 남들이 부러워할 정도의 재주, 열다섯 살 때 문장을 이룬 맑고 속되지 않은 사람으로 당대에 그에 비견할 만한 사람이 없었다. 이러한 사람과 蘇軾의 후예로 아버지가 臺閣에서 벼슬을 지냈던 양가집 규수의 딸인 소숙방과의 私적인 결합은 公적인 신분차이에서 보면 크게 문제시 되는 갈등요인은 아니었지만, 公적인 봉건예교 차원에서 볼 때 문제가 되지 않을 수 없었다. 지극히 私적인 두 사람의 은밀한 정사는 公적인 봉건예교에 저촉되는 것으로 이별의 情恨의 씨앗이 되기도 한다. 위생이 私적인 이별의 情恨을 친구에게 하소연하자 친구는 지극히 公적으로 위생의 私通을 꾸짖는다. 이런 公적인 차원의 힐책은 지극히 私적으로 나타나는 마음의 愛情을 치유하는 선약이 아니라 私情을 더욱 불태우는 "狂病"의 바이러스가 된다. 그래서 私적인 이별의 정한은 위생으로 하여금 死境에 이르게 한다. 이로부터 親情에 약한 소낭자 부친이 두 사람의 "狂病"을 치유하고자 위생 아버지에게 公적인 禮에서 私적 情을 포용할 것을 호소한다. "예전에 귀댁의 아드님이 경치를 구경하다가 우연히 제 집을 지나게 되었는데, 제 딸이 정이 많아 갑자기 미천한 몸으로 꽃이 이슬에 젖고 달이 구름을 헤치듯 댁의 아드님을 사모하게 되었다고 합니다. 외롭게 사는 데서 오는 원망을 물리치지 못한 것은 모두 늙은 저의 죄입니다……. 만약 부부의 정이 막히게 된다면 땅과 하늘이 영원히 변치 않는 다고 한들 저들이 어찌 부모의 마음을 헤아리겠습니까? 일찍 좋은 날짜를 정하여 혼례를 올리기를 원합니다……" 그래서 결국 위생과 소낭자의 정은 禮治의 婚禮를 행함으로써 私情과 公情의 조화를 이루게 된다. 이로써 위생과 소낭자의 마음의 병은 치유된다.

그러나 혼례가 만사형통일 수는 없다. 임진란은 두 사람의 혼인에 있어서 새로운 이별을 맞게 하는 장애요인으로 된다. 혼례를 올림으로써 애정의 문이 열리게 되었던 두 사람은 또 다른 전란이라는 장애요인으로 애정의 문이 닫히게 된다. 위생은 부친의 서기로 참전하게 되는데 이것이 그들의 마지막 이별로 된다. 이와 같이 전란으로 갈등을 매개한 작품들은 재자가인소설이나 애정전기소설에서 많이 볼 수 있다. <好逑傳>, <雪月梅>, <崔陟傳>, <周生傳>등은 모두가 전란으로 인한 갈등요인을 깔고 있는 작품이다. 그러나 그 속에 반영된 의미는 다르게 나타난다.

<嬌紅傳>에서는 양반가문의 폐쇄된 공간과 봉건예교가 갈등의 한 축으로 작용하고 있는데, 이것은 <韋敬天傳>에서 보여주는 전란이라는 대사회적 충격과도 충분히 맞먹는 갈등요소로 된다. <嬌紅傳>에서 주요한 갈등요소가 "가족"이라는 사회의 세포에서 야기되고 있다면, <韋敬天傳>에서는 전란이라는 대사회적인 갈등에서 야기되고 있다. 물론 어떠한 갈등요소든 당시의 젊은 남녀들에게 혼인자유를 허용하지 않았다. 그래서 그것을 성취하려면 사회질서와 윤리관에 정면으로 맞설 수밖에 없다. 그런데 이 모순을 해결할 수 없을 때, 그들은 비극적인 죽음의 결말을 맞이할 수밖에 없었다. 일반적인 재자가인소설이나 애정전기소설이 대단원으로 이루어짐에 반해 <嬌紅傳>과 <韋敬天傳>은 다분히 비극적 색채를 띠고 있어 사회적 의의가 크다.

3. 再結合에서 열린 세계로의 지향

재자가인소설은 남녀주인공의 결합여부에 따라 크게 두 가지 구조로 나뉘어 진다. 첫 번째는 남녀주인공의 성공적인 결합을 골자로

하는 대단원의 결말구조이고, 두 번째는 남녀주인공이 죽어서 만나 사랑을 이루는 비극적인 결말구조이다. 남녀주인공의 사랑이 장애요 인들을 경과하여 행복이든 비극이든 결론이 나는데 대개 만남, 즉 열림으로 시작하여 막혔던 갈등을 겪고 대단원으로 다시 열림의 세 계로 결말을 맺는다.

재자가인소설은 해피앤딩으로 끝나는 것이 통상적 구조이다. 대단 원 결말구조란 작품의 마지막이 해피앤딩으로 종결되는 것으로서 희 극적 결말구조라고도 한다. 즉 작품의 마지막에 이르러 모든 모순이 해결되어 남녀주인공이 영원한 행복에 드는 작품의 결말구조를 말한 다.[142] 재자가인소설 유형 작품 가운데 <定情人>, <玉嬌梨>, <金 雲翹傳>, <好逑傳> 등 대부분 작품들이 거의 一見鐘情하다가 장 애요인들을 원만하게 해결하고 대단원의 결말을 이룬다. 여기서 私 적인 사랑은 公적인 사회제도 및 가정적 윤리제도와의 갈등을 원만 하게 해결하는 열린 세계로 나아간다.

애정전개소설 역시 해피엔딩의 결말을 보여주는데, 만남, 장애요 인, 대단원이라는 결구로 <상사동기>, <崔陟傳>등에서 진행되는 것 을 볼 수 있다. 이런 작품들은 모두가 작자의 의도대로 행복한 결말 을 보여주고 있는데, 여기서 작품의 열린 세계가 집중적으로 나타난 다. 당시 이런 결말이 독자들에게 많이 읽혀지고 환영받았다는 것을 감안할 때, 이것은 그 만큼 독자들의 행복에 대한 갈구와 지향을 보 여준다고 할 수 있겠다.

사는 것이 다만 행복으로만 이뤄지는 것이 아니듯이 작품의 결말 도 행복으로만 이뤄져서는 생활의 진실을 반영하지 못한다. 살아서 이루지 못한 사랑을 죽어서 이루는 비극적인 사랑의 결말도 있는데,

---

142) 李春林, 『大團圓』, 北京: 國際文化出版公司, 1988.

작가는 이러한 비극적인 사랑을 작품 속에 반영함으로써, 당시 자유로운 혼인을 저해하는 사회제도와 가정적 윤리제도의 위악을 폭로하고 시대의 희생양인 젊은 남녀들의 사랑을 찬미하였다. 이것은 현실에서 재자와 가인의 만남, 또는 장애요인으로 인한 갈등, 결말이 비극적으로 끝나고 만다 하더라도, 예술세계에서는 승화를 가져와 환상 속에서나마 대단원의 희극성을 가져왔으므로 재자가인소설의 범주로 볼 수 있다. 이러한 비극적인 결말을 보이고 있는 작품으로는 〈孤山再夢〉, 〈麟兒報〉, 〈鶯鶯傳〉, 〈嬌紅傳〉 등을 꼽을 수 있다. 작품의 특징들이 모두 '情可以生, 情可以死'로 비록 비극적인 결말, 즉 비극적인 사랑을 보이고 있지만, 그들의 의지는 여전히 '사랑 때문에 살고 사랑 때문에 죽는' 아름다운 사랑의 힘을 보여준다. 〈周生傳〉, 〈雲英傳〉, 〈韋敬天傳〉등 애정전기소설 역시 재자가인소설과 같이 마지막 결말이 비극적이지만, 그것은 어디까지나 아름다운 사랑을 보여주는 것에 다름 아니다. 이것은 私적인 욕망과 그 사랑의 갈구가 公적인 다양한 장애요인을 이겨내는, 물론 비극적이지만 公적인 제도에 저항하는 남녀의 사랑이 얼마나 큰 힘인가 하는 것을 단적으로 잘 보여주고 있다.

여기서 중점적으로 짚고 넘어갈 것은 바로 비극적인 대단원문제이다. 일찍 중국의 노신은 "비극이란 인생의 가치 있는 것들을 파괴시켜서 인간에게 보여주는 것이다"[143)]고 했다. 서양의 비극이론을 보면 아리스토텔레스(Aristotle)가 『시학Poetics』에서 말했듯이, 비극이란 고귀하고 완결된 행동의 모방이며, 예술적으로 고아한 언어를 사용하고, 연민과 공포의 감정을 자아내는 사건들의 재현을 통하여 카타르

---

143) 魯迅『魯迅全集1』, 北京: 人民文學出版社, 1981, "悲劇將人生的有價值的 東西人毀滅給人看".

시스를 성취하도록 만드는 것이다. 또한 급전(Reversal), 발견 (Recognition), 수난(Suffering) 등의 요소를 갖춘 복합적인 플롯을 형성해야만 단순한 플롯의 비극보다 훨씬 차원이 높은 비극이 될 수 있다고 하였다. 이러한 비극이론은 아리스토텔레스 이후 계속 발전되어 비장미와 숭고미를 주로 하는 비극의 이론으로 정립되었다. 이런 이론은 <嬌紅傳> 내지는 <韋敬天傳>의 결말과 기본적으로 궤를 같이 한다.

<嬌紅傳>에서의 결말은 왕교랑이 부모의 강박혼인을 못 이겨 자결하다 실패하고 다시 상사병으로 앓다가 죽는다. 교낭은 죽기 전에 신순에게 이별의 시 두수를 지어 보낸다. 이 시를 본 신순 역시 목매려 했는데 형의 저지로 겨우 살아난다. 그러나 그의 마음은 이미 죽어 있었다. 이것은 왕교랑을 그리는 시에서 충분히 볼 수 있다. 그는 결국 시름시름 앓다가 교낭을 따라 간다. 교낭의 부모는 “두 사람의 소원이 나 때문에 이루어지지 못하였으니 죽은 후에라도 인연을 맺어주자.”고 하면서 “살아서는 거처가 달랐으나 죽어서 같은 곳에 묻힌다(穀則異室, 死則同穴).”로 합장하였다. 죽어서야 드디어 만나는 기구한 인연을 작품에서는 다른 세상에서라도 함께 만나서 행복하게 사는 걸로 풀이하고 있는데, 결국 두 사람의 죽음은 다른 세계에로의 열림을 나타내고 있다.

<韋敬天傳>의 결말을 보면, 위생과 소낭자 역시 닫힌 장애요소를 이겨내고 겨우 인연을 맺음으로 막혔던 사랑의 문이 조금씩 열리게 된다. 그러나 그들의 앞에는 또 한 차례의 갈등이 온다. 위생은 전란이 일어나자 참전하였다가 온갖 고생을 겪은 데다 고향생각에 소낭자 생각으로 제대로 먹지 못하고 자지도 못하여 결국 고질이 도져 죽고 만다. 위생의 시신을 殮 해서 고향에 보내려던 날, 그는 아

버지의 꿈에 나타나 이렇게 말한다. "소낭자와는 옛 인연이 아직 다하지 않았는데, 살아서 함께 생활하지 못하고 죽어서도 같은 구덩이에 묻히지 못하게 되었군요. [生不同居, 死不同穴]." 이 말에 아버지는 "죽은 아이가 방금 내 꿈에 나타나 소씨의 문 앞을 지나가고자 원하니, 그 마음이 애처롭구나. 게다가 길이 회해로 통하고 배로 가면 더욱 편리하니, 곧바로 岳州로 가는 것이 좋겠다."고 분부하여 상여 행렬이 소낭자의 집 앞으로 가도록 한다. 상여행렬을 본 소낭자는 너무 비통하여 즉시 비단 수건으로 목을 매어 죽는다. 소낭자 아버지 소상국은 이를 애통하게 여겨 구의산[144]아래에 함께 묻어 준다. 그래서 두 무덤이 나란히 길 왼쪽에 자리 잡게 된다. 이 소문을 들은 사람들은 위생과 소낭자의 이야기를 다투어 기록하였다. 위생과 소낭자의 비극적인 운명의 사랑은 죽어서야 다시 만나게 되어 작품의 얽히고설켰던 갈등도 이로서 해소됨과 동시에, 〈嬌紅傳〉의 결말과 같이 다른 세상에로의 해피엔딩의 문이 열린다. 이로부터 파경이나 비극이 커버된다. 처음 만난 순간적인 마음의 情이 不同이 아닌 同의 세계임을 표현한 것이다. 따라서 私的이건 公的이건 마음의 情에서는 두 개의 情이 아닌 하나의 同情임을 알 수 있다. 요컨대 〈韋敬天傳〉은 狂心을 통하여 私적인 情과 公적인 情의 관계에 있어서 두 情의 "사이가 없는 것"과 같은, 즉 私와 公이 同居하는 情의 造化를 묘사하고 있다. 이와 같이 公과 私는 앞에서 서술했던 것과는 반대로 이율배반적인 것이 아니라, 公속에 私가 있고 私속에 公이 있는 不可分離적이라는 것을 설명해준다.

　〈嬌紅傳〉과 〈韋敬天傳〉은 모두 비극적인 결말로 나아갔지만,

---

144) 九疑山: 湖南省 영릉현의 북쪽에 있으며, 순임금과 그의 두 妃인 娥皇·女英도 이곳에 묻힘.

그들의 사랑은 그로 하여 더욱 고양되고 있다. 이런 의미에서는 서양의 비극이론인 비장미라든가 숭고미와 기본적으로 일맥상통한다고 볼 수 있다. 여기 결말은 위생과 소낭자, 또는 신순과 왕교랑은 비록 죽었지만 그 죽음으로부터 그들의 사랑이 얼마나 아름답고 그 죽음이 얼마나 가치 있는가를 보여주는 동시에, 죽음으로써 하나가 되는 사랑의 절대절명의 가치를 보여주고 있다. 이와 같은 결말은 두 작품 모두가 미학적으로 비장미와 숭고미 같은 정서를 불러일으킴을 알 수 있다. <嬌紅傳>과 <韋敬天傳>이 비록 같은 비극적인 결말로 나아갔지만 사실 부동한 양상도 보여주고 있다. 이를테면 <嬌紅傳>에서 여주인공 왕교랑이 정절을 위해 자살하려다 실패하고 상사병으로 죽게 되자, 남주인공 신순은 여자를 따라 자살하려다 실패하고 시름시름 앓다 죽는다. 이외 반대로 <韋敬天傳>은 남주인공이 죽은 것을 안 여주인공도 따라 죽는 것으로 처리되고 있다.

Ⅲ. 結 論

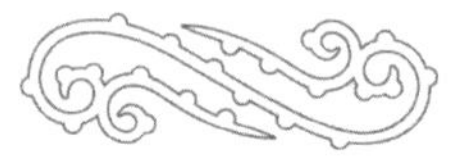

　　이상으로 중국 재자가인소설과 한국 애정전기소설의 구조적 특성을 비교분석하면서, 작품의 서사구조를 통하여 재자가인소설과 애정전기소설의 유사한 서사특징을 파악할 수 있었다. 일반적으로 재자가인소설의 만남 → 갈등 → 대단원이라는 사랑구조가 열림 → 닫힘 → 열림이라는 구조와 일맥상통함을 알 수 있다. 또한 이러한 구조분석을 통하여 재자가인소설과 애정전기소설에서의 만남과정은 거의 비슷한 한눈에 정이 들(一見鍾情)어 사사로이 인연을 맺(私定終身)는 과정임을 보게 된다. 보다시피 재자가인소설이나 애정전기소설은 별반 차이 없이 애정의 서막이 열리는 만남과정이 진행되고 있다. 물론 작품마다 나름대로의 구체적 다른 양상을 보이겠지만 구조적으로는 일맥상통함을 알 수 있다. 그러나 장애요인에서는 재자가인소설에 내재되어 있는 갈등양상이 다양하게 나타나듯이 애정전기소설 역시 재자가인소설과 다른 양상의 갈등을 보인다. 이런 다양한 갈등으로 인하여 두 작품에서는 두 주인공의 애정관계가 엇갈리면서 열리기 시작했던 세계가 닫히고 만다. 즉 <嬌紅傳>의 장애요인이 사회제도나 신분제도 및 봉건예교에서 오는 갈등으로 표출되었다면, <韋敬天傳>은 주요하게 전란으로 인한 갈등양상으로 표출되고 있다. 이와 같이 서로 다른 갈등구조는 재자가인소설과 애정전기소설에 대한 독자들의 부동한 기대시야에 만족을 주면서 주제를 효과적으로 나타내고 있다. 이는 또한 당시 사회제도나 신분제도 및 봉건 예교의 속박 속에서 젊은 남녀들이 어떻게 자유로운 사랑을 추구하여 몸부림쳤는가를 여러 방면으로 잘 표현하고 있다. 일반적인 재자가인소설이 만남 → 갈등 → 대단원으로 이루어졌다면 <嬌紅傳>과 <韋敬天傳>은 비극적인 결말구조를 가지고 있음을 알 수 있다. 이러한 특징을 통해서 우리는 재자가인소설이나 애정전기소설의 연관관계 비교에 대해서는 후술하기로 하겠지만 여기에서는 다른 한 양상을 살펴본 셈이다. <嬌紅傳>과 <韋敬天傳>은 비록 비극적인 결말을 맺었지만 두 사람의 진정한 애정세계는 죽음으로 의해 닫힌 것이 아니라 죽어서야 만남을 이룰 수 있는, 즉 다른 세상에로의 열림을 통해 새로운 만남을 이루고 새로운 사랑의 세계를 여는 계기가 됨을 보여 준다.

參 考 文 獻

基本資料

才子佳人小說集成 1-5券, 遼寧古籍出版社, 1997.

明代小說集刊, 第2集, 成都: 巴蜀書社.

韓國古典小說板刻本資料集, 國學資料院, 1973.

구양근 옮김, <嬌紅傳>, 송산출판사. 2003.

구인환, 《彰善感義錄》, 신원문화사, 2002.

김기동, 전규태, 《洞仙記, 배시황전, 옥소기연》, 1994.

김태준, 《한국고전문학전집》14, 연강학술도서, 고려대학교 민족문화
　　　연구소, 1995.

김현룡 감수, 김종군 역, 《중국 전기소설집》, 박이정, 2005.

미조구치 유조 작 정태섭 외 옮김, 『중국의 공과 사』, 신서원, 2004.

박상진, 『에코의 기호학 비판』, 열린 책들, 2003,

설성경, 《한국고전문학전집》12, 연강학술도서, 고려대학교 민족문화
　　　연구소, 1995.

우쾌제, 《古小說全集》1-33, 舊活字本, 仁川大學校 民族文化研究
　　　所. 1983.

움베르트 에코, 조형준 역, 『열린 예술 작품』, 새물결, 1962.

이상구, 《17세기 애정전기소설》, 월인, 1999.

정학성,《17세기 한문소설집》, 삼경문화사, 2000.

최용철 역주,《전등삼종》하, 소명출판, 2005.

허문섭 역,《白鶴扇傳》상, 하, 학문사, 1994.

송원기서, 한국학중앙연구중심, 왕실도서관 장서각디지털 아카이브,
　　　<烏有蘭傳>, 1934.

한국학중앙연구중심, 왕실도서관 장서각디지털 아카이브, <白鶴扇
　　　傳>, 光武8 (1904).

움베르토 에코, 조형준 옮김,『열린 예술작품』, 카오스모스의 시학, 새
　　　물결, 1995.

미조구치 유조 작 정태섭 외 옮김,『중국의 공과 사』, 신서원, 2004.

韓　國

1) 단행본

강희영,『도원수 강홍립』, 성지사, 1985.

권혁래,『조선 후기 역사소설의 성격』, 박이정, 2000.

권혁래,『조선후기 역사소설의 탐구』, 월인, 2001.

金炳傑,『文學과 社會意識』, 創文閣, 서울, 1979.

김기동,『韓國古典小說硏究』, 교학연구사, 1983.

김정숙,『조선후기 才子佳人小說과 통속적 한문소설』, 보고사,
　　　2005.

박일용,『조선시대의 애정소설 - 사실과 낭만의 소설사적 전개양상 -
　　　』1993.

박일용,『영웅소설의 소설사적 변주』, 월인, 2003.

박태상,『조선조애정소설연구』, 태학사, 1996.

소재영,『조선조 문학의 탐구』, 아시아 문화사, 1997.

신양선,『조선후기 서지사 연구』, 혜안, 1996.

실비아 월버/유희정 역『가부장적 이론』, 이대출판부, 1996.

오종근, 백미애,『조선조 가정소설 연구』, 월인, 2001.

우쾌제,『韓國 家庭小說 研究』, 고려대학교 민족문화연구소, 1988.

우쾌제,『古小說研究史』, 月印, 2002.

韋旭昇 李海山 禹快齊,『한국문학에 끼친 중국문학의 영향』, 아시
    아문화사, 1993.

윤호병,『비교문학』, 서울, 민음사, 1994.

이상익,『韓・中小說의 비교문학적 연구』, 서울, 삼영사, 1983.

장효현,『韓國古典小說史 研究』, 고려대학교, 2002.

전백찬, 이진복・김진옥 역,『중국전사』하, 학민사, 1990.

전성운,『조선후기 장편국문소설의 조망』, 보고사, 2002.

전성운,『韓・中小說 대비의 지평』, 보고사. 2005.

전용문,『한국 여성영웅소설 연구』, 목원대출판부, 1996.

정종대,『艶情小說 구조연구』, 계명문화사, 1990.

정주동,『古代小說論』, 螢雪出版社, 1986.

조동일 외 6인 공저,『한국문학강의』, 길벗, 1994.

조동일,『한국문학통사』3 권, 지식산업사, 1984.

조윤제,『韓國文學史』, 探究堂, 1979.

조희웅, 『고전소설 줄거리집성』1, 2, 집문당, 2002.

죠르쥬 바따이유 · 조한경 옮김, 『에로티즘』, 서울: 민음사, 1991.

주왕산, 『조선고대소설사』, 정음사, 1931.

홍만종, <순오지>, 《홍만종전집》상, 1986.

2) 학위논문

강미선, 「한 · 중 고전소설의 비교연구 - 중국才子佳人小說과 17세기 한글소설을 중심으로-」, 가톨릭대 석사학위논문, 2004.

강상순, 「九雲夢의 상상적 형식과 慾望에 대한 연구」, 고려대 박사학위논문, 1999.

권도경, 「통속적 한문 영웅소설 연구」, 이화여대 석사학위논문, 1999.

김낙철, 「당 전기 애정소설의 구조연구」, 성균관대 박사학위논문, 1997.

김대현, 「17세기 소설사의 한 연구」, 성균관대 박사학위논문, 1992.

김명신, 「淸代 俠義愛情小說의 研究」, 고려대 박사학위논문, 2000.

김민호, 「중구話本小說의 변천양상 연구」, 고려대 박사학위논문, 1998.

김영진, 「조선후기의 명청소품 수용과 소품문의 전개 양상」, 고려대 박사학위논문, 2003.

김정숙, 「조선후기 才子佳人小說 연구」, 고려대 박사학위논문, 2004.

김찬화, 「<洞仙記> 연구」, 인천대 석사학위논문, 1999.

林甲娘, 「조선후기 애정소설 연구」, 계明代 박사학위논문, 1992.

박재연, 「조선시대 중국통속소설 번역본의 연구」, 한국외국어대 박사 학위논문, 1993.

白　浣, 「조선시대 애정소설의 시간구조 연구」, 건국대 박사학위논 문, 1999.

송하준, 「<王慶龍傳>연구」, 고려대 석사학위논문, 1998.

신동일, 「한국고전소설에 미친 明代 단편소설의 영향」, 서울대 박사 학위논문, 1986.

신동일, 「한국고전소설에 미친 明代 단편소설의 영향」, 서울대 박사 학위논문, 1986.

신상필, 「<洞仙記> 연구」, 성균관대 석사학위논문, 1997.

양승민, 「17세기 전기소설의 통속화 경향과 그 소설사적 의미」, 고 려대 박사학위논문, 2003.

윤세순, 「<紅白花傳> 연구」, 성균관대 박사학위논문, 2002.

이강엽, 「군담소설 연구 방법론」, 연세대 박사논문, 1993.

이정완, 「조선조 애정 전기소설의 소설시학 연구」, 서강대 박사학위 논문, 2003.

이창헌, 「고전소설의 혼사장애구조와 유형에 관한 연구」, 서울대 석 사학위논문, 1987.

정종대, 「艶情小說의 구조분석」, 고려대 박사논문, 1989.

정환국, 「17세기 애정류 한문소설 연구」, 성균관대 박사학위논문, 2000.

肖偉山, 「중국 才子佳人小說과 한국 애정소설의 비교 연구」, 서울
　　대 석사학위논문, 2003.

최수경, 「청대 才子佳人小說의 연구」, 고려대 박사학위논문, 2001.

최윤희, 「<紅白花傳>의 구성적 특징과 서술 의의」, 고려대 석사학
　　위논문, 1999.

　3) 일반논문

강상순, 「<九雲夢>과 17세기 장편 소설의 정신분석」,『배달말』27,
　　배달말학회, 2000.

고영진, 「17세기 전반 남인학자의 사상」,『역사와 현실』8호, 한국역사
　　연구회, 1992.

권도경, 「<洞仙記> 연구」,『이화어문논집』18, 이화여대, 2000.

김영진, 「18세기 말 서울 명청서적 유통 실태 - <흠영>을 중심으로
　　」,「2004년 한국문화연구원 학술대회 - 17, 18세기 동아시아
　　의 독서문화와 문화변동」, 이화여대 한국문화연구원, 2004.

김영진, 「18세기 말 서울 명청서적 유통 실태- <欽英>을 중심으로」,
　　「2004년 한국문화연구원 학술대회 - 17·18세기 동아시아의
　　독서문화와 문화변동」, 이화여대 한국문화연구원, 2000.

김용숙, 「고소설에 나타난 애정관」,『아시아여성연구』제3집, 숙명여
　　대 아시아여성연구소, 1974.

김정숙, 「<洛東野言> 소재 소설에 대한 일고찰 - 조선후기 才子佳
　　人小說의 관점에서」,『고소설연구』17, 한국고소설학회, 2004.

김정숙, 「<白云仙翫春結緣錄>의 통속적 연구- 才子佳人小說과

관련하여-」,『어문논집』49, 민족어문학회, 2004.

김흥규 외, 「한국한문소설목록」 ,『고소설연구』9, 한국고소설학회, 2000.

박영희, 「<17세기 才子佳人 소설의 수용과 영향 - <好逑傳>을 중심으로」,『한국고전연구』4집, 1998.

박일용, 「명혼소설의 낭만적 경향성과 그 소설사적 의미」,『관악어문연구』17, 서울대 국문과, 1992.

박재연, 「<紅白花傳>은 중국소설이 아니다」,『중국소설학회회보』9집, 한국중국소설학회, 1992.

서대석, 「군담소설과 설인귀전」,『군담소설의 구조와 배경』, 이화여대출판부, 1985.

성현경, 「19세기 조선인의 소설관」,『한국소설의 구조와 실상』, 영남대출판, 1981.

성현경, 「여걸소설과 <설인귀전>」,『국어국문학』62, 63합병호, 1973.

소재영, 「<洞仙記> 연구」,『고소설연구』2, 한국고소설학회, 1996.

송병국, 「明代 백화소설의 전이과정」,『청파서남춘교수정년퇴임기념국어국문학논집』, 경운출판사, 1990.

송성욱, 「17세기 소설사의 한 국면 - <사씨남정기>, <九雲夢>, <彰善感義錄>, <蘇賢聖錄>을 중심으로」,『한국고전연구』8, 한국고전연구학회, 2002.

송성욱, 「17세기 중국소설의 번역과 우리소설과의 관계」,『한국고전연구』7, 한국고전연구학회, 2001.

송성욱, 「明末淸初 소설의 번안과 한국소설 - 장편소설을 중심으로」,

한국고소설학회 하계국제학술대회 발표문, 중국연변과기대,
2001.

송진영, 「명청 통속문화의 두 얼굴 - 통속소설과 권선서」,『중국어문
학지』5, 중국어문학회, 2003.

송진영, 「명청대 세정소설의 서사특질에 관한 연구」,『중국어문학지』5,
중국어문학회, 1998.

송진영, 「才子佳人小說론」,『연애소설이란 무엇인가』, 서울, 국학자
료원, 1998.

양승민, 「<洞仙記>의 작품세계와 소설사적 위상」,『고소설연구』11,
한국고소설학회, 2001.

윤세순, 「<紅白花傳>을 통해 본 애정전기의 이행기적 양상」,『한문
학보』제2집, 우리한문학회, 2000.

윤채근, 「<周生傳>과 <절화기담>의 사랑의 방식」, 제19회 한국문
학연구소 발표회, 고려대 한국문학연구소, 2003.

이주영, 「<九雲夢>에 나타난 慾望의 문제」,『고소설연구』13, 한국고
소설학회, 2002.

이혜순, 「<好逑傳>연구」, 『이화논총』30집, 이화여대 한국문화연구
원, 1997.

이혜순, 「韓·中소설의 비교문학」, 화경고전문학연구회 편『고전소설
연구』, 서울, 일지사, 1997.

장효현, 「동아시아 한문소설과 자국어소설의 관계」,『민족문화연구』35,
고려대 민족문화연구원, 2001.

장효현, 「한국 고전소설 비교 연구의 현황과 전망 - 중국소설의 영

향을 중심으로」,『고전문학연구』, 1991.

전성운, 「<九雲夢>의 창작과 明末淸初 艶情小說」, 『고소설연구』 12집, 2001.

정옥근, 「조선시대 중국 명청소설 <오대기서>의 전파와 영향」, 『중어중문학』 25, 한국중어중문학회, 1999.

정환국, 「<洞仙記>의 지향과 소설사적 의미」, 『대동한문학』 14, 대동한문학회, 2001.

정환국, 「<王慶龍傳> 연구」, 『한국의 경학과 한문학』, 태학사, 1996.

정환국, 「16-17세기 동아시아 전란과 애정전기」, 『민족문학사연구』, 18, 민족문학사학회, 1999.

정환국, 「17세기 초 소설에 미친 원명전기소설의 영향에 대하여 - 주로 구조적인 측면을 중심으로」, 『한문학보』1, 우리문학학회, 1999.

조동일, 「영웅의 일생 그 문학사적 전개」, 『동아문화』10, 서울대 동아문화연구소, 1971.

조희웅, 「<숙향전> 형성연대 재고」, 『고전문학연구』12, 한국고전문학회, 1997.

최봉원, 「才子佳人小說의 혼인관 - 천화장주인 소설을 중심으로」, 『대동문화연구』32, 성균관대, 1998. 12.

최봉원, 「才子佳人小說의 흥성과 천화장주인 - 明末淸初를 중심으로」, 『대동문화연구』31, 성균관대 대동문화연구원, 1996.

최수경, 「明末淸初 소설형태의 변화- 중편을 중심으로」, 『중국소설논총』12, 2000, 10.

최수경, 「才子佳人유소설 유형연구」,한국중국소설학회 편『중국소설
　　　논총』11, 2000, 2.

최용철, 「中國禁毀小說在韓國的流轉」, 제3기 국제金瓶梅학술토론
　　　회 발표논문, 중국대동, 1997.

최용철, 「중국소설사의 서술체계와 유형의 분류」, 『중국소설논총』4,
　　　한국중국소설학회, 1995.

최용철, 「중국의 역대 금서소설 연구」, 『중국어문논총』13, 1998.

최용철, 「韓國漢文小說<紅白花傳>的版本流轉」, 『韓國漢文小說
　　　學術硏討會』, 臺北: 東吳大學, 1998.

탁원정, 「<紅白花傳> 연구」, 『한국고전연구』6, 한국고전연구학회,
　　　2000.

中　國

歐陽健, 『明淸小說新考』, 中國文聯出版公司, 1987.

金寬雄, 『韓國古小說史稿(上卷)』, 延邊大學出版社, 1998.

魯　迅, 『魯迅全集1』, 北京: 人民文學出版社, 1981.

魯　迅, 정범지 역, 『中國小說史略』, 서울: 학연사, 1992.

魯　迅, 『中國小說史略』, 華正書局, 1990.

魯　迅, 『韓國小說的歷史的變遷』, 中流出版社, 1973.

劉廷璣, 『在園雜志』卷一.

林　尹, 『中國學術思想大綱』, 國民出版社, 臺北, 1960.

林　辰, 『才子佳人小說輯成1-5』, 遼寧古籍出版社, 1997.

閔　濟, 『對校春香傳』, 同和出版公社, 1976.

蕭相愷, 『珍本禁毀小說大觀』, 中州古籍出版社, 1992.

孫　遜, 孫菊園, 『明淸小說叢稿』, 中國文化大學出版部, 中華民國 81年.

宋栢年, 『中國古典文學在國外』, 北京語言學院出版社, 1994.

吳禮權, 『中國言情小說史』, 臺灣商務印書館, 1995.

吳存存, 『明淸社會性愛風氣』, 北京: 人民文學出版社, 2000.

王利器, 『元明淸三代禁毀小說戲曲史料』, 上海古籍出版社, 1981.

劉達臨, 『中國古代性文化』, 銀州: 寧夏人民出版社, 1993.

李春林, 『大團圓』, 北京: 國際文化出版公司, 1988.

張在舟, 『曖昧的歷程 - 中國古代同性戀史』, 鄭州, 中州古籍出版社, 2003.

蔡國梁, 『明淸小說探幽』, 浙江文藝出版社, 1982.

向　楷, 『世情小說發展史』, 浙江古籍出版社, 1998.

于天池, 『효의 설월매』, 北京師範大學出版社, 1993.

王晶卉, 「才子佳人小說硏究」, 南京大學碩士學位論文, 1999.

宋眞榮, 「明淸世情小說的敍事特質硏究」, 北京大博士論文, 1995.

李　花, 「明淸時期中朝小說中的婚戀比較硏究」, 延邊大學博士論文, 2005.

周建渝, 「才子佳人小說硏究」, 北京社會科學院博士論文, 1990.

劉坎龍,「才子佳人小說類型研究」,『新疆師範大學學報』, 1994, 3.

董家遵, 「從漢到宋寡婦再嫁習俗考」, 『中國婦女史論集』, 臺北 稻鄉出版社, 1988.

苗　　壯, 「談才子佳人小說的團圓結局」, 『才子佳人小說述林』春風文藝出版社, 1985.

李　　驚, 「試論才子佳人派小說」, 『明清小說論叢』第1輯, 春風文藝出版社, 1984.

潘知常, 「明末清初才子佳人小說的美學風貌」, 『社會科學輯刊』, 1986, 6.

薛碧松,「才子佳人小說的進步意義和消極意義」,『明清小說論叢』第1輯, 春風文藝出版社, 1984.

Aristle. Gerald F. Else, *Poetics*, Michigan University Press, 1967.

Qingping Wang(王青平), The Commercial Producition of the early Qing Scholar-Beauty Romance, PH. D. Stanford University, 1998.

· 저자 ·

임향란   ·약 력·
(林香蘭)

1963년생 중국 길림성 연길시에서 태어났음.
中國 吉林省 延邊大學 朝文學部 卒業
中國 吉林省 延吉市 延邊大學圖書館 勤務(館員)
韓國 慶北安東市 安東大學校 人文大學 文學碩士 卒業
韓國 仁川市 仁川大學校 人文大學 文學博士 卒業
韓國 安東大學校 語學院 시간강사
韓國 長神大學校 中國語 시간강사
韓國 世明大學校 國際敎育院 초빙강사

·주요논저·

「심연수 시 연구」(석사논문)
「한중 재자가인소설류 비교연구」(박사논문)
『한중영과학기술정보술어사전』
『한국기업목록』
『무속원형질로 본 조선판소리계소설』(공저)
『심연수 시 연구』
『중국 조선족문학에 나타난 고향의식』
『심연수 시에 나타난 자연세계와 삶의 조화』
『한국고려애정시가 연구』
『駙馬콤플렉스와 한국고대문학』
『농경문화로부터 본 KOREA문학』

외 다수

한중
재자가인 소설류 비교연구

• 초판 인쇄	2008년 3월 31일
• 초판 발행	2008년 3월 31일
• 지 은 이	임향란
• 펴 낸 이	채종준
• 펴 낸 곳	한국학술정보㈜
	경기도 파주시 교하읍 문발리 513-5
	파주출판문화정보산업단지
	전화 031) 908-3181(대표) · 팩스 031) 908-3189
	홈페이지 http://www.kstudy.com
	e-mail(출판사업부) publish@kstudy.com
• 등 록	제일산-115호(2000. 6. 19)
• 가 격	25,000원

ISBN 978-89-534-6562-? (Paper Book)
978-89-534-6562-6 98810 (e-Book)